Bonaventura

Bonaventura

Thierry Aguila

l'écailler

Collection dirigée par Patrick Coulomb, Bruno Richard et François Thomazeau.
Inspirée par Laurent Carenzo.

ISBN 978-2487085-03-9

« Le sang se lave avec des larmes
et non avec du sang. »

Victor Hugo

« (...) Le navire, c'est l'hétérotopie par excellence.
Dans les civilisations sans bateau, les rêves se
tarissent, l'espionnage y remplace l'aventure,
et la police, les corsaires. »

« Des espaces autres », conférence
de Michel Foucault, mars 1967, Paris.

« Oh, mères, écoutez-moi
Ne laissez jamais vos garçons
Seuls la nuit traîner dans les rues
Ils iront tout droit en prison. »

« Le pénitencier » (*The House of the Rising Sun*).
Paroles françaises : Alan Price / Hugues Aufray /
Vline Buggy.

« *Quandu a ragione hé vinta sola da la forza*
Tandu ùn arrega chè dulore è scimità
È l'omi so qui, portanu dolu è viulenza »

(Quand la force l'emporte sur la raison
On ne peut attendre que douleur et folie
Les hommes sont là et avec eux le deuil
et la violence)

« Maria », ensemble vocal Barbara Furtuna

Un jour avant

Du côté du terminal croisière, les choses s'envenimèrent sans aucun signe avant-coureur.

Une équipe de déménageurs, des balèzes en bleu de travail, avait entrepris de sortir un somptueux piano à queue couleur ivoire de leur semi-remorque capitonné garé en cul et l'avaient déposé en souplesse sur le bord du quai, au pied d'un gigantesque bateau de croisière. Le piano était destiné au gala d'une vedette italienne organisé le soir-même dans le salon d'honneur de l'immeuble flottant. Un piano précieux qui ne passait ni par les ascenseurs, ni par les monte-charges. Les déménageurs déployèrent leur longue grue télescopique. Ils étaient en train de sangler l'instrument sur la plate-forme pour sécuriser son ascension le long de la façade blanche du paquebot quand un costaud en chasuble fluo, qui travaillait de l'autre côté du bassin, les aperçut. Il décrocha son portable. Dans la minute suivante, une dizaine d'autres costauds en chasuble fluo, eux aussi, déboula sur le quai. Au travers de leurs larges dos, en grosses lettres bleues, était écrit « Docker ».

– Posez cette merde tout de suite ! gronda le chef de l'équipe des dockers, un costaud plus grand que les autres.

Les déménageurs de pianos s'arrêtèrent, les sangles à la main, abasourdis. Le commanditaire de l'instrument, un subrécargue en chemise blanche galonnée d'or en charge de la cargaison du navire, en l'occurrence du troupeau de retraités en polos fuchsia et chaussures de sport qui suivaient l'action depuis le pont d'honneur, se décomposa. Les dockers encerclaient le piano et ses déménageurs en bleu. Le subrécargue était obligé d'intervenir. Il tenta une esbrouffe en agitant une liasse de feuillets.

– Ce piano est sous ma responsabilité, vous n'avez pas à vous en occuper !

Le chef d'équipe des dockers lui jeta un regard mauvais.

– La manutention « bord à quai » est l'exclusivité des dockers.

– Le déménagement de piano est la nôtre, rétorqua le chef des déménageurs, un quadragénaire aux mains comme des enclumes.

– Un container ou un piano, c'est à nous, connot, appuya un docker à moustache.

Le chef des déménageurs de pianos pâlit. Il n'avait pas l'habitude qu'on s'adresse à lui sur ce ton.

– Vous ne saurez pas le manipuler, c'est très fragile, rétorqua-t-il. La moindre éraflure et l'assurance ne couvre plus rien. Faut savoir. Déménageur de piano, c'est un métier à part.

– Docker aussi, c'est un métier à part, dit le chef des dockers. On est sur ce port depuis avant les Romains et même les Grecs.

Laisser faire des déménageurs, des manutentionnaires ou des livreurs, c'était accepter que n'importe qui ait la charge du travail portuaire. Le subrécargue leva les yeux au ciel avec dégoût, il détestait ces salopards de dockers, toujours prêts à se mettre en grève.

– Vous passez votre temps à faire chier la Croisière, maugréa-t-il. Un coup c'est les porteurs ! Un coup c'est les livraisons des traiteurs ! Un coup c'est l'avitaillement ! Un coup...

– ... Un coup, c'est le con de ta mère !

L'insulte avait fusé du groupe de dockers qui se bidonna. Mais l'insulte restait. Si le subrécargue était puant de mépris, il était aussi prudent, il ne répliqua pas.

– On n'a rien contre la croisière à partir du moment où la priorité est donnée aux ouvriers portuaires, expliqua posément le chef d'équipe.

Le quai était électrique. Les croisiéristes âgés percevaient les ondes agressives qui s'en élevaient jusqu'au pont du paquebot. Le chef des dockers pointa le piano.

– Vous lâchez votre accordéon et nous on vous le charge à bord.

Les grosses mains gantées des dockers frôlaient déjà la surface laquée du couvercle. Un déménageur s'interposa entre elles et l'instrument. La tension grimpa comme une fièvre tropicale. Une voiture de police, alertée par radio, stoppa en catimini près de l'attroupement. Sur le port, il valait mieux ne rien brusquer. Les déménageurs de pianos avaient soudé leur groupe. Les dockers s'étaient rassemblés, cohorte de légionnaires romains devant une horde de barbares en bleu de travail. Face à face électrique de costauds et de balèzes. Les policiers en tenue posèrent instinctivement la main sur la garde de leurs tonfas. Le subrécargue se volatilisa mystérieusement. Un responsable du Port à costard-cravate, en proie à une panique totale, fonça vers le groupe. Il tenta de percer l'attroupement pour se rapprocher des chefs qui se défiaient, la colère prête à devenir violence. Le chef des dockers grinça des dents.

– On va pas se filer entre nous quand même, on est tous des ouvriers, non ?

Le ton était conciliant mais déterminé. Les déménageurs s'entre-regardèrent, un flottement parcouru leur groupe. En vérité, il s'agissait aussi d'une question de fierté, d'honneur. Les déménageurs avaient une réputation de balèze à défendre. Mais les dockers avaient l'habitude de se battre avec d'autres hercules, des marins ou des routiers. Il y eu un silence vibrant de nervosité.

– Si on vous laisse faire, n'importe qui aura le droit de transporter des marchandises entre ces quais et les bateaux, insista le chef d'équipe. C'est le rôle des dockers et c'est comme ça depuis toujours.

Le chef des déménageurs baissa finalement les yeux. Ses hommes reculèrent d'un pas. Le responsable portuaire, essoufflé, termina sa percée aux pieds du chef des dockers.

– Qu'est-ce qui se passe ?!

La grosse main du docker agrippa le costume du fonctionnaire, le fit s'incliner jusqu'à lui d'une simple torsion du poignet et chuchota doucement tout près de son oreille.

– T'inquiète, on va se reparler de tout ça plus tard.

Les dockers en chasuble fluo entourèrent le piano. Les déménageurs restèrent bras ballants. En quelques manœuvres rapides, huilées comme l'offensive d'un pack de rugbymen, l'instrument, accroché à une grue mobile, frôla la paroi de hublots, traversa le pont, enfila les coursives et rejoignit le salon d'honneur décoré de voilages arachnéens. Le clavier, la ceinture, la lyre, l'immense couvercle du piano restèrent immaculés.

Pas la moindre éraflure. Pas même un grain de poussière.

Le chef d'équipe, Ventura, hocha la tête avec satisfaction. Ce piano qui volait vers son destin musical au bout d'un fil d'Ariane en acier était pour lui la plus belle des victoires. Les déménageurs de pianos, impressionnés, se retinrent d'applaudir. Puis ils remballèrent leur matériel et s'en allèrent.

Les dockers regagnèrent leurs postes.

Premier jour

Le vantail du garage était bloqué à mi-course.

Ventura pensa spontanément que, quand on ne savait pas comment l'utiliser, ça déraillait facilement et ça se mettait en travers. Il fallait le manipuler avec douceur parce que, malgré ce qu'on croit, le métal c'est délicat. Le docker se baissa très bas pour franchir l'entrée, sans pitié pour son dos fatigué.

L'écart de luminosité entre l'extérieur plein de lumière et le garage plongé dans le noir lui fit mal aux yeux. L'unique ouverture, un fenestron festonné de toiles d'araignées, peinait à éclairer l'intérieur poussiéreux. Les yeux de Ventura s'accoutumèrent à la pénombre. Au centre de son capharnaüm personnel de cartons croulants, de vieilles valises entassées, d'outils abandonnés et de poussière accumulée, quelqu'un était assis dans un fauteuil défoncé qui grinçait au moindre de ses mouvements. Le fauteuil favori de Ventura.

Un homme, un jeune homme plus exactement, environ vingt ans, le cheveu ras, entièrement vêtu de noir, brandissait un objet d'acier. Le rond noir du canon de l'arme fixait Ventura comme une pupille menaçante.

– Faut y aller doucement avec ce vantail, dit calmement le docker. Sinon il se coince et après c'est une galère pour le faire redescendre.

Le jeune observa le nouvel arrivant avec curiosité. Cinquante ou soixante ans, costaud, un peu de surpoids, des mains lourdes et fortes, une barbe panachée de blanc et de gris, il se tenait encore à moitié courbé, arrêté dans son élan après avoir franchi le vantail. Le dos de sa parka jaune était barré du mot « docker », le jeune l'avait noté alors le costaud s'était baissé en pivotant. S'il avait été présent sur le quai des croisières quelques heures auparavant, le jeune aurait probablement reconnu le chef d'équipe qui faisait face aux livreurs de pianos.

– Je dois avoir 50 euros sur moi, dit le docker, je te les donne, tu me rends le fauteuil et tu te casses, Ok ?

Il fouilla dans sa poche et en extirpa un billet froissé. Le jeune et son flingue restèrent silencieux. Le docker haussa les épaules avec un fatalisme fatigué. L'œil impavide de l'arme le scrutait et ça n'était pas exactement agréable.

– Fais-moi entrer, dit le jeune.

Il avait parlé rapidement, avec un accent que Ventura reconnut immédiatement. Mais il n'eut pas le temps d'y réfléchir davantage. Le canon pointait impatiemment dans la direction de la maison.

– Te faire entrer chez moi, hein ? C'est, ça, oui… ironisa Ventura.

Le jeune le fixait.

– Y'a rien dedans, expliqua Ventura, à part un ordi pourri, une télé petit format et trois colliers en toc de ma femme…

– J'en ai rien à foutre de tes merdes, le coupa l'autre.

– Qu'est-ce que tu fous ici alors ?

– Tu me fais rentrer ! Juste quelques heures, on vient me récupérer et après, c'est fini.

Le grand type large comme une armoire et lourd comme un buffet frotta ses paupières du bout des doigts et inspira profondément. Il était fatigué, épuisé même.

– Écoute, tu prends ton flingue et tu dégages, hein, t'es gentil.

– Tu es Corse, pas vrai ?

Le jeune avait balancé ça d'un coup, sans cohérence aucune pour la continuité du dialogue. « Corse », quoi « Corse » ?! Le docker évalua mentalement la distance qui séparait sa maison de l'hôpital psychiatrique de Valvert. Ça faisait une sacrée trotte, tout de même. Ou alors le jeune arrivait d'Édouard Toulouse, moins coté mais bien plus proche.

– Moi aussi je suis Corse.

Le docker fixa le jeune avec effarement. Entre des milliers de possibilité, c'était son garage à lui que ce cinglé avait choisi. Et il insistait, en plus. « Corse » ! Dit avec une fierté surjouée. Un jobard, un vrai jobard. Un jobard Corse, au moins ça c'était sûr.

– Qu'est-ce que j'en ai à foutre que tu sois Corse ?

– *I Corsi cunoscenu l'ospitalità*, articula soigneusement le jeune.

Les Corses ont le sens de l'hospitalité. C'était dit avec une sorte d'ironie, mais une étrange ironie, une ironie inquiète, comme si derrière son apparent détachement le jeune cachait une urgence vitale. En tout cas, son accent était impeccable, pas comme ce corse aux « r » francisés et aux intonations policées que parlent les jeunes de maintenant.

– Et les Corses ils réclament l'hospitalité en menaçant avec une arme, hein ? fit Ventura. Alors tu vois, tu vas aller t'en trouver un autre, de Corse, un qui a envie de recevoir. On est plus de trois cent mille dans la région, tu devrais t'en sortir…

– Je suis le fils d'Antoinette, coupa l'autre.

Ventura ressentit un malaise indéfinissable. Une sorte de creux à l'estomac.

– Antoinette ? Quelle Antoinette ?

– Antoinette. Antoinette Bonaventura.

Encore une fois le jeune avait articulé posément. Le docker le scruta, abasourdi. Ce nom de famille, c'était le sien et pourtant il sonnait bizarrement dans la bouche de l'autre. Un peu comme un nom étranger. Mais le prénom, en revanche, Antoinette, il le reconnaissait parfaitement. C'était celui de sa sœur. Son visage de madone sauvage remonta lentement, exhumé d'entre les souvenirs enfouis, comme les brumes qui s'élèvent le soir sur les flancs du Monte Padro. Un visage d'enfant, avec des mèches sombres et les dents de devant qui manquent, sa petite sœur, son village, sa famille… Il écarta ces souvenirs d'un revers de main mental. Toutes les familles méditerranéennes ne sont pas unies, indestructibles, fusionnelles. Il n'y a qu'à voir dans *Le Parrain*…

– Je porte le nom de ma mère, le même que toi. Pierre-Marie Bonaventura.

Il marqua une infime pause.

– Je suis ton neveu.

Ventura le scruta. À bien y regarder, le jeune avait quelque chose de sa mère, quelque chose qu'il ne parvenait pas à définir. Le bas du visage peut-être, ou les angles pointus de la mâchoire. Le jeune savoura la surprise du docker, l'air de finalement bien s'amuser. Le canon du flingue pointait distraitement le sol. Ils s'observèrent encore.

– Toi aussi tu es un Bonaventura, lâcha enfin le jeune.

– Personne ne m'appelle Bonaventura, grogna le docker.

– Ah bon. Et on t'appelle comment, alors ?

– Ventura.

Le nom avait claqué dans le petit garage poussiéreux.

– On m'appelle pas autrement, ni ma femme, ni ma fille, ni chez moi, ni là où je travaille, ni ailleurs.

Le ton était rugueux, définitif, intransigeant. Pas de Bonaventura qui tienne. Lui, c'était Ventura tout court. Ni prénom, ni surnom. Ni diminutif. Ventura point. Parfois, quand on lui demandait s'il était de la famille de Lino, peut-être à cause de cette carrure imposante, de ce regard sourcilleux et de cette gueule tout en cabossage, il bougonnait que non, pas du tout, aucun lien. Il prenait un air agacé et les autres changeaient de sujet. Mais au fond, il en était un peu fier. Lino, c'était un de ses acteurs préférés quand il était petit.

Le jeune hocha le menton, vaguement amusé, mais ne fit aucune allusion à Lino. Il ne connaissait pas.

– Antoinette, hein ? Je ne savais même pas qu'elle était mariée, lâcha Ventura.

Ça faisait au moins vingt-cinq ans qu'il ne l'avait pas vue ni reçu de ses nouvelles. Vingt-cinq ans, ce devait être approximativement l'âge du jeune.

– Tu as des frères ou des sœurs ? demanda Ventura.

– Je suis fils unique.

Il en avait l'air bizarrement fier. Il n'y avait pas de quoi. Le docker était de plus en plus agacé. Et cette discussion, de plus en plus étrange, n'arrangeait rien. Il se reprit.

– Bon, c'est bien gentil ces retrouvailles familiales, mais ça ne me dit pas ce que tu branles dans mon garage à m'agiter un flingue sous le nez.

Le canon de l'arme remonta de quelques millimètres comme pour confirmer sa présence. Le jeune jaugea longuement le docker. Puis il désigna son genou et, seulement à cet instant, Ventura remarqua la déchirure dans le tissu noir du treillis et une vague tache rougeâtre qui sourdait doucement. Quelque chose dans le ton du jeune avait changé.

– Je n'ai pas d'autre endroit où aller. À part chez toi.

La situation était absurde. Ventura était fatigué, un shift de dix heures à cause d'un crétin de grutier qui avait laissé riper un conteneur de 40 pieds sur le pont d'un cargo panaméen. Il avait fallu débarquer une partie de la cargaison pour la rembarquer, une fois évacué le conteneur fracassé. Alors il n'avait pas envie de discuter avec un autre crétin, armé d'un flingue en plus, qu'il soit de sa famille ou pas.

– Juste quelques heures, le temps qu'on vienne me chercher, ajouta le jeune.

Ventura soupira.

– Tu sais, petit, je crois qu'on ne s'est pas bien compris, toi et moi. Je ne sais pas dans quoi tu t'es mis et je ne veux pas le savoir. Mais que tu sois Corse ou de ma famille ne change rien à ton problème : tu ne peux pas rester ici.

Il agita le billet au bout de ses doigts.

– Alors tu me fais plaisir, tu prends ce blé, tu appelles un taxi et tu dégages.

L'autre n'avait pas l'air décidé à suivre les instructions. Un nuage opaque glissa derrière ses pupilles, sa main se crispa sur la crosse de l'arme. Il fit non de la tête.

– Quelques heures.

Ventura haussa les épaules, la mine désolée.

– Comme tu veux. Moi je vais rentrer dans ma maison, me poser tranquillement sur mon canapé et je vais appeler les condés. Si t'es toujours là quand ils arrivent, tant pis, ça sera pas mon problème.

Ils se mesurèrent du regard. La bouche du canon aussi semblait jauger Ventura. Une lueur incertaine passa au fond des yeux du jeune.

Ventura quitta le garage en se faufilant sous le vantail. Le jeune l'entendit ferrailler avec le panneau récalcitrant en marmonnant des imprécations. Le vantail daigna descendre aux trois-quarts avant de se coincer à nouveau. Les jurons s'éloignèrent.

Ventura déposa le courrier sur la tablette du vestibule, accrocha sa parka au porte-manteau et rejoignit le séjour. Des gestes de tous les jours, de ceux qu'on fait machinalement sans leur prêter aucune espèce d'attention. Pourtant là, en cet instant précis, ils semblaient revêtus d'une ombre de menace ou, du moins, d'un voile d'étrangeté.

Il repensa à l'étrange apparition. Bonaventura ou pas, ce jeune, armé et blessé, était un danger public. Va savoir ce qu'il avait fait et ce qu'il comptait faire. D'autres que lui allaient peut-être débouler et tout allait se terminer en règlement de compte dans le garage à grands coups de flingue rageurs entre les bocaux pulvérisés. Il sortit son smartphone chinois et composa le « 17 ». Mais quelque chose arrêta son index à un demi-millimètre de la touche verte d'appel. Ventura exhala un long soupir.

Il n'aimait pas les flics et les appeler l'embêtait. Le jeune l'avait menacé d'une arme, Ok. Mais, inexplicablement, il savait qu'il ne s'en servirait pas contre lui. D'un autre côté, le jeune avait demandé asile. Et il était, c'est important pour un Corse, de sa propre famille. L'index frôlait le rond vert. Le téléphone retourna dans la poche de son pantalon de travail.

***

– … Et tu ne sais pas ce qu'elle me sort ? « *Oui, la dernière fois, j'étais déjà de garde* », gnagnagna, alors là c'est à ton tour, gnagnagna ! Non mais tu as quel âge, ma pauvre ?! Franchement, comme si je ne l'avais pas déjà remplacée plein de fois et au dernier moment en plus !

Blonde, la cinquantaine pimpante, un tablier de cuisine pivoine autour de la taille encore fine, elle s'affairait devant la gazinière, dans cette cuisine en vrai bois et faux rustique. La femme de Ventura, Nathalie, infirmière et Marseillaise de toujours. Dans le salon confortable, Ventura monta le son de la télé. Des informations régionales, sur tout et sur rien – surtout sur rien. Il éteignit. La voix de Nathalie parvenait par bouffées de la cuisine.

– … Des fois je me dis vivement la retraite, hein, qu'on s'en aille un peu. Non ? Ventura, tu m'écoutes ?

Non, il n'écoutait pas. Il se tenait à la fenêtre et contemplait avec inquiétude le garage en parpaing. La bouche édentée de l'entrée, avec son vantail de traviole, ressemblait à un cri immobile. Sa fille, son gendre et leur bébé, n'allaient pas tarder à arriver. Ils habitaient Aix et ils étaient tellement loin de tout ça, de cette violence qui était venu frapper à la porte. Il fallait les protéger, les tenir éloignés.

On sonna à la porte. Il ouvrit. Cris de joie, embrassades. Ventura revint avec un bébé hilare engoncé dans un cosy, escorté d'un couple de trentenaires du modèle idéal. Le grand docker avait la gueule fendue d'un sourire gâteux qui remontait ses joues râpeuses jusqu'à son front. Il fit voler le couffin comme un manège héroïque.

Imperméable au danger, le bébé frôlait le plafond, riait aux éclats, volontaire pour ces loopings improvisés au bout des grosses mains de son grand-père. La maman hurla de terreur et le docker grogna qu'il avait l'habitude des chargements précieux et que celui-là était le plus précieux qu'il n'ait jamais tenu. Nathalie déboula en dérapant sur une vague de ravissement. Elle crocheta son beau-fils, feinta sa fille, dribbla Ventura et harponna le bébé qui fut illico extrait de son cosy. Une rafale de bisous et de cris de joie déferla sur ses joues et son front. Le gendre idéal ricana comme un idiot, ne sachant quelle contenance adopter. Lui, il venait de Bordeaux et il trouvait que les Marseillais faisaient toujours un boucan du diable. La grand-mère emporta son otage vers la cuisine, suivie de la maman pressée de vérifier que le bambin ne risquait pas de se brûler, de s'ébouillanter, de se couper ou de se faire frire par inadvertance. Dangereux la vie de bébé.

Ventura se tourna vers son gendre idéal.

– Apéro ?

***

Dans le garage, le jeune voyou, le smartphone vissé à l'oreille, faisait douloureusement les cent pas. Le minuscule haut parleur de l'appareil vibrait de la colère de son interlocuteur.

– *Ghjera una cunneria ! Una grossa cunneria !* Vous avez demandé la permission à personne, putain !

Quelqu'un l'engueulait en corse. En corse du sud, pour être précis. Le jeune opina avec un air désolé.

– *Aïé, aïé*, je sais, mais c'est Marco, tu le connais. Il devait surveiller mais il est entré et un des mecs a *affacché* par derrière !…

Le jeune sentit une boule de rage et de peur remonter le long de son œsophage.

Tout avait pourtant roulé impeccablement jusque là. Le bateau pour venir, les étiquettes des vêtements soigneusement découpées, les armes au fond de la valise, les smartphones neufs intraçables, le scan sans problème des documents, la voiture louée à Toulon, l'itinéraire GPS dans les rues du nord de cette putain de ville. Du commando de haute volée. Et il était là, comme prévu, tranquille au fond de son snack graisseux à se taper une glace en forme de pyramide. Ils s'étaient dévisagés, malgré les cagoules. Il avait le même âge qu'eux ou à peu près, vingt, vingt-deux ans, maximum. Le temps que Marco appuie sur la détente de la Kalach' qu'ils avaient loué à un mec de Bastia et ce con avait sorti un flingue de nulle part. Putain, vraiment rapide ce connard. La voix dans l'écouteur grésillait de rage.

– *Avà ci sò i flichi dapertuttu per via di e vostre cunnerie !* (C'est plein de flics ici avec vos conneries).

Là-bas, la petite ville devait grouiller de condés de toutes les couleurs. Le jeune savait que depuis des mois les flics étaient sur celui qui gueulait dans le téléphone. Qu'ils étaient là, tenaces, à ne jamais le lâcher, à l'espionner avec jumelles, des écoutes et des hélicoptères. Il sentait surtout son interlocuteur vibrer de rage et un peu d'autre chose. De l'inquiétude, au minimum.

– Je sais, Jean-Mi, je sais…

– Ferme ta gueule ! Ne dis pas mon nom !

Le visage du jeune semblait transparent d'inquiétude et de regrets. Un silence s'éternisa. Comme au moment où le gérant du kébab, un gros mec suant de graisse en t-shirt XXXL, avait surgi derrière eux, sa Kalach' crachant déjà. Ce con était dans l'arrière-cour, à faire on ne sait pas quoi et ça, le commando ne l'avait pas prévu.

– Marco ? Adrien ? Les autres ?

Le gros avait arrosé au pif.

Les canettes pulvérisées avaient tressauté sur les étagères et le gyros de viande avait tourné à toute vitesse, percuté au centre de gravité. Une crème glacée en forme de cône avait volé dans l'air et leur cible et Maek avait disparu sous les tables du boui-boui. Une balle devait forcément avoir touché sa cible, une au moins, c'était pas possible sinon. Quelque chose avait effleuré son genou, léger comme le souffle d'un ventilateur, juste sous la rotule, à peine plus surprenant qu'une piqûre de guêpe… Une autre encore avait fait un gros trou dans la machine à granité à vis sans fin qui s'était mise à pisser du vert mentholé et du citron sirupeux. Le gérant à la Kalach' avait ramassé en pleine tronche un projectile tiré par Adrien. Son sang épais avait rejoint la menthe et le citron sur le sol. Marco avait déboulé, le Glock à la main et s'était mangé la fin du chargeur avant d'avoir tiré.

– *Un fermà che te ?* demanda la voix dans le smartphone.

Sur le sol, le rouge gluant du sang s'était mêlé au jaune pulpeux et au sirop vert artificiel en arabesques sinistres. Il avait vu tout ça au ralenti en même temps qu'il plongeait vers le sol, vers les chaises en plastique renversées. Dans le silence d'un film dont on a pressé la touche mute, celle avec son petit dessin de haut-parleur et sa petite croix. Adrien avait reculé avec un cri idiot. On aurait presque dit qu'il rigolait. Mais il était tombé mort à côté de la porte. Ils étaient morts. Tous. Qu'est ce que tu peux dire d'autre ? Un commando de foireux. Pendant une seconde, le jeune mec parut proche de vomir.

– *Sò ind'a merda, Jean-Mi, ci vole aiutami !*

Il repoussa une autre boule de bile. Le silence était interminable à l'autre bout. Pas même une respiration. On avait dû mettre le doigt sur le micro, peut-être pour parler à quelqu'un d'autre à côté. Le voix rauque reprit.

– *Induve sì ?*

– Chez… chez des amis. Mais je ne peux pas rester longtemps.

Nouveau silence, moins long mais aussi crispant. Le portable crachota enfin, en français.

– Bon, je vais voir, toi tu ne bouges pas d'où tu es !

Il y eut une pause infime. Puis la voix colérique résonna de nouveau.

– *E un' mi chjama più nant'à stu numaru,* putain !

Le jeune rangea soigneusement son smartphone, retourna s'asseoir sur le fauteuil défoncé. Il se pencha sur son genou. Ça tirait comme si une épine géante s'enfonçait loin dans l'articulation mais la plaie lui paraissait minime. Du sang sombre imbibait le bas du treillis noir. Un peu, mais pas rien du tout non plus. Il se rencogna dans le matelassage crevé du fauteuil qui grinça méchamment.

Les images se remirent à affleurer.

À l'aube, longtemps après le snack et après avoir boîté sur au moins six kilomètres, son appli lui donna l'exacte ligne à emprunter pour se rendre à la seule adresse qu'il connaissait.

Le bus n'était pas vraiment plein, il était encore trop tôt et le jour n'était pas tout à fait encore là. Des hommes, des femmes, des jeunes, silencieux, fatigués, mal réveillés, partaient au travail ou à l'école. Ça sentait mauvais. Quelle vie de merde, quand même, ces cons de pauvres. Derrière la vitre sécurit défilait le paysage habituel de ces quartiers, supermarchés discount, garages de voitures d'occasions, bar-tabac-pmu-loto-jeux, boulangeries orientales et épiceries de nuit pleine de rayons dépouillés. À se demander ce qu'ils y vendaient à part du shit en dépannage.

Lui était assis sur la banquette surélevée du fond, jeune, mince, émacié, les cheveux très courts, en parka et pantalon de treillis noirs. Avec un genou qui commençait à tirailler sérieusement. Ses mains restèrent enfouies dans ses poches tout le long du trajet, nerveusement serrées sur la crosse du pistolet. Sur la minuscule carte de l'écran de son smartphone, il y avait un nom et une adresse en surbrillance. Le nom, il le connaissait que trop bien, pour l'avoir entendu chuchoter des centaines de fois. C'était son propre nom de famille, le seul qu'il connaissait dans cette ville pourrie.

Il arriva enfin.

C'était une villa banale, dans une zone remplie de petits pavillons de la classe populaire, dans le nord de la ville. Un rêve fatigué d'accession à la propriété, entouré d'un jardinet pelé et flanqué d'un garage en parpaings mal crépis. Rien d'étonnant, au fond. Il s'était avancé prudemment. Le vantail du garage n'était pas fermé à clef. Il l'avait soulevé. Le vantail s'était coincé à mi-course.

Pierre-Marie Bonaventura avait dû se courber en deux pour franchir le seuil.

***

« *La tuerie, une des plus violentes de ces dernières années, a eu lieu vers minuit au moment où ces rues des quartiers Nord sont désertes. Lorsque les voitures de patrouilles arrivent sur les lieux de la fusillade, les policiers ne ramassent que des cadavres. Dans le petit snack, c'est une scène de carnage…*

Ruban jaune, combinaisons blanches, blousons de cuir noir, brassards orange, éclats bleus des gyrophares sur l'écran. Habitude. Le hipster de la télé déchiffrait son prompteur en ânonnant des inflexions mélodramatiques et des finales qui remontent, comme on le lui avait appris en école de journalisme.

– … *Selon les premières constatations, un commando de plusieurs hommes armés aurait fait irruption dans l'établissement et un échange de coups de feu, certainement avec des armes de guerre, aurait suivi. Les enquêteurs ont relevé trois morts. À cette heure rien n'a filtré sur leur identité, si ce n'est la possibilité que l'un d'eux soit le gérant du lieu...*

Armes de guerre, morts, coups de feu, identité, enquêteurs, stupéfiants. Un froid dans les tripes de Ventura. L'autre, dans son garage. Mêlé à un règlement de compte sanglant ? Ou coïncidence macabre ? Le gendre idéal haussa les épaules, vaguement ennuyé par les images qui défilaient. Ventura était contrarié.

— ... *Règlement de compte sur fond de trafic de stupéfiants ? Guerre de clans liée au grand banditisme ? La police se perd pour l'instant en conjectures. Sans transition, notre page « Cinéma » avec la sortie du nouveau film de Philippe Carrese ».*

Le beau-fils siffla son Martini avec fatalisme. C'est Marseille... À Aix, il se sentent beaucoup plus en sécurité. C'est important pour le bébé et pour Aurore. Ventura, verre de soda à la main, marcha jusqu'à la baie vitrée. Les mots du journaliste tournaient dans sa tête. Trois morts, merde, quand même. Il n'y avait pas de coïncidences. La masse sombre du garage paraissait endormie. Une boule amère serra ses tripes. Si ce jobard armé s'avisait de se pointer à la porte, il le....

Il n'eut pas le temps de gamberger plus avant à ce qu'il ferait. Le bébé fut ramené en grandes pompes, affublé d'un bavoir criblé de pandas acrobates et de tâches de carotte. Le prince avait fini de manger, le peuple allait pouvoir passer à table.

***

Écroulé sous un Everest de molleton, le bébé roupillait dans un siège conçu pour résister à une collision frontale contre un train de marchandise. Les grands se claquaient des bises ou se serraient respectueusement la main, se promettant à la semaine prochaine. Ses parents avaient pris place dans leur grand Qashqai, Nathalie avait bétifié une dernière fois contre la vitre arrière. Ventura souriait avec tendresse. Mais il sentait toujours dans son dos le poids inquiétant du garage et de son occupant. Ça faisait comme une boule de culpabilité qu'il avait du mal à faire passer.

Une fois de plus, après le dessert, sa famille avait essayé de le convaincre de passer ses congés avec eux, dans la maison qu'ils loueraient cet été en Corse. Pas cher, pas loin de la plage, pas un sou à débourser avait redit sa fille. Et, encore une fois, Ventura avait décliné. Nathalie avait vainement essayé de lui faire expliquer ce qu'il refusait d'expliquer depuis qu'elle l'avait rencontré et, encore une fois, il s'était contenté de sourire, de prétexter qu'il y avait du travail sur les quais l'été, des collègues en congé à remplacer, des bateaux en pagaille, sans compter le syndicat qui ne dormait jamais avec ces histoires de croisiéristes.

Nathalie avait plaisanté, la vraie maison de Ventura, ce n'était ni ici, ni en Corse, c'était les quais eux-mêmes. Et pourquoi tu ne veux jamais aller en Corse ? Et pourquoi tu ne veux pas expliquer ? Ça tournait en rond.

Alors, comme à chaque fois quand la discussion roulait de ce côté de sa vie, il avait farfouillé dans le tiroir du buffet et en avait tiré un paquet de cigarillos entamés. Aurore s'était inquiétée, elle croyait qu'il avait arrêté. Nathalie avait agité la main

– C'est ça, c'est ça, fuis, va fumer.

Oui, il y a des choses dont il ne parlera jamais. À personne.

***

Ventura ferrailla un moment avec ce maudit vantail, parvint à le faire rentrer en partie dans ses rails avant de laisser tomber et de se baisser pour entrer. Le jeune truand tenait son arme pointée vers lui quand il alluma. Il ne cilla même pas dans la lumière de l'unique ampoule qui pendouillait au plafond.

– Il faut que tu t'en ailles, petit. Tu peux pas rester ici.

Ventura avait sorti ça calmement, comme on dit qu'il faut sortir parce qu'il fait beau. Et le « petit » était presque amical. Le « petit » ne fit pourtant aucun mouvement. Une tache sombre s'étalait sous la semelle immobile de sa chaussure. Ventura cala sa hanche contre l'établi encombré, alluma un cigarillo.

– Mauvais pour la santé, ça, dit le jeune en pointant le cigarillo.

– Pas plus dangereux que ce que tu as à la main, rétorqua Ventura.

C'était un Glock, l'arme de poing la plus fiable du monde mais ça Ventura ne le savait pas et ne tenait pas à le savoir. Il ne connaissait rien aux armes. Il désigna la flaque sombre du bout incandescent de son cigare.

– C'est quoi ça ?

Le jeune mec eut un geste de mépris.

– Rien.

Une flaque de sang mat, déjà coagulée sur le pourtour. Ventura ne commenta pas.

– Tu n'as pas appelé les flics finalement, hein ?

– Tu étais dans ce snack. On en a parlé aux infos.

Le jeune se contenta de renifler. Mais quelque chose trahissait son intérêt, quelque chose aussi le retenait de questionner.

– Il n'y a pas de survivants, compléta Ventura. Trois morts. Un seul connu, le gérant du snack, les deux autres, on ne sait pas qui c'est.

Ne manquaient que le ton compassé et les finales montantes pour être dans le style du JT régional. Le jeune se mordit les lèvres. Il avait envie d'en savoir plus mais se refusait à montrer trop d'intérêt. Ne jamais livrer d'informations, même apparemment inutiles. Il aurait pourtant aimé savoir pour Maek.

– Comment tu as eu mon adresse ? bifurqua Ventura.

Le jeune eut un sourire condescendant.

– Internet, Facebook, Instagram, tout ça, ça te parle ? C'est un truc nouveau d'il y a au moins vingt ans. On peut même retrouver d'anciens copains d'école, des amis oubliés, tout ça, tout ça. On peut aussi retrouver des parents perdus de vue…

Son sourire était agaçant. Son regard était agaçant. Son flingue était agaçant.

– … C'est important, la famille, tu sais.

Il se la jouait beaucoup trop avec ses répliques de western italien à deux lires. Forfanterie, mépris et ignorance. Violence et brutalité aussi. Un exemplaire de sale con de première fraîcheur, directement issu de la culture du profit facile et de la consommation immédiate. Ventura fit l'effort de rester calme. L'envie de choper l'autre par le col et le balancer pardessus le muret au travers de la nuit noire lui démangeait le creux des mains. Surtout garder la conversation en mode normal. Se débarrasser de ce fardeau au plus vite, comme on se défait de ces chargements qui traînent sur le quai et qui attendent un navire en retard. Et puis, aussi, Ventura devait l'admettre, il avait une file d'attente de questions qui se bousculaient pour passer en premier.

– Pourquoi moi ?

La question sonnait aussi faux qu'un dialogue de polar télévisé. Le jeune haussa les épaules. On hausse les épaules à tort et à travers dans la vie.

– Pourquoi pas toi ?

Réplique tout aussi mauvaise et virage dans la discussion qui agaça le docker.

– Et toi, pourquoi t'a pas appelé les flics ? reprit le jeune.

Ventura scruta le bout de son cigarillo.

– *I Corsi cunoscenu l'ospitalità*[1], riposta-t-il. C'est bien ça que tu as dit, non ?

Le jeune truand sourit doucement, c'était de bonne guerre. Il cala son arme sur ses cuisses, massant précautionneusement son genou. Le docker désigna la blessure.

– Ça aussi, c'est le snack, hein ?

Quelque chose qui se figea dans les yeux du jeune truand, une ombre fugace qui passa derrière les pupilles rétrécies, comme un souvenir douloureux ou le spectre d'une grande peur. Le silence qui suivit était un peu trop long.

– On va m'envoyer de l'aide, souffla-t-il.

– Quand ?

– Tout à l'heure, demain matin, dans 24 heures... Faut juste que je reste à l'abri.

– Tu ferais mieux d'aller à l'hôpital, oui.

– A l'hôpital, hein ? Pour me faire ramasser par les condés ! On me cherche partout, tu vois.

– Les flics, ils savent que tu étais là ? Vous foutiez quoi là-bas ?

Encore ces épaules haussées sur un mode fataliste. Ils savent, ils ne savent pas, ils sauront bientôt, ils sauront jamais, ça n'avait pas d'importance, ce qui importait, c'était de se tirer loin de cette ville de malheur. Il jeta un autre regard de dédain à son genou, c'était que dalle ça, une éraflure ! Ventura n'avait pas l'air très convaincu. Le jeune voyou considéra le garage, l'entassement de vieilleries, les outils en vrac, la tondeuse démontée, les pots de peintures scellés par le temps, la poussière partout. Il toisa le docker.

1. « Les Corses ont le sens de l'hospitalité ».

– Si tu m'aides, je te paierai, j'ai du blé, moi. Visiblement, tu ne roules pas sur l'or…

Ventura fit de son mieux pour se contenir.

– Je n'ai pas besoin de ton pognon…

La voix de Nathalie, dehors. Ventura écrasa le cigarillo, esquissa un mouvement vers la porte du garage.

– C'est quoi ton prénom, déjà ?

– Pierre-Marie. Bonaventura, précisa-t-il.

– Réponds-moi, Pierre Marie Bonaventura. Pourquoi tu es venu ici ? Pourquoi moi ? Pourquoi tu vas pas voir quelqu'un d'autre à la place ?

– Ça fait beaucoup de pourquoi.

Le jeune voyou réfléchit un moment.

– Disons qu'on ne se voit pas assez chez les Bonaventura. Alors je me suis dit que c'était l'occasion de retendre les liens familiaux !

Il éclata d'un rire un poil trop strident. Ricaner lui fit mal au genou alors il arrêta de plaisanter. Le bout du canon reprit avec sérieux le fil de la situation.

– Je ne connais personne dans cette ville de merde. Je déteste cette putain de ville de merde. Alors pourquoi pas chez toi.

Le jeune marqua une pause.

– Une nuit, pas plus.

Il était sérieux comme un évêque insulaire. Ventura laissa filer. Qu'il se casse le plus vite possible, le reste il s'en foutait. Va pour une nuit, au point où ils en étaient. Il jeta un regard autour de lui, avisa l'établi enfouit sous un monceau d'outils posé là pour être rangés un jour lointain. Il en exhuma une bombe de lubrifiant WD40 à moitié pleine et entreprit de bomber glissières et rails du vantail. Le jeune l'observait en silence, le flingue posé sur les cuisses. Le vantail daigna, avec un gémissement d'outre tombe, reprendre sa voie normale. Ventura l'actionna deux ou trois fois pour vérifier qu'il s'était remis à fonctionner correctement. Satisfait, il balança la bombe de lubrifiant sur l'établi et sortit en refermant précautionneusement le vantail. Il n'eut pas un regard pour le jeune ou pour son arme.

La lumière de la terrasse s'était éteinte depuis un moment, le jardinet était noyé de silence. Le jeune voyou contempla l'intérieur du garage. C'était pas possible un bordel pareil, même dans sa chambre, dans la grande villa qui dominait le golfe, il n'y avait pas un tel souk. Et il n'était pourtant pas un obsédé du rangement. Il avait la dalle, maintenant. Il fouilla du regard les étagères branlantes du fond où étaient empilés cartons à chaussures et sacs de sports poussiéreux. Mais rien qui ne ressemblait à de la nourriture. D'habitude les vieux ont toujours des trucs en réserve, des bocaux de champignons ou des fruits au sirop. Mais là, rien. Pas la peine d'espérer trouver quoi que ce soit à consommer là-dedans. Un peu de speed aurait fait l'affaire en attendant. Mais il n'avait plus rien, il avait partagé ses derniers grammes hier avec les deux autres, juste avant d'entrer dans ce snack de malheur.

Dans un coin, un truc trônait, recouvert d'une bâche verte et bleue neuve étroitement sanglée de tendeurs en caoutchouc. Un animal bossu et vaguement inquiétant. Intrigué, le jeune voyou s'y traîna en claudiquant, défit les sandows et souleva le plastique. Dessous, en grande partie démontée, une antiquité, une Triumph « Bonneville » des années 70, au réservoir très abîmé. On aurait dit que l'engin était passé sous les roues d'un bulldozer. Pendant une seconde, une vague réminiscence chatouilla le lobe temporal de son cerveau avant de se diluer quelque part dans sa fatigue. Le jeune truand relâcha la bâche qui retomba comme un linceul. Une vieille merde, comme le reste.

Il se laissa choir dans le fauteuil. Son portable était muet, la batterie baissait, mais il ne se résolvait pas à l'éteindre. Son genou lui faisait mal, avec des élancements qui suivaient les pulsations de son sang. La nuit allait être longue et douloureuse.

Deuxième jour

Un peu plus tôt, juste avant la frontière de l'aube, après une nuit passée sans réussir à fermer l'œil, Ventura déposa doucement une tasse de café sur la table de nuit de la chambre à coucher. Nathalie émergea une demi-seconde, marmonna un vague « merci » puis replongea direct dans les limbes du sommeil.

Maintenant une aube poussive tentait de percer le fenestron du garage. Engoncé dans une doudoune, Ventura tourna l'interrupteur. La lumière éclaboussa le *cafoutche*. Le jeune mec fut brutalement extrait de son lourd repos. Il chercha instinctivement son arme.

– C'est ça que tu veux ? demanda le docker.

Le pistolet, tenu par le canon, se balançait devant le visage du jeune. Il le récupéra prestement mais, encore englué dans les brumes du sommeil, il ne sut qu'en faire.

– Juste quelques heures, hein ? interrogea Ventura.

Les yeux du docker brillaient d'un sérieux intense. Le voyou confirma d'un hochement.

– Ma femme part bosser vers midi, moi, je finis à 16 heures. Quand je rentre du boulot, tu as dégagé. Tu fais gaffe au vantail en refermant.

Le jeune voyou ne commenta pas. Il étouffa un bâillement. Putain, qu'est-ce qu'ils ont les vieux à se lever tôt comme ça ? Le vantail glissa dans ses rails et se referma avec un claquement irréprochable.

***

Du pourpre dans le noir du ciel, juste une précoce trace d'azur pâle dans des ténèbres qui fuyaient la grande ville glacée par l'hiver. Ventura avait passé l'entrée du Grand Port de Marseille à Mourepiane à cet instant qu'il préférait entre tous, ce moment en équilibre entre les labeurs du jour prochain et l'âpreté finissante de la nuit. Un ciel de bandelettes multicolores, accrochées les unes aux autres par des clous de nuages violets, se levait sur un no man's land de gris et de beige. Un espace apparemment vide, au-delà des grilles, séparait de la ville de son port, une ville qui ne se souvenait même plus que le monde était là, à portée de rêve, sur ces quais qui promettaient les plus lointains voyages.

Ventura se gara sur le parking à l'arrière, près des véhicules flambant neufs des gars du shift de nuit. Fenêtre ouverte sur le froid mordant de l'aube, il prit le temps de savourer le temps, se perdant une seconde dans la contemplation de la palette de couleurs. Palette, c'était le mot juste dans cet univers de transports et de colis. Des rectangles de couleurs étaient empilés au bord du bassin d'eau verdâtre. Un chariot rouge, haut comme deux étages de hangars, trimballait un conteneur bleu turquoise vers le quai jaunâtre. Un monstrueux portique d'un bleu encore sombre se découpait sur le ciel à peine éclairé, crochant les conteneurs qui paraissaient minuscules vus du parking. Les crocs d'acier du *spreader* noir mordaient consciencieusement la corrosion marronnasse du métal puis entraînaient sans pitié leur proie jusqu'à l'entassement démesuré de boîtes agglutinées au pont d'un porte-conteneurs. L'équilibre du tout, entre l'eau et le ciel, paraissait miraculeux à qui ne connaissait pas le complexe travail de saisissage. Une odeur de carburant lourd, écœurante et toxique, saturait l'atmosphère. Ventura retrouvait sa planète secrète, pleine de pistons en surrégime, de grincements d'acier, de stridences de poulies et de gaz d'échappement bleutés.

Il quitta la tiédeur de sa Renault et avança vers les quais. Les hommes s'agitaient au bord de l'eau. Le contremaître du shift de nuit, casque en arrière sur le crâne, le salua de loin. Un des vieux de la vieille, comme lui, un que les autres anciens surnommaient « Richard Gontainer » à cause à la fois de ses lunettes rondes, de son gros nez et de sa manie de compter en chantonnant à haute voix les boîtes que son équipe embarquait. Gontainer était surtout un des principaux délégués du syndicat et, par geste, il signifia à Ventura qu'il voulait lui parler après son shift. Pas besoin de discours, Ventura savait de quoi. Les dents du *spreader* se refermèrent de nouveau dans les encoches d'un conteneur avec un claquement de piège à loup. Un loup avide de fer. Tout à l'heure une autre meute allait arriver, une meute de poids lourds et de remorques, affamée de la tôle des boîtes. Pendant ce fugace instant suspendu, il avait oublié la menace qui se terrait dans son garage.

Ventura entra dans le vestiaire. Les autres, ses hommes, n'étaient pas encore là. Il fut le premier à s'habiller.

***

Vert. Orange. Rouge un moment. Puis le feu passa de nouveau au vert. Entre une bretelle d'autoroute sur pylônes, des entrepôts de pierre oubliés par le temps et une cité tristement semblable à n'importe quelle autre, une dépanneuse hors d'âge embarquait une berline BMW. Les mécaniciens travaillaient avec virtuosité et efficacité. Le 4X4 de luxe était resté garé vingt-quatre heures dans ce coin oublié, beaucoup trop longtemps.

De l'autre côté de la rue, juste sous le feu tricolore, barrant carrément le passage étroit à l'entrée de la cité, un autre SUV sombre était stationné. Pas franchement discret comme poste d'observation mais les trois jeunes qui l'occupaient s'en contre-fichait. Qui allait leur faire la remarque ? Une Datsun déglinguée manœuvra pour les contourner sans klaxonner. On ne klaxonne pas un SUV noir garé en double-file à l'entrée d'une cité. Question élémentaire de survie.

– C'est des mecs à Tonio, admira Farid, les mains posées à plat sur le bas du volant. Les meilleurs mécanos des Bouches-du-Rhône.

– Les minots ont été plus rapides qu'eux, compléta Gouni, assis côté passager.

Il manquait les deux roues du côté droit de la grosse voiture. Des minots devaient se tapir à quelques mètres, clefs à molettes dans la poche du survêt', prêts à bondir si les mecs de Tonio s'éloignaient une moitié de seconde.

– Un X5 en vrac, portières pas fermées à clefs, à deux cents mètres du snack, cherche pas, c'est les mecs, dirent les deux gros bras presque en même temps.

Les lascars massifs aux crânes ras et aux larges épaules n'étaient pas jumeaux, mais l'un parlait pour l'autre et inversement, ça ne rendait pas pour autant passionnant ce qu'ils avaient à raconter.

Le jeune assis derrière ne savait pas forcément non plus lequel de ses deux hommes de main venait de parler. De toutes manières, cela ne l'intéressait pas. Maek caressa distraitement le gros pansement qui prenait toute la place sur le dos de sa main droite. La vingtaine comme les deux autres, mais en plus sombre. Tout était plus sombre chez Maek, les cheveux, la peau, les fringues, les idées. Ses yeux enfoncés dans son visage maigre paraissaient ne jamais refléter aucune émotion ni aucune lumière. Il semblait se dégager de Maek une forme d'autorité silencieuse malgré son jeune âge. Il était le boss. À la cité ils étaient plus de trente à travailler pour lui. Il se repassa mentalement la fusillade de la nuit précédente, cette nuit dévastée par le fracas des rafales et le chaos du verre pulvérisé.

Les deux gadjos avaient surgis de nulle part alors qu'il finissait un nouveau Royal Cone qu'il était allé prendre lui-même dans le gros congélateur transparent. Un troisième mec était resté dans la rue déserte, les mains dans les poches et les yeux en alerte. Tous les trois étaient vêtus de noir, de la tête aux pieds, et leurs cagoules ne laissaient même pas voir leurs yeux. Un commando. Va savoir qui ça pouvait être, y'avait tellement de mecs jaloux de sa réussite, de son bizness… Pour une fois, il était venu seul, pour se détendre en fin de journée. Enfin, presque seul, les autres devaient passer le récupérer une demi-heure plus tard. Mais merde, il était à lui ce snack ! Il l'avait raqué du premier au dernier billet de vingt froissés par des mains impatientes. Et l'épicerie de nuit, juste à côté, aussi était à lui. Achetés devant notaire, avec des impôts réglos autant que possible. À vingt-quatre ans, c'était pas mal comme début, non ? Alors il était chez lui, il avait bien le droit de venir se manger autant de glaces qu'il voulait ! C'est tout ce qui lui était passé par la tête tandis que les mecs dégainaient leurs armes. Il y eut une première rafale, courte et sèche comme un ricanement. Une Kalach'… c'était devenu une sorte de convention collective. Bref, quelque chose avait frôlé le dessus de sa main droite mais il n'avait rien senti de douloureux. Enfin, sur le coup. Il avait riposté au pif. Il ne savait pas s'il avait touché. Il avait plongé sous la table. Un autre ricanement de métal chemisé de cuivre avait répondu. Une autre kalach'. Pas la même, celle-là tirait de derrière lui et les balles passaient en meute au dessus de sa tête. Ça crachait de tous les côtés en même temps.

Le feu repassa au vert puis à l'orange puis au rouge dans un silence épais et collant comme une couche de sauce samouraï. La grue de la dépanneuse souleva doucement le BMW bancal et le guida souplement vers la remorque. Une manœuvre de dockers. Farid se contorsionna pour s'installer encore plus confortablement dans le siège conducteur de cuir souple. Gouni regardait ailleurs.

– Djibril, c'était fini quand les condés sont arrivés.

La voix de Farid était normale, sans émotion. Tous les trois connaissaient Djibril depuis l'enfance. Il était marrant, le gros, et ses tacos étaient les meilleurs de la ville. Mais surtout il était gentil, pas bagarreur, juste un bon mec qui adorait manger et faire à manger. Tant mieux, parce qu'il était nul pour le véritable bizness, celui qui faisait vraiment tourner la boîte se remémora Maek.

Djibril était allé se fumer un petit spliff dans l'arrière-cour en attendant que Maek finisse sa glace. Quand les inconnus en noir étaient entrés, il les avait entrevus entre le gyros à viande et la hotte aspirante. Il avait compris tout de suite. Des mecs cagoulés, il était gentil, mais pas idiot non plus. Et puis Maek était son boss tout autant que son ami. Djibril avait déboulé en arrosant à l'AK 47, celle qui restait en permanence cachée dans la trappe des bonbonnes de gaz à l'arrière. Les types en noir, surpris, avaient pivoté vers lui au ralenti, comme englués dans leur effarement. Juste des mecs en noir, avec les visages cagoulés, deux dedans, un dehors à couvrir les autres. Tout le monde s'habillait comme ça maintenant, un truc à la GTA[2] en « *mode execution* », un uniforme de tueur, un simple vêtement technique, un genre de tenue de chantier spécial règlements de comptes.

Gouni, enfoncé côté passager, était plongé dans une méditation durable. Enfin, si tant est que Gouni ait déjà réfléchi à quoi que ce soit. Il hocha affirmativement son énorme crâne.

– Personne ne sait qui c'était ces mecs.

Le BMW fut stabilisé sur la plate-forme de remorquage et les deux mécanos s'empressèrent de l'arrimer solidement. On sentait comme une forme d'excitation de leur part, comme si l'issue

2. Jeu vidéo de tir à la troisième personne.

proche les galvanisait. Le BMW allait finir dans un garage, désossé dans cette même journée par des fourmis habiles et sans fatigue. Protection antivol informatique ou pas, appli de surveillance ou tracker embarqué, les morceaux partiraient illico en vente à la pièce détachée sur un site du darkweb ou un autre. Ou mieux, de bouche à oreille. Indétectable. Le squelette de la berline allemande, aussi proprement récuré que celui d'un pigeon mort dans une fourmilière, finirait broyé dans une casse du côté de Gignac. Le véhicule ne sera ni revu, ni reconnu.

Le feu repassa au vert. Le gros SUV sombre de Maek et de ses sbires ne bougea pas.

– On a tout dégagé, Maek, assura Farid. Les armes, les portables, on a tout effacé. Personne ne peut savoir que tu y étais.

Maek frotta distraitement son pansement. Personne ne pouvait non plus savoir que le snack était à lui ni que Djibril était en paille. Que ça lui servait à nettoyer une petite partie des bénéfices que l'incessante noria de petits bourges venus de La Plaine acheter leur chichon laissait entre les mains de ses charbonneurs. De temps en temps, les mêmes demandaient un peu de coke pour pimenter leurs « nights » dans leur ridicule petit quartier tendance bariolé de tags. Ils la payaient au prix fort. Une manne pour lui. Pas comme sur le Vieux-Port où le commerce était d'une autre envergure mais restait une chasse gardée.

Après les rafales, le snack était retombé dans un silence qui faisait mal aux oreilles. Le rouge du sang s'était mêlé au vert et au jaune du granité. Après, bien après que des yeux plus courageux que les autres aient osé se risquer au travers des persiennes de la rue, les flics avaient déboulé. Ils avaient déroulé le ruban jaune puis le rouge et blanc de la circulation, celui qui ressemble à une ceinture de vieux judoka, ils avaient semé des petits triangles de plastique numérotés. Les journalistes excités avaient gribouillé des trucs sur la fabrique du crime et la « Crime », elle, s'était perdue en conjectures. Les morts chez les mecs en noir, on ne savait pas qui c'était. Le gérant du snack, lui, était connu. Maek était déjà loin, arraché par Farid et Gouni arrivés en dérapage trois minutes après la fusillade. Trois minutes trop tard. Allongé sous sa table hachée par les impacts, avec les oreilles qui sifflaient, il avait eu le temps de voir un des mecs en noir. Il était le seul à l'avoir vu. Tous les autres, Djibril compris, étaient raides morts au milieu du sang qui avait giclé partout. À part lui-même, un seul s'en était sorti vivant, il s'était enfuit à pied. Et celui-là, il le voulait.

– C'est ces enculés des Cèdres, Maek, j'en suis sûr ! C'est tous des fils de putes ! s'énerva l'un.

– Il a raison, ils t'en veulent toujours ! s'excita l'autre.

Farid et Gouni étaient prêts à en découdre. On ne savait jamais exactement pourquoi ils montaient soudainement dans les tours. Ni à quelle embrouille ils faisaient allusion. Mais ils étaient forts, fiables, fidèles et méchants quand il le fallait. Les deux se turent, sûrs de ce qu'ils avançaient.

Le feu devint orange. Puis rouge.

– Tu veux qu'on aille voir Ahmed ?

Le feu repassa au vert.

Ils n'osaient pas se retourner. Maek ne répondait pas, il repensait à la suite.

Tout était allé très vite. Un appel et le SUV sombre avait déboulé d'on ne sait où. Farid et Gouni l'avaient emmené chez quelqu'un qu'ils connaissaient, dans un petit cabinet niché tout au fond d'un couloir poussiéreux. Le médecin, un ami d'un ami, avait un visage de fellah. Ses doigts de latex avaient habilement recousu la vilaine entaille sur le dos de la main. Le projectile de 7,62 avait miraculeusement épargné les tendons extenseurs. Coup de bol. Ou Inch'Allah, plutôt. Un peu de sang avait perlé mais le fil de catgut avait aussitôt refermé les lèvres de la plaie, dans un silence à peine troublé par les sirènes de police au loin. Il y a toujours des sirènes qui se rapprochent, pour toi ou pour un autre, où que tu ailles, quoi que tu fasses. Le gros pansement recouvrait la plaie. Le médecin lui refila deux boîtes, une grande d'antibiotiques, une autre d'anti-douleur, puis il glissa dans sa poche la grosse liasse de billets que Maek lui tendait. À peine sorti du cabinet, Maek bazarda les antibiotiques.

Feu vert encore. Aucune trace ne subsistait à l'endroit où avait stationné le BMW du commando. À l'avant les deux autres hésitaient à répéter leur question. Gouni osa.

– On va voir Ahmed ou pas ?

– Non, ma mère doit me chercher partout depuis hier, répondit Maek.

– Y'en a vraiment un qui s'est tiré ? Tu es sûr ?

– On t'a dit que oui.

Farid et Gouni étaient repartis dans leur numéro de duettistes.

– Ils le savent, les condés ?

– Non.

– Et ils ont pas dit qui c'était, les deux morts ?

– Non, ils ont pas dit. Le seul vivant, il est loin.

– Ah ouais ?!... Et alors pourquoi il a pas repris la bagnole, alors ? Il est reparti à pied ou quoi ?

– C'est les mecs des Cèdres sûr, cet enculé de Djamel !

À l'arrière, Maek n'écoutait pas ce que les deux autres déblatéraient. Pas plus qu'on écoute vraiment ce qui se raconte à la radio. À moins qu'il y ait, dans le flot intarissable, une info plus importante qu'une autre.

– On fait quoi ? insista l'un ou l'autre des sbires.

Le feu était de nouveau rouge. Maek jeta un œil à l'extérieur. C'était vide. La berline à deux roues et les mécanos de Tonio étaient partis depuis longtemps. La circulation commençait à être dense, les gens allaient au travail en automobile dans cette ville immense. La matinée avançait, le coin n'allait pas tarder à nouveau à grouiller de flics en quête de renseignements qu'ils n'obtiendraient jamais. Personne n'avait rien remarqué, rien vu, rien entendu.

– Vous me ramenez, finit par dire le jeune boss.

Le feu était toujours rouge quand le SUV traversa le carrefour en flottant au-dessus de la chaussée, faisant piler les autres véhicules. Mais personne n'osa klaxonner. Un SUV sombre, garé, près d'une cité, hein, mieux vaut le laisser passer sans rien dire.

***

Du bulbe d'étrave du gigantesque porte-conteneurs émanait une sorte de menace maritime, il ressemblait à un monstre subaquatique dont le crâne de globicéphale atteint de gigantisme affleurerait au ras du bassin. Un globicéphale à tête de rouille et haleine de mazout. Le pont principal dominait le quai de plus de dix mètres, faisant ressembler les voitures des avitailleurs regroupées au pied de la passerelle à des maquettes oubliées au bord de l'eau verte.

– Voilà... doucement... Tiens bon, tiens bon, chuchota Ventura au creux du talkie.

La boîte de 40 pieds rouge, pilotée au joystick par un grutier invisible dans sa cabine à trente mètres du sol, plana au dessus des têtes casquées en direction de la passerelle du titanesque navire. Hiératique devant son pupitre de chef d'orchestre au pied du portique bleu, la bouche collée au talkie, Ventura semblait dialoguer directement avec la boîte rouge. Suspendue aux arachnéens filins d'acier comme une gracile marionnette au bout des fils de son montreur, le boîte paraissait suivre docilement ses consignes. Elle se posa sur le pont du navire dans un soupir de métal alangui. L'infime résonnance de ferraille, au moment du contact, ne parvint même pas à couvrir pas le ronronnement des machines au ralenti. Les hommes la fixèrent solidement. Ventura sourit. Ces appontages millimétrés lui procuraient un inexplicable sentiment de plénitude.

Le manège continua avec un conteneur bleu. Un pointeur à quai vérifiait les numéros sur son logiciel portable de terminal. Les chasubles fluos s'affairaient entre le pont et le quai, communiquant par signes autant que par radio. Sur le pont, le «*paillolle*», d'autres arrimaient ou désarrimaient avec dextérité les lourds «fusils», ces «ridoirs» d'acier fileté qui maintiennent les conteneurs. Des files de conteneurs rouge sale, jaune délavé, marron sale, bleu délavé, vert sale et toutes les variantes possibles de sale et de délavé, conduites par l'escouade de dockers, affluaient au rythme métronomique de l'embarquement. Ventura était le chef d'une équipe d'élite. C'était une énorme responsabilité, un énorme honneur aussi. La manœuvre baignait dans l'huile. Il tendit son Motorola à Momo et observa avec satisfaction son équipe qui œuvrait avec la même froide efficacité que celle d'un bloc opératoire.

Ventura appela Nathalie sur son portable. « Vu comment tu roupillais, je me demandais si tu allais émerger à temps ». Non, ça va, elle était arrivée à l'hôpital à l'heure. Il souffla intérieurement, il avait craint qu'un détail qu'il aurait sous-estimé attirât l'attention de sa femme au moment de quitter la maison. Mais il n'eut pas le temps de discuter davantage. Quelque chose s'agitait, là-bas, sur la coursive du porte-conteneurs.

– Je te rappelle.

Des gifles étaient parties. Une embrouille entre dockers et marins croates. Mohamed, dit Momo, secouait un des matelots du bord et quand il secouait de toute la puissance de ses cent-six kilos, ça secouait fort. Ventura s'interposa. Sur un regard de son chef, Momo relâcha à regret le marin. « On va se revoir, t'inquiète » lança-t-il au matelot. Ventura agrippa de sa grosse main le nœud de cravate du second capitaine du navire, un chauve en chemise galonnée d'or. Il connaissait ce connard, un sournois de première.

– Pas boussib', Ventura ! récrimina l'officier. Longshoremen of your, dans deck B ! No entrance deck B! Prohibido aller Deck B! Déjà mois dernier, big problem, three containers open! Three!

Il montra trois doigts, au cas où Ventura ne parlât pas anglais. Le type mentait comme un arracheur de dents aurait dit sa grand-mère. Un arracheur de dents chauve et fuyant.

– Arrête, Nikos, tes salades tu les racontes à quelqu'un d'autre. Y'a pas d'embrouille avec mon équipe, alors, *parakallo*, tu nous laisses dessaisir et tu te casses au loin avec ta barquette !

Il relâcha le chauve qui quitta le pont en marmonnant des insultes dans un dialecte exotique. Les marins Croates échangèrent des regards venimeux avec les ouvriers regroupés autour de leur chef mais regagnèrent prudemment leur bord.

– Allez, remettez-vous à bosser ! lança Ventura.

Les dockers reprirent rapidement leurs places. Ventura intercepta un de ses hommes, un petit docker blond d'une cinquantaine d'années aux cheveux longs et au bonnet rabattu jusqu'aux yeux, qui redescendait du pont principal

– Kara, tu foutais quoi exactement dans la cale ?

Karaboudjian, alias Kara, gueule de fouine sympathique barrée d'un sourire de marchand de tapis persans en imitation polyester, ouvrit de grands yeux innocents. Il considéra avec circonspection le grand Ventura qui l'écrasait de sa masse.

– Je cherchais des ridoirs.

– Des ridoirs, hein ? Dans la cale du B ?...

Ils se toisèrent un instant. L'œil de Ventura était dubitatif, celui de Kara empli d'innocence. Le docker blond écarta les mains en signe d'angélique perplexité. Il avait besoin d'un ridoir, c'est tout ! Deck B, deck C, deck Z, il en avait cherché un, voilà...

– Allez, bouge de là, grogna le chef d'équipe.

Kara déguerpit sans insister. Ventura descendit la passerelle en égrenant des ordres brefs dans le talkie qu'on lui tendait. La machine des hommes au travail était repartie en silence. Le portique sur rails agrippa une nouvelle boîte au bout de son interminable bras capable de traverser le pont d'un bateau d'un bord à l'autre. Les conteneurs fusèrent à nouveau comme des insectes multicolores attirés par le pachyderme de tôles d'acier et de fumée noire. À trente mètres du sol, le portiqueur déposait les boîtes depuis le bord à quai comme on joue à Tetris, selon un ordre ésotérique clairement connu des seuls ordinateurs des dockers répartiteurs. Ventura inspira calmement, laissant fondre son agacement. Cet alliage parfaitement huilé d'ouvriers humains et de ferraille vibrante le rassurait, le faisait se sentir mieux, lui faisait oublier l'autre, là bas dans son garage, avec son arme et son genou imbibé de sang, son mode de vie qui puait la mort et sa haine stérile qui le ferait un jour finir dans un sac de plastique noir. Ventura se dit qu'il préférait de loin le jeu subtil de plans de chargements et de déchargements, ce ballet aérien de bord à quai et de quai à bord, cette noria presque enfantine de camion et de tracteurs qui approchaient, s'arrêtaient, déchargeaient, chargeaient puis repartaient imperturbablement. Une mécanique céleste et hypnotique qui lui garantissait un équilibre personnel et une santé mentale similaires à ceux qui pratiquent le yoga ou la méditation. Une sorte de satori portuaire, aussi difficile à créer que le rigoureux tracé d'un jardin zen. Parce qu'un navire, ça se charge selon un ordre précis, sinon, c'est comme tout, ça finit par chavirer.

Une question d'équilibre.

***

Le vestiaire, situé à l'arrière des hangars, exhalait des effluves de surgelés en promo réchauffés au micro-onde et de crème lavante industrielle parfum-citron-spécial-travaux-salissants. Une odeur de garage automobile et de match de foot du dimanche flottait dans le spartiate local d'ouvriers comme il y en a des millions tout autour de la planète. Question fréquence de nettoyage et aération des locaux, cela devait tourner au mieux autour de l'opération annuelle. Dans l'exiguë pièce de repos attenante, baptisée pompeusement

« salle récréative » par la maîtrise, bancs, étagères, frigo et affiches syndicales décoraient des murs préfabriqués qui avaient connu une peinture blanche définitivement enfuie. Une unique image pieuse surmontait le tout, le sourire édenté de La Dèche soulevant la Coupe aux Grandes Oreilles, témoignage de la foi en la religion locale. La grande table, qu'on pouvait sortir pour manger tous ensemble au printemps si le soleil ne frappait pas comme un sourd sur le bitume, croulait sous les sacs de courses entassés et les bouteilles de soda vides. Au fond, privée de fenêtres et nappée de linoleum, une salle de douche au nettoyage sporadique et aux casiers décorés d'autocollants à la gloire de l'OM et du syndicat était à peine plus grande qu'un conteneur. Mais peu importait aux dockers, c'était leur tanière, leur vestiaire, une terre sacrée. Il avait fallu des années de luttes aux anciens pour obtenir ce « confort ». Le « shift » était terminé, les dockers se changeaient en discutant ballon ou bagnoles, selon leur obédience.

– Un tueur, je te dis, un vrai à l'ancienne, genre une seule occasion, trois buts, disait l'un.

– L'abonnement, c'est pour les riches, même en virage, avançait un autre, moi je vais voir le match au bar, c'est moins cher.

– C'est sûr que trois tournées par mi-temps pour quinze soiffards, ça te revient moins cher ! ironisait un dernier.

Bref, ça rigolait, ça déconnait et ça chambrait. Le ronchonnement de Momo rebondit dans l'atmosphère brumeuse.

– Putain, vous pouvez-pas aller fumer dehors, merde, on a les fringues qui puent la clope après !

– Fais pas chier, Momo, tu fumais encore y'a deux mois.

Momo haussa les épaules, c'était pas une raison. Il gagna la salle de douche. La discussion dériva sur cette affaire de piano et de déménageurs et, tout de suite, le ton se fit plus grave. Entre les boîtes, le pont et les bousculades avec les marins, ils n'avaient pas eu le temps d'en parler vraiment. Mais maintenant, les regards qu'ils posaient sur Ventura étaient éloquents. Admiration, respect, considération pour ce qu'il avait montré ce jour-là. Parce que c'est sûr que ça marquait une borne, ce piano, c'était le signe que les choses étaient en train de basculer et pas vraiment du bon côté. Si les hommes laissaient passer le fait, alors tout pouvait partir en vrille. N'importe qui pourrait faire le travail à leur place. Pour pas un rond, bien sûr. Eux, qu'on accusait de privilèges, pourraient aller finir ailleurs. Mais les dockers savaient qu'ils pouvaient compter sur leur solidarité. Ventura l'avait, en quelque sorte, confirmé en prenant la tête du groupe qui avait chargé l'instrument à bord. C'est lui qui s'était interposé, qui, encore une fois, s'était fait leur voix, leur bras. Un docker barbu déboula des douches, les reins ceints d'une serviette et s'arrêta au niveau de son chef.

– Ça peut pas continuer, ho Ventur', balança-t-il avec un fort accent corse. Y'a pas que l'histoire du piano, y'a pas que ! Ce matin, les embrouilles avec les Grecs, c'est aussi à cause du matériel.

Momo passa la tête par la porte d'un des chiottes.

– il a raison, c'est plus des outils, c'est de la ferraille ! On n'investit plus et on nous traite comme de la merde.

– Un jour y'en a un qui va y laisser la main, lança une autre voix par-dessus le bruit de l'eau.

Ventura acheva de ranger ses affaires dans son casier. Cette inquiétude, mêlée de colère, il la sentait sourdre dans les paroles de ses camarades mais il ne parvenait pas à la fixer dans son esprit. Comme si son cerveau refusait de s'occuper totalement de la situation présente. Autre chose le préoccupait.

– Je m'en occupe, je vous ai dit, coupa-t-il un peu rudement. À demain, les gars.

Il ferma son sac et la discussion d'un même geste sec et quitta le vestiaire. Il n'avait pas le temps de discuter plus, l'autre là-bas avait dû quitter son garage, du moins il l'espérait. Il voulait aller vérifier le plus vite possible. Les dockers se regardèrent, perplexes.

– Mais qu'est-ce qu'il a ? D'habitude il aurait foncé au bureau, chopé les patrons et mis le bordel direct et là, on dirait qu'il s'en cague !

Kara ricana en peignant ses cheveux devant un miroir fendillé.

– Il a qu'il vieillit, mon collègue ! Il a qu'il est grand-père depuis six mois et que dans même pas deux ans, il est à la retraite ! Il a qu'il se fait vieux, que tu te fais vieux, que je me fais vieux et c'est tout !

Le petit docker blond ajusta soigneusement un de ses multiples anneaux de « cinq-doigts-six-bagues », tira la glissière de son blouson jusqu'au menton et ouvrit la porte du vestiaire sur le froid mordant de l'extérieur. Il avait lui aussi un truc à faire. Mais pas du même côté que Ventura.

Le soleil se couchait, le ciel virait au cramoisi, il commençait à cailler sérieusement. Richard Gontainer, le chef de l'autre équipe, harponna Ventura alors qu'il se hâtait vers sa voiture.

– Je voulais te féliciter pour ton intervention, ton sang-froid et ta fermeté dans cette affaire de piano, dit-il.

C'était à croire que j'ai vaincu le dragon invincible qui terrorisait les docks, pensa Ventura. L'autre poursuivit sur le même mode.

– Les camarades m'ont raconté la fermeté et, en même temps, le sens de la mesure avec lesquels tu t'es interposé. Parce que cela aurait été facile de déraper. La presse et les autorités du Port, trop contentes de l'aubaine, se seraient empressées, in fine, de pointer la responsabilité de notre syndicat.

La phraséologie de Gontainer avait toujours l'air de provenir d'un temps ancien, d'une époque de casquettes de laine et de portefaix en tailloles. Il avait ce verbe engagé si particulier aux syndicalistes et, Ventura l'avait souvent remarqué, il le gardait même quand il n'était pas dans sa fonction officielle. Il était persuadé que le syndicaliste devait parler de la même manière à sa femme dans l'intimité.

– Si on laisse ce genre d'événement se reproduire sur notre domaine, continuait Gontainer, c'est fini pour nous, fini pour la manutention portuaire, fini pour ce labeur que nos pères ont réussi à imposer comme un vrai métier, après des années de luttes souvent violentes.

Sur ce point, il avait parfaitement raison, Ventura en était intimement convaincu, il avait lui aussi lutté comme tous pour imposer ce statut de docker aux autorités. Mais, aujourd'hui, il aurait préféré que Gontainer se montre plus synthétique. Alors il se contenta pourtant de hocher poliment la tête ou d'émettre des grognements d'assentiment afin d'éviter tout développement à la conversation. Gontainer s'échauffa, prédisant que les dockers redeviendraient des précaires comme leurs anciens qui ne savaient jamais s'ils allaient travailler le jour-même, des bagagistes interchangeables et sous-payés. Ou alors, pour rester des dockers dignes de ce nom, il leur faudrait émigrer à Fos, dans la tentaculaire zone conteneurs. Autant dire une autre planète. Ventura trépignait d'envie de planter là le syndicaliste pour aller au plus vite vérifier son garage.

– Il y a une réunion au syndicat demain soir, annonça Gontainer en posant solennellement la main sur l'épaule de Ventura. Je compte sur toi pour prendre la parole et raconter aux camarades ce qui s'est passé. Tu es un des chefs d'équipe les plus respectés et ton avis compte beaucoup pour nous tous.

Ventura tenta de prétexter des soucis à la maison, des travaux à faire, des papiers à remplir, le petit-fils à garder, de vagues prétextes que l'autre balaya d'un revers de main. Gontainer resta inflexible et le remercia cérémonieusement pour son dévouement à la lutte de la veille et sa présence du lendemain. Ventura exhala un soupir vaincu.

– Je serai là, t'inquiète.

Le syndicaliste manœuvra adroitement son 4X4 blanc pour quitter le parking au moment où déboulait une Dacia Sandero épuisée. Les deux véhicules ralentirent en se croisant, comme deux chiens de rues différentes qui se reniflent avec hostilité puis passèrent leurs pistes avec méfiance. Le Sandero stoppa au niveau de Ventura avant qu'il n'ait pu démarrer.

L'agent de la Police de l'air et des frontières qui était à l'intérieur, trente-cinq ans à tout casser et une grosse tête solide de rugbyman sur un air de se moquer de tout, salua Ventura d'un petit geste. Santillano, brigadier-chef au tableau d'un avancement qui n'avançait jamais, resta au chaud dans sa caisse, chauffage au maximum à cause de cette vitre coincée à mi-parcours qui ne descendait ni ne remontait plus depuis des mois. Ventura se dit qu'il fallait se débarrasser au plus vite de l'importun et rentrer chez lui avant l'arrivée de Nathalie.

– Tu vis ici, toi, ou quoi ? soupira-t-il en fouillant ses poches à la recherche de ses clefs.

– Y'a pas d'heures pour les braves ! s'amusa le flic.

Ventura souffla, agacé, ses clefs restaient introuvables au pire moment. Le flic poursuivit sur un ton badin.

– Y'a eu une embrouille avec des marins, il paraît ?

Ventura mis enfin la main sur ses clefs et se pencha à la portière de l'autre.

– Santillano, tu fais quoi dans la vie, à part faire chier le docker de base ?

Santillano leva les mains, faussement scandalisé puis agita un index ironique

– Je fais chier personne, je fais mon boulot consciencieusement en bon flic de base. J'essaie de savoir ce qu'il se passe sur le périmètre…

– Et nous, on est le péril maître, c'est ça ? ironisa Ventura.

Le flic baissa la voix, singeant des intonations de conspirateur.

– Et puis tu es sûr qu'ils sont vraiment si vertueux que ça, ces dockers dont tu parles ?

– Pourquoi, tu en connais beaucoup, toi ?

Santillano fit mine de réfléchir.

– Bah, j'en connais des bons, j'en connais des moins bons, des sérieux et des pas sérieux. C'était quoi ce bordel avec le piano ? Tu y étais, pas vrai, il paraît que c'est toi qui as renversé la situation ? Et c'est vrai ou pas, ces histoires de grève ? Vous allez bloquer ?

Ventura leva les yeux au ciel. La paranoïa était commune à tout le monde sur le port, du docker au flic en passant par l'armateur, le douanier ou le croisiériste. Santillano était à la pêche aux renseignements et tout était bon pour savoir ce qui se tramait sur le port. Toujours tout écouter, le moindre bruit avait son importance.

– Y'a des bruits, insista le flic avec une finale évasive

– Ouais, ben tu diras à tes « bruits » qu'ils nettoient leurs oreilles, moi je n'ai rien entendu.

Santillano eut une moue amusée. Ventura, esprit de corps, solidarité de classe et probité syndicale, un exemple pour tous. Le docker idéal, fiable, efficace, ponctuel et franc du collier, un modèle en voie de raréfaction. Santillano le pensait vraiment. Il tenta de remonter sa vitre en la soulevant à la main, se souvenant trop tard qu'elle ne fonctionnait plus et que ses efforts ne servaient à rien. Ils avaient du matériel et des bagnoles pourries, voilà, c'est tout, il fallait s'y faire. La vitre ne bougea pas. Une portière claqua, il releva la tête. La Renault fatiguée du docker modèle s'éloignait. La voix nasillarde d'une radio crachota sous le tableau de bord défoncé.

– Santillano, tu peux revenir au Terminal 2 ? Santillano, t'es où encore ?!

Le policier étouffa un juron et coupa le haut-parleur. Le jour n'allait pas tarder à se noyer dans la grande bleue, à fleur d'un ciel qui se tachait de violet et d'outremer. Les grands réverbères à vapeur de sodium commençaient à crachoter leur brume orange. Santillano, râlant contre le chauffage trop fort et cette vitre obstinée, retourna au Terminal 2.

Le vantail était à peu près bien fermé. Au moins ça. Il s'était bien escrimé ce matin avant de partir bosser pour le remettre dans ses rails sans faire trop de raffut et ça l'aurait ennuyé d'avoir à recommencer. Ventura entra. À l'intérieur l'arme le braqua de nouveau.

– Tu devais être parti à mon retour, grogna le grand docker.

La jambe calée sur un carton, le jeune haussa les épaules.

– Y'a pas un truc à bouffer ? J'ai la dalle.

Sa parka était remontée jusqu'au ras de ses joues creusées et il n'avait pas l'air très frais.

– Je ne suis pas le room service, rétorqua Ventura avec mauvaise humeur.

Il remarqua soudain la bâche bleue et verte, les sandows jetés en vrac sur le sol et la Triumph exposée nue. Il se tourna violemment vers le jeune qui eut un sursaut de crainte. Le docker était furieux, ses énormes poings serrés à faire peur.

– Qu'est-ce que tu as foutu ? gronda-t-il. Tu ne touches à rien, tu as compris, connard ?! T'es pas chez toi, ici !

Le jeune hocha le menton, abasourdi par la violence du docker. Ventura remballa la moto, ajustant soigneusement la bâche et les sandows. Sa colère retombait et il commença à s'inquiéter, sa femme allait arriver d'une minute à l'autre. Ils furent interrompus par le smartphone de Pierre-Marie. Le jeune voyou décrocha fébrilement. *Aïo* ! Dos tourné, la très brève conversation n'était pas audible. Ventura jeta un coup d'œil impatient au jardin désert. Nathalie allait arriver et si elle le voyait dans le garage, elle allait forcément y entrer. L'autre raccrocha, soulagé.

– Ce soir, 23h30, un poids lourd sur le parking de l'autoroute, juste avant Martigues. Faut qu'on soit pile à l'heure, ils n'attendront pas.

Ventura sursauta.

– « On » ?! Parce qu'il faut que je t'amène ?!

Pierre-Marie eut un geste évasif. Il n'allait pas y aller à pied.

– Sinon je peux rester quelques nuits de plus. Mais à l'intérieur alors.

– Va falloir que j'invente marmonna Ventura. Je sors jamais le soir.

Il remarqua le sourire moqueur du jeune voyou. Demander la permission à maman pour sortir avec les copains, hein ? Le genre d'allusion muette n'amusa pas du tout Ventura. Mais il prit sur lui pour rester calme.

– Quelle heure tu as dit ?

– 23h30. Onze heure et demie. À minuit tu es de retour.

Ventura grimaça en franchissant le vantail.

– D'ici là, amène-moi quelque chose à bouffer, merde ! Je crève la dalle !

Il allait rentrer, choper ce petit con par la peau du cul et les jeter tous les trois dehors, le petit con, son portable et son flingue. Ils n'auraient qu'à braquer un kébab pour se payer un taxi, il y en avait un à deux cents mètres, sur le rond-point pelé. Heureusement pour le jeune truand, la voiture de Nathalie se gara devant le portillon du jardin. Ventura rabattit vivement le vantail récalcitrant. Sa femme, manteau civil par dessus des Crocs blanches d'infirmière, déboulait déjà.

– Ventura, faut amener ma voiture chez le garagiste, j'en ai marre, elle démarre une fois sur deux !

Elle fila sans plus attendre vers la maison. Il faisait nuit et ça caillait vraiment.

– Tu viens ou tu restes là comme un pot de fleurs ? lui lança-t-elle depuis le perron.

Elle entra. Ventura, après un coup d'œil circonspect au vantail, entra lui aussi.

***

Tout à l'heure, avant d'accompagner le jeune à son rendez-vous, Ventura avait tergiversé tout le repas. Il s'était finalement convaincu qu'il valait mieux sortir en douce plutôt que d'invoquer des prétextes vaseux qui justifieraient approximativement cet inhabituel vagabondage nocturne. Nathalie aurait flairé l'embrouille. Après le dessert, il était donc entré à pas de loup dans la chambre où elle ronflait doucement, lunettes de travers sur le nez et magazine de mots croisés abandonné sur le ventre. Il avait silencieusement éteint la lampe de chevet. Nathalie pouvait dormir comme ça jusqu'à l'aube, d'un sommeil de béton, écrasée par les heures exténuantes à la réanimation de l'hôpital. Il était sûr d'être de retour avant qu'elle n'émerge.

Maintenant l'autoroute sombre et vide défilait sous le capot de la Renault et les lignes discontinues semblaient fuir devant ses roues. Ventura extirpa de sa parka un paquet enveloppé d'alu et le balança sur les genoux du jeune. Pierre-Marie déballa le paquet. Un sandwich. Il entrouvrit le pain.

– Putain, je déteste le fromage ! Y'avait pas autre chose ?

Il baissa la vitre et bazarda le sandwich. Ventura préféra se concentrer sur la conduite, sinon il allait… Petit con de privilégié qui n'a jamais eu faim de sa vie.

– J'espère qu'on va pas rater ton rencard, dit Ventura. Parce que tu commences à me gonfler sérieusement.

Une station-service d'aire de repos, un nulle part entre Martigues et Marseille, île d'asphalte déserte à cette heure de l'hiver. La vitrine de la boutique jetait un mauvais rectangle jaunâtre sur le bitume fatigué. Presque à la sortie, un parking sombre peuplé de colosses endormis, des poids lourds alignés jusqu'à l'extrême bord d'une piste qui surplombait une vallée piquetée de lumières. La voiture de Ventura freina devant la boutique déserte. Pierre-Marie resserra le col de sa parka, plissant les yeux pour scruter le stationnement. Des dizaines de bahuts, semblables les uns aux autres, se serraient dans la lumière jaunâtre. Va savoir lequel l'attendait.

Ventura observa le jeune qui ouvrait la portière.

– J'attends ou quoi ?

Malgré le ton rogue, une ombre de sollicitude pointait dans la voix.

– Non, c'est bon, tu peux y aller.

Ils eurent un bref échange de regards mais le voyou n'offrit pas d'autre remerciement qu'un mouvement du menton. La portière claqua. Le jeune Corse claudiqua vers l'obscurité du parking. Au travers du pare-brise, flouté de halos orange, Ventura suivit la silhouette qui progressait lentement. L'épaisse parka noire lui donnait une dégaine d'écolier hivernal. Il se trouvait à une dizaine de mètres des poids lourds quand un solide Volvo blanc dételé lui lança un appel de phares aussi fugace qu'un clin d'œil. Ventura, soulagé, tourna la clef de contact…

… Malgré cette jambe qui lui faisait un mal de chien, Pierre-Marie accéléra le pas, sourire aux lèvres, porté par l'espoir de l'issue toute proche. La portière côté passager s'ouvrit à hauteur de son front, un camionneur, la quarantaine aussi sombre que sa veste en jean brut, descendit de la cabine.

– Pierre-Marie ?

Le jeune Corse marqua un temps à quatre ou cinq mètres. Quelque chose, au bas de la nuque, un froid dans l'estomac, un picotement bizarre… Sans raison, pourtant.

– Tu es qui, toi ?

– Ghjè Jean-Mi chi ci manda, simu amichi.

C'est Jean-Mi qui nous envoie, on est des amis. C'était prononcé dans un corse impeccable, avec ces finales traînantes du sud de l'île. Pierre-Marie respira mieux. Ça va… Il rejoignit le camionneur qui lui tapa amicalement sur l'épaule. La lumière des lampadaires floutait ses traits. Une barbe grisonnante, peut-être, un bonnet de commando au ras des yeux. Le camionneur pointa la cabine du pouce.

– *Colla*. Monte.

… À l'autre bout, Ventura avait enclenché la première. L'embrayage fit se joindre les mécanismes et la voiture avança doucement. Pierre-Marie posa une semelle prudente sur le marchepied, ménageant sa jambe blessée. L'autre l'arrêta.

– Donne le *ceppu* d'abord. Faut s'en débarrasser…

U Ceppu. Le cep, la bûche, la racine en forme de flingue. La langue poétique. Le mot vibra dans la tête du jeune, comme de l'électricité dans du métal. Il secoua la tête.

– Non, non, je le garde.

… Ventura hésitait, la main encore sur le levier de vitesse. Vu d'ici, c'était deux types qui discutaient au pied de la cabine d'un gros poids lourd. Pourtant… Quelque chose clochait, quelque chose d'anormal émanait d'eux, de leur posture figée dans l'espace, une attitude de tension. La main relâcha le pommeau, le moteur repassa au point mort…

… Le jeune fit un pas en arrière. Le camionneur corse se raidit. Ils se jaugèrent du regard. Il y eut un temps d'indécision… Le mec peut-être avait raison c'était lui qui menait, c'était son bahut et peut-être, aussi, qu'un flingue posait problème pour les contrôles portuaires. En même temps…

– *Un fà micca u scemu…* Fais pas le con, insista l'autre.

Le camionneur esquissa un pas vers Pierre-Marie, la main tendue… Abruptement, le puissant moteur du Volvo démarra dans un grondement de bête enragée ! Il y avait quelqu'un d'autre mec dans la cabine ! Le grondement précipita tout, comme une avalanche qui déclenche sans raison. Le camionneur leva le bras. Un geste pour rassurer le jeune ? Mais quelque chose de métallique au bout de sa main jetait un paradoxal reflet mat.

– Bouge pas !

Pierre-Marie recula en fouillant maladroitement dans sa poche ; il tenta vainement de sortir son arme ; le chien s'était accroché dans la doublure. Ils se faisaient face, à deux-trois mètres l'un de l'autre, comme dans un western foireux. Une lueur fugace au bout du poing. Cet enculé avait tiré. Et il l'avait raté. Il l'avait manqué alors qu'il était à deux mètres à peine ! Ça n'avait même pas fait de bruit. Le jeune voyou réussit enfin à extirper son flingue et riposta au jugé. Manqué lui aussi. Le camionneur se colla contre la calandre, à l'abri du moteur d'acier. Les 500 cv du Volvo hurlaient avec impatience. Là-haut le conducteur ne voyait rien et n'entendait rien. En bas, au ras de l'asphalte, dans cette moche lumière fauve, c'était pire. Pierre-Marie se laissa choir sous un poids lourd bâché. Son cri de douleur domina la mécanique hurlante. Le genou, le genou, merde ! Il se cala derrière une gigantesque roue au caoutchouc craquelé. Le camionneur tira en direction du cri. Pssscchht… Un pneu se dégonflait quelque part. Raté. Pierre-Marie riposta au pif. Raté. Sa balle se perdit elle aussi dans l'obscurité…

… Là-bas Ventura était pétrifié. Les éclats lumineux, les détonations sourdes, c'est quoi ça ?!…

… Le camionneur hésita. Il était où ce fils de pute ? Sous l'attelage à côté ? Sous la bâche ? Non, là… Ça bouge, là ! Ça bouge ! Il ajusta soigneusement… Le coup de klaxon du Volvo lui fit presque lâcher son arme ! Le camionneur fou de rage pivota vers le conducteur en haut qui lui faisait des signes frénétiques en pointant la boutique ! Un hurlement, une voiture fonçait sur eux ! Le conducteur brailla quelque chose, l'autre dans le boucan n'entendit rien. Mais pas besoin. La voiture était à trente mètres. Va savoir qui il y avait dedans. Vingt mètres. Le camionneur remonta dans la cabine du tracteur routier. Sa portière était encore ouverte quand le Volvo décampa vers la bretelle d'autoroute…

… Ventura dérapa à l'endroit où se trouvait le bahut une seconde plus tôt. Pierre-Marie déboula de sous le tracteur d'un frigorifique jaune, sauta dans l'habitacle. La Renault traça aussitôt vers la sortie. Sur le parking, rien n'avait bougé, rien n'avait changé, rien n'avait ouvert un œil. Aucun des autres routiers ne s'était même montré à la portière.

Comme s'ils étaient morts.

– Fils de putes ! *Inculati !* Je vais tous les crever !!!

La bagnole fendait la nuit vide. Pierre-Marie, appuyait frénétiquement sur la touche de rappel automatique de son smartphone. Ses doigts tremblaient, mais pas de peur, ils tremblaient de haine.

– « Votre correspondant n'est pas disponible… »

– *Ùn risponde micca, inculatacciu, Ùn risponde micca !!!* (Ne réponds pas, gros enculé, ne réponds pas !) Je vais venir vous fumer tous ! Tous !!! Tu entends Jean-Mi, pédé que tu es ! Tous !!!

Il raccrocha, les yeux noyés d'une rage qui lui faisait prendre les traînées orange de l'éclairage pour des traces de sang. Les pointillés livides filaient sous le capot en rafales nerveuses.

– *T'ha a paura di fassi chjappà, t'ha a paura*, ce fils de pute !!! (Il a peur qu'on remonte jusqu'à lui, ce fils de pute !) Comme si j'étais une balance ! Je vais te crever, Jean-Mi, *t'aghju dà crepà* !

Brusque coup de volant. Les pneus hurlèrent. La voiture pila sur la bande d'arrêt d'urgence.

– Qu'est-ce tu fous, toi ?! s'énerva le voyou.

Les jointures blêmes des doigts de Ventura étaient crispées sur le volant à s'en péter les phalanges. L'habitacle puait la poudre.

– Je réfléchis, répondit calmement Ventura.

Le jeune truand secoua la tête, incrédule. Il braqua violemment son flingue vers le docker.

– Tu réfléchis, connard ?!

L'énorme main de Ventura chopa le col de sa parka, son portable vola quelque part dans l'habitacle et le flingue avec. Le docker ne gueula même pas, il parla à l'autre de très près, nez à nez, œil à œil.

– Je réfléchis, ça t'arrive jamais !? Et avec tes hurlements, j'arrive pas à penser ! Je fais quoi de toi, hein ?! Je te dépose à une station de taxi ?!

Le truand fixait méchamment Ventura mais se taisait. Quelque chose lui disait qu'il valait mieux se tenir à carreau. Un infime moment d'immobilité glissa furtivement dans le ronronnement patient du moteur au ralenti. La nuit, au-delà du pare-brise, était plus opaque que jamais.

Le docker relâcha le col de la parka de l'autre. Sa main droite massa ses paupières douloureuses. Il lui fallait trouver une solution, et vite. Il soupira, contrarié par celle qui venait de lui apparaître comme seule viable. Puis il enclencha une vitesse.

La voiture repartit sur une autoroute toujours plus sombre, toujours plus vide, vers la ville endormie, silencieuse, comme moribonde.

***

On aurait pu imaginer que l'endroit serait désert. Mais non, même si c'était en activité réduite la nuit, le grand terminal portuaire ne cessait presque jamais de travailler, toujours et tout le temps. Amarrés au-delà de l'eau noire du bassin, les bateaux de croisière, illuminés comme pour une soirée de gala, les moteurs éternellement en marche, débitaient sans remords leur poison à l'oxyde d'azote. L'empilement de boîtes ressemblait à une vague de tsunami pétrifiée. Les grandes grues découpaient des silhouettes spectrales dans les aveuglants projecteurs nocturnes. Partout ailleurs l'éclairage au sodium rendait la nuit uniformément orange sauf ici, dans la zone container, où elle était d'un blanc bleu inhumain. Un « cavalier », scarabée haut sur pattes aux phares allumés, passa en vrombissant.

Pierre-Marie frissonna, ça ne lui paraissait pas possible mais il faisait encore plus froid que sur le parking de l'autoroute. La Renault avançait au pas dans cet invraisemblable labyrinthe. Baltimore ? Shangaï ? Vancouver ? Tanger ? Hoboken ? On pouvait se trouver n'importe où, dans n'importe quel grand port de la planète. Tout se confondait sous ces interchangeables pyramides de boîtes de ferraille, dans un dédale de numéros de séries, de couleurs délavées, de tôles précontraintes et d'acier corten.

Ventura freina brutalement.

La zone de réserve des conteneurs, à l'écart des boîtes entassées pour l'embarquement, semblait vide. Le docker coupa le moteur, scrutant l'endroit. Après un moment, il descendit de voiture en laissant sa portière ouverte. Un engin mugit, invisible au-delà de l'horizon de tôle. Rien ne bougeait. Ventura gagna en quelques pas une pile, s'arrêta devant une boîte blanche posée au sol. Il ferrailla un moment sur les barres de fermeture récalcitrantes puis parvint à ouvrir. Il se tourna vers Pierre-Marie et lui fit signe. Le jeune descendit à contrecœur de la Renault et le rejoignit.

– C'est quoi ?

C'était un conteneur comme il en existait des millions. Des conteneurs qui se chargeaient par le haut, l'*open top*, des réfrigérés, des ventilés, des citernes, des à parois latérales mobiles, des repliables à plat comme des boîtes d'archives, des à double-portes pour charger plus vite, des équipés de trappes d'accès sur le toit pour remplir de vrac et encore des dizaines de variantes impossibles à décrire. Celui devant lequel se tenait Pierre-Marie était le container de base, un simple « vingt-pieds », 33 mètres cube de métal auto-protecteur, 16 mètres carrés de sol en contre-plaqué et une unique porte fermée de barres mobiles. Sa peinture blanche, salie par les voyages et les débarquements, paraissait vaguement verdâtre dans la lumière bizarre. Des numéros et de lettres d'identification étaient peints en colonne sur le haut, mais aucun logo d'entreprise ne marquait ses flancs. Pour les hommes des ports, un conteneur est surnommé une « boîte » et celle-ci n'était qu'une boîte de plus, au cœur de millions d'autres, sur une planète de boîtes anonymes. Le jeune truand contempla d'un œil méfiant l'obscurité vide et glaciale de l'intérieur.

– Tu vas attendre ici, annonça Ventura.

Un infime tintement de dilatation résonna discrètement comme une ponctuation métallique, dans le froid nocturne.

– Ça va pas la tronche ? explosa le jeune. On se gèle et y'a même pas une chaise !

– Je ne peux pas te garder dans le garage, dit Ventura calmement.

Ventura le poussa brusquement à l'intérieur. Le claquement de la grosse porte sonna comme une sentence avant que le jeune n'ait pu esquisser un geste. Déstabilisé, il se retrouvait seul dans un noir oppressant. De l'autre côté de la paroi de métal lui parvint la voix calme du docker.

– Surtout tu ne fais pas de bruit.

Pas de bruit ?! Comment ça, pas de bruit ?! Il est *scemu*, lui !

– Aïo, ça va pas, ho ! Ouvre cette porte, merde, hurla-t-il.

Le cadenassage implacable de la serrure lui répondit. La voix de Ventura s'éloignait, aussi froide que cette sinistre nuit.

– Arrête de faire du boucan.

Puis plus rien. Le docker était parti.

Pierre-Marie sortit son arme, une nouvelle balle monta dans le canon. Il visa la porte à l'endroit où devait se trouver la serrure. Mais putain, sortir pour aller où ? Il resta comme ça, indécis, le bras tendu, le guidon du viseur braqué sur la paroi impassible. Le tintement de dilatation reprit puis s'éteignit. Dehors le silence ne changeait pas. Son estomac gargouilla et ses tripes aussi. Pfff... La balle regagna le chargeur, le cran de sûreté reprit sa place. Avec d'infinies précautions pour son genou douloureux, il se laissa glisser contre la paroi jusqu'à s'asseoir sur le sol glacé.

Enculé, tous des enculés ! Jean-Mi, Maek, Marco, Adrien, le connard de gérant à la kalach', le camionneur au flingue, le conducteur sans visage du Volvo, les gens ensommeillés du bus, le bébé dans son siège auto, le gendre idéal, la fille modèle, les mecs dans les grues, la femme de Ventura et Ventura avec, tous des enculés ! Il laissa fuser un soupir désabusé, rabattit sa capuche sur ses yeux. Il s'effondra, vaincu par la fatigue et le reflux de l'adrénaline dans son sang, terrassé par le froid d'épouvante qui régnait avec démence entre les parois de tôle de ce conteneur blanc sale.

***

Il avait laissé Nathalie endormie dans le lit, elle était maintenant parfaitement réveillée, assise dans les pulsations muettes de la télé. Elle alluma le gros lampadaire quand il entra.

– Tu étais où, il est deux heures et quart ? Tu ne répondais pas au téléphone, je me suis inquiétée.

Son ton était empreint d'inquiétude plus que de reproche. Ventura eut un geste fatigué. Il improvisa maladroitement.

– Richard a appelé, il voulait me voir d'urgence. Tu dormais, j'ai pas voulu te réveiller.

– Richard, ah, Ok, d'accord…

La moue de Nathalie était, au minimum, dubitative.

– Ils étaient en réunion, poursuivit Ventura, et y'a des problèmes à cause d'une histoire de piano.

Elle le regarda les yeux ronds. Une histoire de piano ?

– Oui, on a empêché des déménageurs de charger un piano à bord d'un bateau de croisière. Il continua à broder autour du thème.

– Richard et Fornaroni voulaient me parler avant de décider. Tu sais, à cause de ce truc du piano, on risque de se mettre en grève, une grosse grève…

– Et cette grève, elle est blonde ou brune ? coupa-t-elle sèchement.

Ses grands yeux bruns lançaient des flammèches. Le grand docker expira.

– Oooh, Nathalie, s'il te plaît… Je suis crevé…

Nathalie se dégagea du canapé, rabattant les pans de son peignoir.

– Tu sors jamais le soir, Ventura, et là il faut que tu partes d'urgence ? Et tu rentres à deux heures du matin. Tu aurais pu m'avertir !

– Tu dormais… radota le docker.

Il défit le gros zip de sa parka, ôta son bonnet. Son corps entier grinçait de fatigue et de stress.

– Ça a duré, duré, et les salaires, et le matériel, et la convention collective, et la commission paritaire… Le syndicat, c'est pire qu'une maîtresse, blonde ou brune.

Un silence. Elle restait indécise. Mais il était plus simple de le croire. Ventura, c'est un fidèle, se rassura-t-elle. Elle fila vers la chambre.

– Je me recouche, je t'attends ?

– J'arrive.

Elle le scruta une seconde puis quitta le salon. Il resta là, la parka encore sur le dos et le sommeil déjà sur les paupières. Ses mains tremblaient légèrement. Il avait au moins réussi à masquer ça à sa femme. L'odeur de poudre dans l'habitacle de sa bagnole restait incrustée dans ses narines. Il frotta machinalement ses phalanges comme pour faire disparaître d'invisibles traces. Dehors, le garage, son vantail paisiblement baissé, au moins, était vide. Une nuit, hein ? Juste une nuit, pas plus !

Troisième jour

– Un des morts a été logé, il s'agit du gérant, défavorablement connu des services de police, vous connaissez le couplet. L'Identité judiciaire a relevé différentes traces d'ADN sur la scène de crime. Certaines ne « matchent » avec aucunes des trois autres victimes. Alors c'est soit un « client » qui s'est barré discrétos, soit un des agresseurs...

Ils étaient une demi-douzaine en civil ou en tenue à faire le pied de grue devant un grand brun baraqué, un lieutenant de la brigade criminelle, qui les briefait. L'Algeco de la Police de l'air et des frontières n'était pas mieux loti que le vestiaire des dockers, il lui ressemble même comme deux gouttes d'eau de mer. Même mobilier fatigué, mêmes stickers de l'OM, mêmes affiches syndicales. Seuls de menus détails différaient comme ces ordinateurs périmés sur des bureaux boiteux et les avis de recherche punaisés en vrac sur un panneau de liège. Installé à l'écart, avec sa grosse tête solide et son sourire sarcastique, Santillano suivait le topo d'un air blasé.

– ... Et, si on en croit les traces de sang qui s'éloignent du snack, il est vraisemblablement blessé.

– En quoi ça nous concerne, chef ? Quel lien avec le port ? questionna un des flics de l'Air.

– Nous n'avons pas retrouvé le véhicule du commando. Mais certains détails nous disent que c'est pas le réglo habituel entre mecs de cités. Les assaillants n'étaient d'après l'IML ni Arabes, ni Comoriens, ni Gitans. Les identifications et recherches ADN n'ont rien matché. Rien dans les poches, pas d'étiquettes de vêtement, pas de bijoux, pas de portefeuilles ou de carte de crédit. Ils sont jeunes, la vingtaine, et c'est tout ce qu'on a sur eux.

– Bref, vous savez que dalle, moqua une voix dans le fond.

La voix de de Santillano. Le lieutenant de la PJ inspira profondément. Tous les yeux étaient braqués sur lui. Il dut se résoudre à être plus clair, à dévoiler ce que son service voulait taire par crainte des fuites et par réflexe de caste.

– Selon les relevés sur la scène, reprit le flic de la PJ, il y a un survivant et il est blessé. Attention, c'est une info classée, personne n'est au courant. Le mec n'a pas repris sa bagnole qui a certainement été volée depuis et il est donc peut-être encore en ville. Alors soit il est en planque chez des mecs en soutien, soit il est en train d'essayer de se barrer sans bagnole. La gare et l'aéroport sont surveillés mais il va peut-être essayer de dégager par voie maritime...

Santillano bailla avec ostentation.

– Ça fait beaucoup de « peut-être », marmonna-t-il.

Les autres sourirent. L'officier continua, indifférent ou blasé.

– La PJ vous demande simplement de surveiller le trafic, Tunisie, Algérie, Maroc, Italie, Corse, Baléares... Enfin, tout, quoi.

Un flottement traversa la petite assemblée. Encore une fois ce fut Santillano qui parla.

– J'ai un sentiment bizarre sur ce coup-là, lieutenant. L'impression que vous ne nous dites pas tout sur ce réglo.

Le flottement toucha cette fois le policier de la PJ. Les yeux de ceux de la PAF étaient braqués sur lui. Il hocha la tête.

– Il y a.... disons une enquête en cours qui pourrait être reliée à ce règlement de compte. La PJ vous demande d'être extrêmement discrets sur cette information.

Cette fois le silence des flics de l'Air et des Frontières était glacial.

– La PJ nous demande, hein, ironisa Santillano. En général vous nous traitez comme de la merde mais là, tout d'un coup, on existe. Ben ouais, forcément, les « grands flics » vous avez besoin de la piétaille !

– C'est comme ça, c'est le boulot, tenta le lieutenant.

– Moi mon boulot, c'est les bagnoles volées, les faux passeports, le trafic de clopes, et les clandestins, pas vos règlements de comptes et vos embrouilles de grands flics !

Le Santillano goguenard avait laissé place à un fonctionnaire exaspéré. C'est vrai, merde à la fin, c'était toujours pour eux les heures sans fin en bagnole de ronde, à tourner dans ce périmètre de béton et de tôle cerclé de grillage, les cavalcades débiles pour serrer trois pauvres cons qui tentaient d'échapper à la misère de leur bled, pour eux encore la descente dans un entrepôt rempli de groupes électrogènes hors d'âge en transit approximatif pour l'Afrique ! Par contre, les rares fois où la PJ avait besoin d'eux, ils se comportaient en seigneurs, n'accordant de crédit à leur travail uniquement lorsqu'ils étaient pressés par la nécessité et ne consentant que du bout des lèvres à les appeler « collègues ». Le lieutenant baissait la tête, attendant la fin de l'averse.

– Pour vous, on n'est pas de vrais policiers. On est à peine un cran au-dessus des douaniers, c'est tout juste si on n'est pas là pour vendre des billets de bateau.

Il marqua un théâtral temps d'arrêt.

– On est des sous-flics la preuve, ricana-t-il, ça n'est jamais sur nous qu'on fait des films ou qu'on écrit des polars.

Les collègues de la PAF hochèrent la tête. Même si Santillano était un emmerdeur de première, il avait raison. Le flic de le PJ, indifférent à la grogne, releva la tête et se mit à distribuer les portraits-robots du fuyard.

– Ça vaut ce que ça vaut mais nous faisons circuler ça. Gardez-les à portée.

Les policiers prirent mollement l'imprimé, quittèrent la salle-de-réunion-salle-de-repos-salle d'interrogatoire-salle de scellés-salle-de-saisie-salle-de-conférence-et-bureau-collectif en discutant d'autre chose. Le lieutenant fourgua une de ses feuilles à Santillano.

– Si tu es si mécontent de notre manière de travailler, pourquoi tu ne viens pas chez nous apporter la bonne parole ? Demande ta mutation ! On a toujours besoin de collègues pleins d'idées à la Crime.

Santillano leva les yeux au ciel. L'autre se foutait de sa gueule.

– Chuis un petit flic moi, lieutenant, huit heures - midi, deux heures - six heures, pas un héros de chez Marchal.

Le Santillano moqueur était revenu. Ce type était irrécupérable. Le mec de la PJ lâcha l'affaire et quitta la pièce. Santillano se pencha une seconde sur la tronche-robot du fuyard : ni jeune, ni vieux, ni brun, ni blond, ni beau, ni moche, ni rien, ni plus, le dessin ressemblait à tout le monde et à personne. Surtout à personne. Ces portraits-robots, Santillano en avait scruté des centaines dans l'espoir d'apprendre quelque chose. Mais les mêmes gueules, avec les mêmes coupes de cheveux à la con et les mêmes regards vides lui renvoyaient une même image stérile. On en faisait tout un flan de ces portraits-robots, dorénavant traités sur un logiciel dédié qui avait dû coûter son poids de mines de plomb, mais ils n'avaient jamais rien rapporté de décisif. Il jeta la feuille dans une corbeille pleine d'autres circulaires inutiles et rejoignit le cubicule qui lui servait de bureau personnel. Pendant que les autres flics quittaient l'Algeco pour gagner leurs postes, Santillano s'installa en mode cogitation intense. Affalé sur sa chaise, les pieds sur la table.

***

La réputation d'un port se construit sur celle de ceux qui y travaillent. Ventura était, au dire de tous les acconiers, le chef de la meilleure équipe de dockers du port. Sans forfanterie. La plus « safe », comme disait la nouvelle génération. Parce que les boîtes sont dangereuses, les conteneurs tuent. Une boîte qui tombe au chargement, une autre qui s'écrase à « paillole » et des vies sont finies. Mais même si elle ne tombe pas sur la tête d'un marin ou d'un docker, rien pour autant n'est joué. La boîte doit trouver sa place, au bon endroit du bateau. Un conteneur pour Tokyo embarqué par erreur pour Djibouti ou Carthagène ne reviendra plus. Il sera débarqué dans ce port et après, si les dockers de là-bas le veulent bien, s'il y a une a une Douane qui effectue vraiment son travail et si, après des recherches compliquées, le conteneur est effectivement présent – si son contenu n'a pas de valeur – on le remettra peut-être sur un autre bateau en faisant payer le voyage retour au détenteur. Ça fait autant de « si » qu'il y a de « peut-être ». Dans un pays pauvre, un container, ça se repeint, ça se replombe et c'est tout bénéfice. Des boîtes qui se perdent parce que mal tracées malgré les logiciels de pointe, il y en a des centaines chaque année et des boîtes qui tombent au milieu de la mer en dépit de l'arrimage sophistiqué, ou tout un chargement qui bascule par-dessus bord parce que mal équilibré, cela arrive des centaines de fois aussi. Des millions d'euros et des tonnes saloperies plein les océans. Les boîtes, c'est précieux, ça vaut cher, ça compte beaucoup.

Sur le pont, entre deux pilastres de containers, un échange de billets froissés avait lieu. Un marin, un Grec efflanqué, refila un gros sac à dos rempli de cartouches de cigarettes à Kara. Le docker blond le passa à son épaule et quitta le bord. Les autres ouvriers n'avaient rien vu ou faisaient comme si. Kara était satisfait, des Marlboro Light, même pas fausses et des Camel à peu près vraies, c'était du bénef assuré. Mais ça n'était pas ce qui enchantait le plus le petit mec. Une liasse de documents, serrée d'un gros élastique, remise par le même marin, gonflait maintenant la poche latérale de sa doudoune. Ça, c'était de la balle. Des passeports, jubila-t-il, des passeports grecs, la Grèce, c'est aussi l'espace Schengen, même si c'est l'espace du pauvre. Pour des clandestins, ça valait de l'or. À vrai dire, ces passeports, si on les regardait de près, ils n'étaient pas vraiment, vraiment, tout à fait, comment dire... mais ils valaient leur pesant de vraies cacahuètes. Le docker posa un pied sur le quai, visualisant déjà mentalement le casier où il allait planquer son butin. Un gant rugueux lui agrippa l'épaule. La grosse paluche de Ventura.

– Tu me gonfles, Kara, tu vois, tu me gonfles !

Le chef d'équipe avait dû dire ça des dizaines de fois, mais l'autre ne pouvait pas s'en empêcher. Trafiquer, c'était plus fort que lui. Il était comme le scorpion avec la grenouille dans la fable africaine. Sûr qu'il dealerait des dérailleurs de vélo volés s'il avait des acheteurs dans le peloton du tour de France.

– Écoute, Ventura, je t'explique, commença-t-il.

Le visage du petit docker blond arborait des nuances livides. Celui du chef des costauds était beaucoup plus sombre.

– C'est quoi tes histoires, hein ? Pourquoi Santillano, il vient me faire chier, Kara ? T'as foutu quoi encore ?

– Ce con de Santillano, il est venu te voir !? Mais j'en sais rien, moi...

Le petit docker s'inquiétait visiblement. Ventura tapota de son index matelassé de téflon le sac à dos de l'autre.

– Je ne veux pas savoir ce que tu trimballes là-dedans, mais à la fin du mois, tu te trouves une autre équipe. Je ne veux plus de toi, Karaboudjian.

Ventura avait donné son nom complet, pas juste le diminutif sous lequel tout le port le connaissait, et ça, c'était tout sauf bon. Kara leva les yeux au ciel. Le drame, allez, tout de suite. Pour deux conneries récupérées à bord. Comme s'il était le seul !

– Ventura, déconne pas. Tu vas pas...

– À la fin du mois, je te dis.

Le blond resta planté là, comme un plot. Ventura s'éloigna du cargo. Quelques mètres plus loin, il croisa Momo, lui refila son talkie.

– Prends ma place, je reviens dans cinq minutes.

Momo récupéra la radio et se faufila dans la cabine vitrée au pied de la grue. Ventura s'éloigna vers les toilettes en râlant contre la terre entière. Ils faisaient chier tous ces voleurs, truqueurs, tueurs, magouilleurs, bagarreurs, arnaqueurs, ils ne pouvaient pas lui foutre la paix ?

Un rai de lumière issu de la porte disjointe traçait une ligne à peine plus claire sur le plancher de bois sale de la boîte vide, zébrant la pénombre saumâtre. Il avait eu suffisamment de temps, depuis l'aube, pour apprécier cet intérieur d'acier inoxydable d'un vide désespérant. Et de se plaindre intérieurement de la douleur qui montait de son genou. Comment une si petite égratignure pouvait-elle faire aussi mal ? Sans compter qu'il se les était gelées toute la nuit. Le jeune voyou était de mauvaise humeur.

– Des bateaux y'en a plein autour ! On est sur un port, merde ! râla-t-il.

– Oui, mais on est en zone conteneurs ! La Corse, c'est pas ici, c'est au terminal des ferries. Et moi, j'y bosse pas là-bas.

Le geste vague de Ventura vers l'autre côté du grand port engloba la ville là-bas et la mer au-delà. Il s'adossa plus confortablement à la paroi attenante au seuil, extirpa son paquet de cigarillos, en alluma posément un. En arrière-plan sonore, des engins invisibles grinçaient des dents.

– Arrête tes conneries, tu vas où tu veux sur les quais, hasarda le voyou après un silence.

– C'est pas des conneries ! Pour le Venezuela ou la Chine, je te trouve une boîte dès ce soir, mais pour la Corse, pas possible, c'est pas mon rayon.

– Putain, je fais quoi alors ?!

Le voyou avait les pupilles étrécies de colère. Ventura aspira tranquillement une bouffée de cigarillo.

– Je ne sais pas, dit-il. Tu m'avais dit « juste une nuit », ça en fait deux.

Le voyou jura entre ses dents en tâtant machinalement son genou au travers de l'accroc dans le tissu. Ça re-saignait depuis le matin, ça cuisait sans relâche. Il rabattit le pan déchiré. Ventura

– C'est quoi ton merdier, là ?

– Quel merdier ?

– Le snack, les armes, les morts, ce Jean-Mi, les mecs du camion, tout quoi.

Le jeune se renfrogna avec une expression d'enfant capricieux.

– Qu'est-ce que ça peut te foutre ?

Ventura hocha longuement la tête une expression de pragmatisme fataliste sur le visage.

– Moi j'ai rien demandé à personne et je me retrouve dans une merde pas possible. Une merde que tu m'as gentiment apportée et qui me fait risquer mon boulot et ma vie, même, va savoir. Y'a quand même eu trois morts dans tes histoires, sans compter les coups de feu sur le parking. Alors, tu vois, ça m'intéresse un chouia de comprendre ce qui se passe.

C'était un très long discours pour Ventura. Un discours patient, bienveillant même, si on prend en compte le fait que le docker n'était pas toujours du genre patient. Il fixait Pierre-Marie d'un œil noir qui lui retourna un regard tout aussi farouche.Le jeune tergiversait. Ne jamais rien raconter à personne, ne jamais se fier, ne jamais faire confiance, la preuve, cet enculé de Jean-Mi. Mais en même temps, songea-t-il, si le docker avait voulu le niquer, il ne serait pas là, dans cette boîte, momentanément à l'abri... Il se gèlerait les couilles dans les geôles du sous-sol de l'Évêché. Au mieux, parce qu'au pire, ça serait dans un tiroir en inox de l'Institut Médico-Légal qu'il se les pèlerait en ce moment. Le jeune truand esquissa un geste de dépit.

– C'est un truc qu'on avait monté avec des amis...

Il hésitait sur la forme, cherchait la bonne tournure, celle qui dit sans dire vraiment.

– Quel truc ? poussa Ventura.

– On devait nous ramener quelque chose de Tanger.

– Qui ça ? Jean-Mi ? C'est qui ce Jean-Mi ?

– Mais non pas Jean-Mi ! s'agaça soudain le jeune. Tu comprends rien ou quoi ! Le mec du snack, là ! Lui, il nous fournissait le contact pour la marchandise et nous on apportait le paiement.

Un silence amer. Il revoyait cet enculé au fond du snack avec sa langue rose sur la crème de la glace à demi-fondue. L'air content de lui, tranquille, à l'abri.

– C'était de la drogue ?

Le mot mettait Ventura mal à l'aise. Pas le voyou.

– Un off-shore devait ramener du shit de première qualité pour lui. De la coke, aussi, mais pour nous. La plus grosse partie pour la Corse, puisque nous on avançait le pognon, le reste pour eux.

Il claqua de la langue avec dégoût. Maek avait accepté de les rencontrer tous les trois à Toulon pour parler. La Corse m'intéresse avait dit le jeune caïd. Il avait besoin d'y avoir des connaissances, d'envisager là-bas un marché d'avenir, avec des partenaires d'avenir. Des jeunes, quoi. Adrien avait gloussé en pensant à la gueule qu'allait faire Jean-Mi et Marco s'était contenté de se gratter le nez. Mais c'était à lui, Pierre-Marie, que Maek s'adressait surtout. Pas à Jean-Mi. Ils avaient passé un accord gagnant-gagnant, digne d'un joint-venture de niveau international. Le reste ne s'était malheureusement pas passé comme prévu. Rien n'avait été livré.

– Cet enculé a dit que la marchandise n'était pas arrivée, que le bateau n'était pas venu. Mais il n'a pas voulu rendre le pognon. D'après lui, les Marocains avaient tout gardé. Tu parles !

Pierre-Marie avait un ton plus amer qu'énervé. Comme si c'était à lui-même qu'il en voulait le plus. Enfin, presque, parce qu'après une demi-seconde de son amertume pensive au cours de laquelle il revit le sourire amusé de cet enculé de Maek quand il leur avait annoncé tout ça, il explosa.

– Cet « *inculatacciu* » de Maek, là ! C'est lui qui a tout magouillé. Quand on a voulu en discuter, il nous a envoyés chier, bien à l'abri dans sa cité pourrie.

Ventura ne connaissait pas tous ces types et les embrouilles qui vont avec. Sur les quais il y avait bien évidemment toujours eu des histoires pas nettes, des choses un peu troubles et des cargaisons qu'il valait mieux ne pas voir débarquer. Mais il s'en était toujours soigneusement tenu à l'écart. Mais là, les choses étaient différentes. Les morts étaient des jeunes, des minots, presque.

– Je ne comprends rien, si c'est pas ce Maek qui t'a tiré dessus au parking, c'était qui alors ? Jean-Mi ?

– Mais non, Jean-Mi, il est pas ici, il est en Corse, bien tranquille ce fils de pute. Ceux du camion, c'est des mecs d'ici qui travaillent pour lui. Il a des gadjos partout, à Marseille, à Nice, à Toulon, en Afrique…

Il stoppa, se rendant soudain compte qu'il en racontait un peu trop. Ne rien confier. Ventura secoua la tête, il n'y comprenant toujours rien. Le jeune comprit.

– Cette affaire, c'était notre bizness à nous, justement, expliqua-t-il, pas à Jean-Mi. Notre bizness personnel, pour une fois.

Ils étaient tellement contents de sortir de l'ombre écrasante du « Grand », de montrer qu'eux aussi ils en avaient dans le pantalon ? Et, pour Pierre-Marie, de suggérer qu'il aurait un jour l'envergure de succéder à Jean-Mi. Le voyou et le docker se scrutèrent un instant. On continue ou ça s'arrête là ?

Le jeune soupira. Il avait besoin de parler à quelqu'un de toute cette saloperie, de ce cauchemar qui faisait qu'il se retrouvait maintenant enfermé comme un *baullu,* un benêt, dans cette grosse boîte de sardines. Probable que l'autre, avec sa petite vie tranquille d'ouvrier, n'y comprendrait rien mais il fallait qu'il le raconte à quelqu'un. Parce que sinon, ça ne serait pas vrai, ça ne serait jamais arrivé, personne ne saurait et il en crèverait de silence.

– On a perdu tout ce qu'on avait dans ce coup-là.

Marco avait même « craqué » le PEL de sa sœur pour compléter l'avance à Maek. Mais l'argent n'était rien, en vérité. Ventura ralluma son cigarillo qui s'était endormi. Le jeune continua sur sa lancée, revivant les moments du drame.

– Quand cet enculé *d'arabi* nous a jeté, forcément on a dû en parler à Jean-Mi, pour voir s'il pouvait intervenir. Parce qu'on était coincé.

Le jeune se mordit l'intérieur de la lèvre, un goût amer sur la langue. Il avait fallu se tenir penauds devant Jean-Mi, les têtes baissées comme des collégiens chopés en train de fumer dans les chiottes. Jean-Mi, en chemise blanche impeccable ouverte sur le pendentif doré, qui trônait dans son immense canapé de cuir, devant l'interminable baie vitrée qui taillait une large tranche de bleu dans l'horizon de la baie. Pierre-Marie avait tenté de plaider. Mais ça n'avait servit à rien.

– Il nous a pourris, « et on aurait pas dû faire ça sans lui en parler ! » et « c'était bien fait pour nos gueules » et « on n'était que des petits cons » et gnagnagna et gnagnagna ! Il était content, en vérité !

Jean-Mi et son imperceptible sourire en coin, Jean-Mi qui faisait des bonds dans son canapé en cuir. Il éructait mais, en même temps, on sentait qu'il jouissait de ce pouvoir retrouvé. Il réservait ses vannes et ses regards humiliants pour Pierre-Marie. Les autres n'étaient que des comparses à ses yeux. Par la baie vitré un ferry blanc quittait le port. La piscine était plus grande que la plage d'Honolulu mais tout ce que Pierre-Marie avait envie de faire, c'était de s'y noyer. Il avait été trop con. Ventura, tira une nouvelle bouffée, attendant patiemment que le voyou émergeât de ses lugubres souvenirs.

– Bref, Maek, chasse gardée, pas question d'y toucher. On n'y comprenait rien.

Une boule de bile lui ravageait l'œsophage. Petit à petit des choses se mettaient en place dans son esprit.

– Mais maintenant, je comprends pourquoi. Jean-Mi et Maek ont « des affaires plus importantes » ensemble, tu comprends ?!

Non, Ventura n'y comprenait rien. Pire, au fond, il s'en foutait de leurs sales histoires. Il voulait que le jeune s'en aille au plus vite et, avec lui, les flingues, les trafics, les vengeances et les saloperies. Tout ça remuait une boue de souvenirs qu'il ne voulait pas voir remonter. Le jeune truand tenta de frimer avec une forfanterie infantile mais l'amertume se glissait entre les mots.

– Jean-Mi, tu peux pas discuter avec lui, il a toujours raison, il sait tout, il est plus fort et plus intelligent que n'importe qui. Il nous a interdit d'approcher l'autre « *inculatu* ».

Ventura éteignit définitivement son cigarillo. Quelque chose l'intriguait.

– C'est qui exactement, ce Jean-Mi ?

– Qu'est-ce que ça peut te foutre, tu le connais pas, grogna le jeune.

– C'est qui ?

– Un enculé, voilà qui c'est !

– Oui mais à part ça, c'est qui ?

La question était limpide, pourtant. Le regard de Pierre-Marie dérapa vers le fond le plus sombre de la boîte. Le voyou était soudain en proie à un trouble qui étonna Ventura. Le jeune essayait de rassembler quelques images mentales. Jean-Mi, ses liasses dans les poches et ses black cartes, ses top cartes et ses golden cartes, Jean-Mi et ses lunettes de soleil de luxe, ses fringues italiennes, ses bagnoles d'un autre monde, Jean-Mi à qui tout le monde, et même le maire, voulait claquer la bise quand il se promenait sur le port de plaisance de la cité balnéaire, Jean-Mi et ses boîtes de nuit tout au long du littoral sudiste, son regard arrogant d'éternel vainqueur de poker, Jean-Mi avec ses gestes tranquilles de big boss et son air supérieur quand il te tapotait impérialement la joue. Comment il pouvait résumer Jean-Mi ?

– C'est le mec de ma mère. Je le connais depuis que je suis petit, c'est avec lui que j'ai commencé. Je croyais que c'était un… un ami.

Quand il était enfant, Jean-Mi, c'était son Dieu. Il ravala cette bile brûlante qui ne cessait de monter et de descendre.

– Jusqu'à hier.

Ventura n'ajouta rien. Il avait besoin de réfléchir à tête reposée à tout ce merdier. À bien y réfléchir car, malgré l'absurdité de l'idée, il se rendit compte que Jean-Mi était en quelque sorte son beau-frère ! Il revint au snack et à la fusillade.

– Pourquoi vous êtes allé quand même voir Maek ?

– Alors quoi ? On n'allait pas se faire baiser sans rien dire, non ?!

La fierté, le désir de revanche, le souvenir de l'humiliation brûlante, avaient fait se relever Pierre-Marie d'un bond. Mais une décharge électrique déchira son genou. Un rictus de douleur était peint sur son visage transpirant. Voilà tout ce qu'il avait gagné dans cette galère ! Mais les autres avaient eu pire. Il se laissa glisser contre la paroi.

– Jean-Mi ou pas, on le voulait, Maek. C'est nous qu'il avait niqué, personne d'autre.

Ils en avaient parlé pendant des heures dans le *pagliaghju* du grand-père d'Adrien, cet ancien pailler, aménagé en secret, planqué au dessus du golfe, où ils avaient fumé leurs premiers joints alors qu'ils n'étaient que des *zitelli*. Les quatre murs et le toit de terre, à moitié enfoui dans le maquis cachaient une simple pièce au sol de terre battue. Elle n'était meublée que d'un vieux canapé défoncé et d'une table basse bancale, mais elle était leur repaire. De tout là-haut ils voyaient jusqu'à l'horizon et au-delà, ils dominaient le monde.

Ils avaient conservé l'habitude de s'y retrouver bien après avoir passé l'âge des balades en scooter et des premières amourettes.

C'est donc là qu'ils se réfugièrent pour ruminer leur défaite, là qu'ils se mirent à rêver à ce qu'ils feraient à Maek. Ils s'étaient monté la sègue sur mille plans implacables, mille vengeances fulgurantes, mille projets qui butaient pourtant tous sur la même embûche : Maek ne sortait jamais de sa cité. Et dans sa cité, il restait hors d'atteinte. Pourtant, quelqu'un qui en voulait au jeune caïd, un petit rebeu qui travaillait sur les ferries, leur avait vendu un précieux renseignement.

Les rares fois où Pierre-Marie était venu visiter sa famille sur le continent, à Marseille, à Nice, à Toulon, il avait remarqué que les kébabs, les buvettes, les épiceries de nuit poussaient comme des cèpes en forêt. On lui avait expliqué la manœuvre. Vis-à-vis de l'Administration fiscale, il fallait justifier d'un minimum de revenus, d'où qu'ils reviennent d'ailleurs. Auparavant, un emploi fictif sur un bateau, dans un magasin ou un bar faisait l'affaire. Mais avec l'éclosion du trafic de cité, cela ne suffisait plus. Aujourd'hui le commerce de tacos, de gyros, de Pringles ou de Coca Zero, était largement suffisant pour justifier une partie des revenus. Le reste, il suffisait de l'envoyer au bled où l'argent servait à des tas d'autres choses. Maek possédait ainsi, en sous-main, plusieurs affaires de ce tonneau. Un de ses snacks, le premier qu'il eût jamais acheté, lui tenait particulièrement à cœur. Une sorte de fétiche. Le jeune caïd ne sortait de chez sa mère que pour aller y manger une glace et, le reste du temps, il vivait cloîtré dans sa forteresse à loyer modéré. Une vie de merde, à bien y réfléchir.

En dévoilant son plan à ses potes, Pierre-Marie était fier comme un môme qui raconte qu'il a trouvé où sa mère cache les bonbecs. Adrien et Marco avaient fait péter les lignes de coke pour fêter ça. Il allait payer, cet enculé de Maek.

Ils avaient soigneusement préparé leur commando, fignolé le déplacement, vérifié les détails, jaugé les possibilités. Ils avaient pris le bateau, loué un 4x4, avaient discrètement rejoint la grande ville. Ils avaient prudemment abordé le snack, se garant à bonne distance. Profitant de l'avenue mal éclairée à cette heure tardive, ils avaient remonté le trottoir jusqu'à quelques mètres du snack. Dissimulés derrière un gros platane, ils avaient vu Maek arriver à pied, persuadé de sa sécurité, tellement sûr d'être tranquille dans son quartier qu'il n'avait même pas gardé avec lui les deux gros bras qui habituellement ne le lâchaient jamais. Ils avaient rabaissé leurs cagoules noires sur leur visages anxieux. Le reste se passait de commentaire.

La dilatation diurne du conteneur dans le pauvre soleil d'hiver fit émettre aux parois une rafale de cliquetis de métal. Pierre-Marie se taisait et un ange amer passa, un ange armé, même. Ventura réfléchissait. Il n'avait jamais été attiré par les truands, il en connaissait quelques-uns, ici, sur les quais, dans une compagnie ou dans une autre, chez les lamaneurs ou les transitaires. Il n'éprouvait rien de cette fascination que d'autres pouvaient avoir vis à vis de ces personnages. Il n'y a que sur un écran de cinéma qu'ils sont séduisants, dans la vie réelle, la plupart des voyous sont des crétins incultes et bornés. L'argent qui coule à flots, les filles à péage, les grosses bagnoles clinquantes, les armes planquée sous le tapis de sol, les embrouilles à n'en plus finir et le crime permanent n'avaient jamais été son truc. Il ne croyait pas plus à leur fameux « code de l'honneur » et à toute cette imagerie romantique de bandits héroïques débitée par des dizaines de films plus ou moins inspirés. Leur code de l'honneur, c'était tout au plus un code de la route. Ne pas doubler quelqu'un au mauvais endroit, ne pas dépasser les limites, savoir céder le passage quand tu croises plus gros que toi. Vivre en regardant dans son rétroviseur en permanence. Même en prison, pour de longues années, il fallait surveiller ses arrières. La fusillade sur le parking de l'autoroute l'avait secoué plus qu'il ne s'en rendait compte. Surtout après celle du snack. Trois morts, merde, et aucun n'avait plus de vingt-cinq ans. La bêtise de ce monde du paraître, de l'argent facile et de la violence comme seul argument le débectait. Mais quelque chose le retenait de virer ce petit con avec ses embrouilles de cocaïne et d'armes à feu et de reprendre le cours tranquille de sa vie. Quelque chose qu'il savait depuis toujours devoir affronter tôt ou tard.

L'autre marronnait dans sa colère devenue froide.

– Je vais me le fumer, Jean-Mi, t'inquiète ! fulmina le jeune. Il a essayé de me buter, tu te rends compte ! Il croit pas que j'aurai les couilles, mais je vais le crever.

– Ça te servira à quoi ? Ça va ramener tes copains ou ta drogue ?

C'était parti du cœur. Il va le buter et quoi ? Ça changerait rien à sa vie. Juste la taule ou le *campu santu*, le cimetière, pour celui qui aura le dessous. Pierre-Marie se retourna brutalement, des éclairs de rage rouge fonçaient ses pupilles.

– *Aïo*, j'ai des couilles, moi, je suis pas comme toi !

Ventura ne comprit rien à ce que l'autre venait de balancer. « Avoir des couilles » ?! Quel rapport avec Jean-Mi ? Quel lien avec le snack ? Avec ces histoires de coke et de règlement de compte ? Et surtout, quel rapport avec lui ?! Une ombre se glissait en arrière-plan de sa surprise. Ventura chercha à dissiper le sentiment bizarre que la partie allusive, implicite, de la phrase du jeune avait laissé en suspens.

– Pas comme moi ?! Qu'est-ce que tu racontes ? dit-il.

– Tu sais très bien de quoi je parle, répondit le jeune d'une voix grise.

Les non-dits accouraient en armée de mensonges. Les mains fébriles, le visage luisant de transpiration, le jeune voyou fixait méchamment le docker. Ventura demeura sombre et indéchiffrable. Il balança d'une pichenette le restant de cigarillo qu'il n'avait pas lâché depuis le début de l'étrange discussion puis amorça un pas vers la porte avant de se retourner.

– Tu peux rester ici un jour ou deux, mais pas plus. Si tu as d'autres « amis » que ce Jean-Mi, un conseil, appelle-les vite.

L'autre arbora un rictus désinvolte.

– Mes seuls amis, ils sont restés sur le carrelage de ce putain de snack.

Soudain le ton était plein de tristesse. Pierre-Marie avait subitement l'air déboussolé. Il pouvait passer en une demi-seconde de la colère à l'abattement, en éprouvant au passage de la tristesse, de la colère et de l'exaltation. Le tout en vrac, pensa Ventura, comme un mélange de sucre et de poivre.

– Ta mère, tu as essayé de l'avoir ? demanda le docker.

Le jeune se renfrogna. Non pas elle, surtout pas elle. Pierre-marie effaça l'ombre envahissante de sa mère.

– Elle n'est pas mêlée à tout ça, elle ne sait rien ou presque de ce que fait Jean-Mi, ni de ses affaires. Et puis les autres savent où elle est, ils doivent la surveiller…

Il chassa de son esprit l'image de sa mère devant la grande baie vitrée et le canapé de cuir, avec son téléphone à la main qui sonnait dans le vide. Il éructa un peu de bile qui se transforma en filet au coin de ses lèvres sèches. La tristesse remplaçait soudain tout le reste. Puis il tenta de reprendre son attitude bravache.

– Non, maintenant je n'ai plus que toi, « Ziù».

Il avait appuyé d'un sourire ironique le mot « Ziù », frôlant l'apocope du « ù » final. Avec, aussi, une infime touche de mépris que Ventura perçut clairement. Ziù. Oncle... Ventura avait encore beaucoup de mal à se figurer que ce voyou enfouraillé était de son sang. Il ouvrit la porte. La lumière austère de l'hiver éclaboussa l'intérieur de la boîte, comme réfléchie sur les reflets tranchants d'un miroir fracassé. Pierre-Marie cligna des yeux, tant à cause du soleil qu'à cause de sa blessure. Les élancements dans son genou ne cessaient pas et aucune position permettait de répit. Ventura nota la grimace.

– Je vais voir si je te trouve des médocs pour la douleur, dit-il sur un ton plus calme.

– Et des couvertures, putain, appuya l'autre, je me gèle dans ce conteneur à la con !

Ventura venait tout juste de ressentir une infime compassion et voilà que ce petit con repartait de plus belle.

– Et une télé ? Tu veux pas une télé aussi ? Ou un micro-onde ? gronda le docker. Y'en a plein les conteneurs autour de toi.

Le sarcasme, ça devait être de famille pensa le jeune. Ils s'affrontèrent du regard une seconde. Pas franchement l'entente cordiale entre *ziu* et *nipote*. L'entrée de lumière s'effaça, la porte claqua, faisant vibrer l'air d'un écho de porte de prison.

***

Pourquoi ils sont devenus comme ça ? Pourquoi ils disparaissent toute la journée pour ne rentrer qu'à cinq heures du matin et dormir jusqu'à cinq heures de l'après-midi ? Pourquoi ils n'étaient pas restés des enfants qui tapaient dans leur ballon juste à l'entrée du bloc ? Pourquoi la cité était-elle devenue ce camp retranché derrière les grosses pierres qui barrent l'entrée, avec des bébés en capuche qui criaient quand la police arrivait ? Elle était où sa cité d'avant, celle des réverbères qui éclairent, des immeubles pimpants et des ascenseurs qui montent et qui descendent quand on en a besoin ? Celle de quand elle était petite, celle qu'elle avait connu, ici même, dans les années soixante-dix. La cité d'aujourd'hui, avec son ballet de voitures qui entraient puis qui attendaient leur commande comme dans un drive, ne lui ressemblait plus. Les charbonneurs, comme ils s'appelaient entre eux, faisaient le va-et-vient entre les véhicules et les caves des blocs quinze heures par jour. Les *choufs* – au moins c'était un mot arabe – ne fermaient jamais l'œil. La mort de l'un d'entre eux, un enfant de sa cité, ne changeait rien.

Tout à l'heure Nadia allait préparer à manger pour Zohra, la mère de Djibril, parce que la famille du défunt ne doit ni cuisiner ni faire le ménage. Ce sont les proches et les voisins qui s'occupent de ça, c'est la tradition. Zohra et Nadia avaient le même âge, elles étaient à l'école ensemble. Djibril, le fils de Zohra, avait le même âge que son fils à elle, Maek. Quelque chose se serra juste au-dessus de son estomac. Un froid dans le ventre. Il avait le même âge. Maek, Djibril, ils étaient pareils... On sonna à la porte. Dans la tradition algérienne, la porte de la maison du défunt doit rester ouverte pour que le gens qui viennent présenter leurs condoléances puissent le faire. Ces personnes, elles amènent des produits de première consommation, du sucre, du café, du lait, de la semoule. Mais chez elle personne n'était mort, Inch'Allah.

Elle entrouvrit soupçonneusement.

Farid et Gouni se tenaient sur le seuil et s'inclinèrent respectueusement, avec une componction un peu ridicule. Nadia, c'était quand même la daronne du boss.

– Bonjour madame. Il est là ?

On aurait dit deux gamins qui viennent en chercher un troisième pour aller à l'école ou à la piscine. Mais ça c'était avant, avant toute cette saleté qui avait envahi sa cité. Les deux colosses étaient obligés de plisser des yeux pour la discerner dans le contre-jour. Nadia, la mère de Maek, une Algérienne d'une quarantaine d'années qui les examinait avec une grimace de mépris au coin de la bouche. Nadia, tout le monde la connaissait à la cité. Si Farid et Gouni avaient été un peu moins idiots, ils auraient su ce que voulait dire ce rictus étrange. Je sais ce que vous êtes devenus et je ne vous aime pas. Vous me rappelez en permanence sur quelle sale pente glisse mon bébé.

– Maek ! C'est pour toi ! annonça-t-elle sur un ton glacial.

Puis elle les examina encore, une longue seconde, et les deux colosses se dandinèrent d'un pied sur l'autre, mal à l'aise sous son regard désapprobateur. Elle disparut à l'intérieur, dans le couloir ténébreux, au-delà du plat en cuivre martelé accroché de travers sur le mur de papier peint. Sa voix lointaine leur parvint avec clarté.

– Tu les fais pas entrer, Maek, je te préviens, je veux pas les voir ici !

Ils baissèrent la tête. Le boss se faisait engueuler par sa daronne. Un moment suspendu se dilua. Le visage du jeune caïd s'encadra dans l'entrebâillement. Il jeta un coup d'œil soupçonneux au palier puis fit signe aux autres de parler.

– On a vu Tête Longue.

– Et cet enculé de Boutraz aussi.

Farid, ou Gouni, parlait avec calme dans la pénombre immobile du seuil.

– C'est pas eux et c'est pas non plus les Cèdres finalement. On a parlé avec les gadjos...

– Ils ont trop peur de toi, Maek, ça peut pas être eux. On sait pas qui c'est.

Un silence pensif plana sur le palier qui suintait la décrépitude. Maek se demanda encore une fois d'où venait le coup. Qui ? Qui avait osé ?

– Tu veux qu'on aille voir Mekhloufi ?

– Putain, c'est chaud là-bas...

Une rage et une violence qu'il n'arrivait pas à contenir bouillait dans le ventre de Maek. Une colère qui ne s'atténuait pas. Qui ? Et une peur secrète, aussi, mais celle-là il la gardait en laisse, bien cachée au fond de lui. Il était chez lui, dans ce snack, dans son snack. Et les autres l'avaient profané.

La voix de sa mère remonta des entrailles de l'appartement.

– Le chauffage, Maek ! Tu rentres ou tu sors mais tu fermes cette porte !

Les deux lascars détournèrent le regard. Dure, la daronne.

– Revenez me chercher tout à l'heure, annonça finalement le boss, y'a l'enterrement de Djibril.

– Ça y est, ils ont déjà rendu le corps ?

– Tu croyais quoi ? s'irrita Maek. Un Arabe avec une balle dans la tête, ça prend cinq minutes d'autopsie. Histoire de stups, allez, affaire classée. Ils en ont rien à branler de nous.

Les deux sbires hésitèrent dans l'obscurité graisseuse du palier.

– Et on l'enterre comme ça, frère, direct ?! Y'a même pas…

– Même pas quoi ?

– Chais pas, moi… C'est rapide, non ?

– Normalement on doit l'enterrer avant le coucher de soleil et le jour-même, expliqua Gouni. T'es vraiment un bon musulman, toi, frère !

– C'est pas obligé, riposta Farid, tiens regarde pour le frère de Salima quand ils l'ont balancé du balcon…

Dans la cuisine, Nadia écoutait leur discussion d'une oreille lointaine. Les garçons ne connaissaient pas grand-chose à la religion. Le deuil musulman ne dépasse jamais les trois jours, sauf pour la femme qui perd son mari en Islam. Par la suite, il y a des rassemblements de la famille et des proches, avec des repas histoire de repenser au défunt et faire la charité en son nom. Elle passa une simple veste sur sa robe sombre et traversa le corridor vers la sortie. Elle s'arrêta au niveau de son fils.

– Tu viens à l'enterrement, Maek, hein ? C'était ton ami.

Son ton était définitif. Elle sortit de l'appartement. Les deux autres s'écartèrent pour la laisser passer puis se remirent à pinailler. Ils auraient pu rester des heures comme ça, à discuter des traditions religieuses, comme le sujet aurait tout aussi bien pu être le meilleur couscous de la cité ou les mérites comparés de deux paires de baskets, du moteur de la moto de Morad ou du goût du Coca zéro comparé à l'original. Ils auraient pu disserter à n'en plus finir, pire que les deux mecs en costard noir dans ce vieux film des années 90. Ils étaient très cons, mais ils étaient aussi très costauds, très rapide et, quand il le fallait, très méchants. Maek les connaissait depuis la maternelle. Il les chassa d'un geste.

Les deux lascars, coupés dans leur dissertation, disparurent dans la gueule noire de l'escalier.

***

Au début du XXe siècle, les dockers étaient appelés « les chiens des quais ». Ils étaient embauchés à la journée, payés au centime. Des Espagnols, des Italiens, des Grecs, des Corses, des Arméniens, des Arabes tout ce que Marseille accueillait de déracinés, d'exilés, de crève-misère, de va-nu-pieds, de vaincus, de migrants et d'immigrés travaillait là. « Chien des quais » était ensuite devenu une insulte très populaire, étendue à tous les miséreux. À l'époque, les chefs d'équipes arrivaient à l'embauche avant l'aube, devant le grand bâtiment des docks. Les employeurs, les acconiers, avaient demandé huit, dix, ou quinze hommes, en fonction de la cargaison à décharger. Les chefs d'équipe, une véritable pègre très organisée, choisissaient dans la masse des journaliers qui voulaient travailler. Ils disaient « Tiens, toi, le grand là, tu vas au poste 10 ». Et quand le docker arrivait au poste 10, son chef d'équipe avait déjà gagné cinq francs, parce qu'en plus de sa paie journalière, le type touchait un pourcentage sur celle de ceux qu'il embauchait. Si l'ouvrier ne voulait pas, il était limogé à midi, lors de la pause de demi-journée et les chefs embauchaient un autre ouvrier. Il fallait littéralement payer pour travailler sans avoir jamais la certitude d'avoir du boulot tous les jours. Quand les employeurs ne trouvaient plus personne à engager, ils envoyaient les chefs d'équipe à l'Armé du Salut, dans les asiles de nuit, dans les cabanes de trolleys où on trouvait des clochards qui dormaient avec le litron sous le bras. Ils prenaient n'importe qui, il fallait le nombre demandé. N'importe qui travaillait. Les dockers étaient des brutes qui savaient juste se lever le matin, travailler toute la journée, rentrer le soir et s'écrouler. Ils se levaient le lendemain, ils recommençaient. Ils partaient le matin, il faisait nuit, ils rentraient le soir, il faisait nuit. Travailler. Dormir. Travailler. Dormir. Hiver. Printemps. Été. Automne.

Après la Libération, les conditions s'améliorèrent. Le tonnage traité augmenta, les employeurs gagnèrent davantage d'argent. Mais ils ne voulurent pas augmenter la paie des hommes. Mais les dockers avaient changé. Ceux de cette génération de l'après-guerre étaient les fils de ceux qui avaient «fait» le métier et qui en étaient morts. Ils étaient les fils de ces Espagnols, de ces Italiens, de ces Grecs, de ces Corses, de ces Arméniens, de ces Arabes qui ne savaient que travailler et dormir, ils étaient les fils de ces dockers qui ne savaient ni lire, ni compter. Mais eux avaient appris. Et leurs luttes avaient porté leurs fruits.

La petite salle de réunion du syndicat était pleine comme un œuf. Des dockers de toutes les équipes, venus de chez tous les acconiers, s'y entassaient. Seuls un ou deux récalcitrants fumaient à l'extérieur de la pièce, se contentaient de suivre les débats au travers des fenêtres ouvertes sur la rue.

Fornaroni, le délégué général, un type tout sec avec la lèvre ourlée d'une petite moustache, avait pris la parole. Il salua celui qui avait affronté les déménageurs. Les hommes acclamèrent Ventura pour « son intervention ferme et raisonnée », ils l'acclamèrent en sifflant, en tapant des mains ou des pieds, ils l'acclamèrent en braillant son surnom. Ventura, Ventura, Ventura leva vaguement la mains, mi-salut, mi-geste de reddition. Le chahut retomba. Richard Gontainer, secrétaire de séance, assis près du délégué, notait dans un gros cahier tout ce qui se disait et tout se qui se faisait. Il passait sous silence les vannes égrillardes et les bières qui circulaient, ne consignant que les points importants développés par Fornaroni. Le délégué fit le point sur la situation. L'incident du piano n'était qu'un parmi d'autres, les cas d'entorses à leur fonction se multipliaient. Comme pour les valises des bagagistes ou le transport à quai. Il allait falloir rediscuter sérieusement avec les autorités portuaires, commerciales, municipales et, si besoin, « montrer les dents » aux chargeurs et aux autres. Pour l'instant les autorités faisaient la sourde oreille, se réfugiant derrière une conjoncture défavorable et une tension économique pour repousser toute discussion.

– Ils veulent rien lâcher, mais on ne lâchera rien non plus, martela Fornaroni. Ce piano, c'est le signe indéniable qu'on cherche sournoisement à nous contourner. Mais le patronat devra s'asseoir autour de la table pour parler avec nous.

– Il n'en veulent plus de nous, on est trop chers, balança un jeune type très brun. Ils préfèrent payer des précaires au lance-pierre !

– On se fout en grève, on bloque tout et on verra s'ils ramènent encore des pianos à la con ! éructa un costaud à gros ventre.

Il reçut illico une rafale de bourrades d'approbations et de plaisanteries enthousiastes, émaillées de jurons qui manquèrent de le faire tomber de sa chaise. Richard griffonna un truc ; Ventura suivait vaguement la scène, l'esprit ailleurs ; Fornaroni reprit la parole dans un calme approximatif.

– Ils n'attendent que ça, une grève, modéra-t-il. Pour mieux nous accuser de foutre en l'air le trafic, pour démontrer que c'est toujours ici que ça bloque, que le port n'est pas viable et que nous sommes ingérables.

Il y eut un flottement dans l'assemblée.

– Ils vont sauter sur l'occasion pour tout détourner vers Fos.

Faire grève, ils n'en avaient pas peur. Mais voir le trafic partir, même pour quelques temps, à Fos, c'était quelque chose de terrible. Fos n'était pas Marseille, malgré l'appellation commune de Grand Port Maritime. Pas sûr non plus que les camarades du terminal géant les soutiennent. Et eux aussi avaient besoin de manger.

– Vous connaissez le refrain : Marseille perd en fret et en tonnage. Fos a augmenté de plus de 1600. Le conteneur arrive au million. Nous, d'après eux, on est à la ramasse...

– Le « Ro-Ro » n'est pas à la ramasse, s'énerva un docker en blouson de biker. On a plus que largement augmenté !

– On est aussi bien que Gênes ou Le Havre ! soutint un autre qui portait le petit bonnet de feutre de docker.

– Et ça veut dire quoi, d'abord ? Qu'on est fini ? Qu'on va devenir bagagistes au Terminal Croisières ?! On est des dockers, merde !

Le port de Marseille, le véritable port de Marseille, celui des Bassins Est comme le surnommaient l'administration pour le différencier de Fos, à l'Ouest, était en danger de transformation complète. Après être passé du Vieux-Port à la Joliette au XIXe siècle, il risquait maintenant de perdre sa vocation de fret pour ne devenir qu'un terminal de croisière, un point de déversement supplémentaire de touristes sur l'interminable littoral balnéaire qui allait de Gibraltar à la pointe de la botte italienne. Ce que certains ici appelaient le bronze-cul de l'Europe.

Le délégué tenta de ramener le calme. Mais c'était parti en biberine, comme à chaque fois qu'on touchait à leur métier. Ça braillait, ça argumentait, ça pinaillait et ça rigolait aussi quand même un peu. Fornaroni parvint à ramener un peu de sérénité en sifflant dans ses doigts. Une rencontre était prévue avec les autorités, avec la Chambre de Commerce et avec la Mairie, on allait discuter de ça et de tout le reste. Lancer une grève n'était pas une action si simple.

La vague de discussions contradictoires qui suivit submergea Ventura. Mais cette fois, il ne parvint pas à y surnager comme il le faisait habituellement. Là où ses camarades raisonnaient en milliers de boîtes, une seule le préoccupait, une boîte de 20 pieds blanc sale, posée à l'écart et occupée par un jeune con armé et blessé.

Momo lui tapa sur l'épaule au milieu du maelstrom.

– Tu devrais prendre la parole, Ventura. Toi ils t'écouteront, ils ont confiance.

Ventura connaissait tous les acconiers, tous les transitaires, tous les armateurs. Le port n'avait aucun secret pour lui, il avait participé à toutes les grèves depuis trente ans. Il aurait pu prendre sa retraite cent fois, mais il restait viscéralement attaché à ces hommes et à ce métier. Pour tous il était une sorte de garant moral de rapports sains dans le labeur et dans les relations humaines. Il fit signe que non. Momo en fut extrêmement surpris, déçu même. Fornaroni martelait du doigt sur la table.

– On sera là, les gars, on sera à table, on négociera et on ne lâchera rien !

Il boucla la séance. L'assistance se leva, ankylosée d'être restée assise aussi longtemps. On allumait des clopes ou on passait des coups de fil pour prévenir qu'on allait rentrer après la tournée d'apéro. On discutait d'un truc ou d'un autre. Untel avait besoin d'un moteur pour la voiture de son fils, un autre d'une tondeuse à gazon, celui-là d'un escalier en bois, une bourse du travail et de l'entraide. Gontainer rédigeait laborieusement son compte rendu, Fornaroni penché par-dessus son épaule. Momo se faufila vers la sortie et Ventura, profitant du sillage ouvert par le colosse, se glissa à sa suite. Au passage, des ouvriers lui tapaient amicalement sur l'épaule, le retenant dans sa fuite, l'invitant à boire un coup. Fornaroni, abandonnant la paperasse, l'intercepta sur le seuil.

– Ho, Ventura ! Belle réaction l'autre jour. Les gars m'ont tout raconté en détail, ça aurait pu partir en sucette si tu n'avais pas été là.

– N'importe qui aurait fait pareil.

Fornaroni l'observa une seconde depuis l'abri de ses sourcils broussailleux de petit-fils de calabrais.

– Tu vas bien, toi ? Tu as l'air bizarre.

– Oui ça va, pourquoi ?

– Je ne sais pas. Les autres m'ont dit que tu avais l'air… drôle… enfin, pas bien, quoi. Tu as des soucis ?

Ventura réussit à maquiller un sourire confiant.

– Non, non, t'inquiète. Faut pas tout écouter, tu sais, comme je suis un peu plus vieux qu'eux, ils ont toujours l'impression que je vais moins bien.

– Il te reste combien ? Tu devrais déjà être parti, non ?

– J'ai repoussé la retraite plusieurs fois. Mais l'an prochain, si tout va bien, je vais voir…

Il agrémenta l'affirmation d'un rictus optimiste Mais L'idée de la retraite lui faisait comme un grand froid dans la poitrine. Ne plus venir sur les débarcadères au lever du jour, ne plus voir le soleil se coucher sur la grande jetée, ne plus sentir les vibrations des moteurs sous le pont d'un cargo, ne plus respirer l'odeur saumâtre des bassins, ne plus voir valser les boîtes ou les palettes. Même la pollution vénéneuse des cheminées qui noircissait inexorablement la ville lui manquerait. Jamais il ne pourrait s'arrêter. L'idée était pire que l'hôpital ou que la mort. Le syndicaliste hocha la tête comme s'il avait vu lui aussi le kaléidoscope de futurs regrets défiler dans les yeux de son ami. Il tapa affectueusement sur la large épaule.

– Faut que tu viennes aux prochaines réunions, Ventura. On a besoin de mecs comme toi en ce moment, des gars avec la tête froide et les idées bien posées.

Ventura parvint à se composer un visage confiant. Les idées posées, oui. Comme celle de cacher un tueur en cavale dans un conteneur sur son lieu de travail, par exemple. Ou de participer à une fusillade entre gangsters sur un parking. Tu parles d'une tête froide. Ils se serrèrent la main avec chaleur. Le délégué syndical, songeur, regarda Ventura quitter le petit local avant de retourner au compte rendu de réunion que Gontainer venait de mener à bien. Restait maintenant, avant de signer le tout, à corriger un plein conteneur de fautes d'orthographe.

***

– Il n'y a de Dieu que Dieu et Muhammad est son prophète.

Un cimetière pauvre, pas pittoresque du tout, comme on n'en voit jamais dans les jolis téléfilms situés en Provence, était coincé entre une cité hors d'âge et des bâtiments en ruines, à un rien des rails de sécurité de l'autoroute. Le corps, enveloppé dans un linceul immaculé puis un mince cercueil, avait été déposé au bord de la fosse une demi-heure auparavant.

– Il n'y a de Dieu que Dieu et Muhammad est son prophète.

Au milieu de la ligne d'hommes, entre Farid et Gouni, Maek répéta lui aussi ces mots. Djibril était là, dans sa boîte de bois très léger. Dans les films ou les jeux vidéo, les hommes de main se font facilement descendre. Bang, Tac-tac-tac-tac, ils tombent. C'est tout. On passe à d'autres. On ne voit jamais la suite, les corps déchiquetés par les impacts amenés à la morgue, les familles atterrées, la mère à qui on annonce que son fils est allongé là sur le chariot d'inox, l'épouse dont le mari ne viendra pas ce soir, le frère et la sœur qui ne discuteront plus jamais au petit déjeuner avec le grand frère, les tout-petits qui ne joueront plus avec leur père. On ne voit jamais non plus la prosaïque réalité de la mort, le choix du cercueil, celui des deniers vêtements, l'enterrement avec son cortège de pleurs et d'incompréhension. Ce ne sont pas des humains qui tombent, ce sont des êtres sans consistances, de simples objets, de simples cibles qui n'ont ni vie, ni âme, ni destin autre que celui de se faire descendre par le héros. Ils ne manqueront à personne.

– Il n'y a de Dieu que Dieu et Muhammad est son prophète.

Dans moins d'une autre demi-heure, il ferait nuit. Dans l'air glacé montèrent des lamentations de femmes. Une mélopée d'une insoutenable tristesse sous le ciel jaunissant, une mélopée qui serrait le ventre et faisait se racler la gorge. Les hommes alignés, paumes tournées vers le ciel, récitaient sans fin la Chahada. Les femmes sanglotaient, à l'écart, des femmes qui hurlèrent comme hurlent toutes les mères qui enterrent leurs enfants, mères des quartiers Nord, mères de la ville des riches du sud du Vieux-Port ou mères du maquis par-delà les eaux noires de la Méditerranée. Parce qu'à ce même moment, sur l'île, d'autres mères s'inquiétaient pour ces fils qui n'étaient pas rentrés depuis des jours, pour ces enfants dont le téléphone portable ne répondait pas et dont les amis, indifférents aux supplications, respectaient une omerta qui ne présageait rien de bon. Des femmes qui hurleront aussi à la mort quand l'institut médico-légal leur rendra le corps de leurs enfants déchirés par le fer.

– Il n'y a de Dieu que Dieu et Muhammad est son prophète.

Le corps, dans son frêle cercueil, fut déposé à même la terre et une dalle placée au-dessus de lui. On commença à combler la partie supérieure de la fosse. Les lamentations des femmes sonnaient comme des plaintes de bête à l'agonie. La mère du mort tenta d'approcher la fosse, de s'y jeter, les autres la retinrent difficilement.

– Djibril ! Djibril !

On l'emmena mais les autres mères durent se mettre à quatre pour la faire reculer. Les hommes, gênés, se dispersèrent. Au passage, ils jetaient de sombres regards à Maek qui ne les calculait même pas. Tous savaient. Le jeune caïd se dirigea vers la sortie. Nadia, les yeux ravagés de larmes comme les autres mères, l'intercepta.

– Tu vas où ?

Il haussa les épaules. Son regard était froid. Nadia frissonna. Les hommes s'entre-tuent, mais que racontent les mères à leurs fils de ces morts violentes ? Qu'est-ce qu'elles leur donnent comme raison ? Que c'était ce qu'il fallait faire ? Qu'un homme ça tue pour un honneur bafoué, pour un mauvais regard, pour montrer sa force ? Pour une envie d'avoir le smartphone de l'autre ? Si la violence est ancrée dans l'âme humaine, elle est aussi tapie dans ce que nous inculquons à nos enfants, dans ce que les mères taisent ou transmettent, racontent ou omettent. Que disent les mères à leurs fils ? Le hurlement de souffrance de la mère de Djibril fit vibrer l'air poussiéreux.

– 18 ans, il avait 18 ans !

Maek tenta de contourner sa mère mais les yeux sombres de Nadia, traversés de flammèches d'enfer, le clouèrent sur place. La voix de l'autre femme continuait de vriller les cœurs.

– Pourquoi vous vous tuez, hein ?! Pourquoi vous vous tuez comme ça ?!

Nadia campait devant lui, son front arrivait à peine au menton de son fils.

– Tu n'y étais pas, tu me jures, Maek ?

Il confirma avec un soupir contrarié. Elle observa la main bandée de son fils puis revint à ses yeux, à la recherche de la vérité. Il soutint son regard puis détourna la tête. Il avait toujours eu ces yeux indéchiffrables, les yeux de son père, les yeux de son grand-père. Il repoussa doucement sa mère, s'éloignant vers la sortie.

– C'était ton ami, Maek ! Il jouait au foot avec toi devant l'entrée !

Mais son fils, son Maek, ne lui répondit pas. Encadré de Farid et Gouni, il quitta le petit cimetière, loin des cris et des déchirements des bêtes. Une lamentation, dure comme une imprécation, noire comme la fin du monde, fit vibrer ce jour qui finissait.

– C'est pas à vos mères de vous enterrer !

L'ampoule nue éclairait pauvrement le capharnaüm du garage. Ventura fourrageait en pestant dans les étagères croulantes, en rebuts et objets en réserve. Il était pourtant sûr qu'elle était par là.

– Ça fait quatre fois que je t'appelle. On mange.

Nathalie se tenait à la porte. Ventura ne tourna pas la tête.

– Je cherche un truc…

– Quel « truc » ? On mange, je te dis.

Il brandit triomphalement une vieille lampe de camping, un modèle orange exhumé directement des seventies. Nathalie leva les yeux au ciel. Il gardait de ces trucs, tu te demandais des fois.

– Tant pis, tu mangeras froid. C'est pas bon, les pieds-paquets froids.

Lui continua d'essayer d'allumer ce maudit Butagaz. Elle avait toujours très bien marché, du moins quand il était enfant. Nathalie avisa soudain quelque chose sur le sol.

– Ventura, c'est quoi ça ?

Une tache sombre s'étalait devant le fauteuil défoncé. Une trace de semelle dessinant une chaussure incomplète sur le ciment. Le visage de Ventura devint livide.

– Tu as renversé de l'huile ! s'indigna Nathalie. Je te préviens, Ventura, tu ne me dégueulasses pas le carrelage en rentrant !

Elle sortit. Le soupir de soulagement du docker ramena un peu de sérénité sur son visage. En temps normal, si elle n'avait pas été préoccupée par ses pieds-paquets en train de brûler, Nathalie aurait pris une serpillière et se serait mise à nettoyer. Et elle se serait immédiatement rendu compte qu'il ne s'agissait pas d'huile de vidange. Elle était infirmière, elle aurait reconnu l'odeur vaguement métallique du sang et cette teinte marronnasse coagulée qui donne envie de vomir.

Ventura attrapa le premier chiffon graisseux à portée de main, s'accroupit près du fauteuil, nettoyant du mieux possible les traces de sang durci. Une boule serrait sa gorge. Il fit un effort surhumain pour empêcher les souvenirs de remonter. Il y avait longtemps, bien longtemps, tellement longtemps que le souvenir semblait définitivement tapi dans les recoins de sa mémoire, du sang avait séché sur une roche brûlée de soleil. Des cigales démentes hurlaient à la mort et un village appelait à la vengeance.

Il chassa les images, enfouit ensuite, avec un irrépressible sentiment de culpabilité, le chiffon sanglant dans la poubelle. C'était comme si c'était lui qui avait versé ce sang. Il observa ses phalanges. Elles étaient rouges et ses ongles cerclés d'un anneau plus sombre d'hémoglobine grenat ! Il resta pétrifié une seconde puis reprit le chiffon et nettoya ses mains du mieux qu'il put.

***

Le temps n'existait plus. L'horizon n'existait plus. La voix n'existait plus. Dehors, au delà de la mince paroi, si on faisait abstraction du ronronnement perpétuel d'un bateau à l'amarre ou du groupe électrogène d'un camion frigorifique lointain, aucun bruit ne troublait le silence. Par la porte disjointe, Pierre-Marie était parvenu à entrevoir une mince tranche verticale de ciel passant du bleu au violet puis au noir, mais maintenant, un dôme obstinément noir noyait l'horizon. Les heures se diluaient en une indistincte bouillie de sommeil agité et de veille fiévreuse. Il avait vainement tenté de faire fonctionner son portable mais l'engin était mort et sa batterie désespérément vide. Dans l'obscurité de sa boîte glaciale, il était abandonné de tous.

La douleur de son genou semblait s'être mise en pause. Il n'avait ni faim, ni soif. Juste une envie de pisser qui vrillait sa vessie. Il se redressa péniblement. La douleur aussi se réveilla avec le mouvement, vrillant ses nerfs de la jambe au crâne. Il considéra tout cet acier autour de lui, cette prison abstraite et désolée, cette taule de tôles puante et froide. N'y tenant plus, se guidant du bout des doigts dans l'obscurité, il tituba jusqu'au fond, à six petits mètres à peine de l'entrée. Il se débraguetta avec difficulté et urina contre la paroi, vaguement gêné. C'était la même impression coupable que de pisser dans la cuisine ou dans le séjour. Il s'éloigna promptement, comme si quelqu'un allait surgir du noir et le pointer du doigt. Appuyé à la porte, il sortit son portable. Ça faisait au moins la millième fois. Écran toujours éteint, batterie toujours vide.

– *Putanaccia* !

Le smartphone s'étoila contre la cloison dans une vibration de gong. Bien fait pour ta gueule ! Même pas calmé, il se rassit avec d'infinies précautions. La discussion avec Ventura lui revenait, teintée de remord. Il n'aurait pas dû révéler tout ça, parler de ses amis, de Maek ni du reste. Ni surtout raconter Jean-Mi. Rien que de prononcer ce prénom, il lui venait l'envie de gerber. Dire que ce salaud était son ami, son père presque, plus en tout cas que ce vrai père qu'il n'avait presque jamais vu et dont il ne retrouvait pas le visage, un *Pinzut'* inconnu. Et ce bâtard de Jean-Mi le faisait exécuter comme un chien ! Jean-Mi...

Il vérifia soigneusement le fonctionnement de son flingue. Comme ça, pour s'occuper, pour faire passer ce goût amer et cette bile acide qui tournaient depuis des heures dans ses tripes. Il fit jaillir les balles de cuivre une à une, jouer les ressorts, aller et venir le cran de sûreté. L'arme, au moins, lui restait fidèle. Fiable. Sans s'en rendre compte, la main caressant le pontet, le jeune voyou, égaré dans son no man's land de rouille et de douleur, se mit à psalmodier à mi-voix un air indistinct. Le genre de mélodie qui devait remonter à ses premières années, quand sa mère le tenait encore dans ses bras.

Une berceuse.

Quatrième jour

La radio de bord égrenait des flashes réguliers sur la fusillade du snack, qui prenait soudain des allures d'événement d'envergure nationale.

Va savoir pourquoi, songea Ventura.

Les autorités se désintéressaient généralement des règlements de compte de cités. Mais Marseille, dans l'imaginaire collectif, restait à part. À l'écran, c'était souvent tout et n'importe quoi, entre Chicago de bazar, héros sociaux aux bons sentiments de pacotille, grande série internationale sur fond de manœuvres électorales avec alliances mafieuses ou encore quartiers de carton-pâte pour horaires de grande écoute. À l'écrit, si on mettait de côté une poignée d'auteurs exigeants ou lucides, c'était à peine mieux. Des intrigues en bois, avec des flics de gauche et des personnages hauts en couleur, putain, con, minot, rascasse, cagole, y'a dégun, bébé ! Mais il faut comprendre, ici, et seulement ici, les règlements de comptes, le fracas des « kalachs », les truands et la politique, la violence des cités, hier ça faisait vendre du papier et aujourd'hui ça donnait du clic. C'était devenu une sorte de spécialité locale, un peu comme les pieds-paquets recuits ou la bouillabaisse servie sur le Vieux-Port.

Ventura ne reconnaissait jamais ce qu'il connaissait depuis toujours.

Il avait passé la majeure partie de sa vie, plus de temps qu'en Corse. Ici on s'entre-tuait aussi pour de l'argent et du pouvoir, c'était vrai, mais on se massacrait tout aussi souvent pour des embrouilles incompréhensibles, des magouilles minables, un mauvais regard, un soupçon pitoyable ou quelques centaines d'euros. Rien de glorieux souvent, rien d'héroïque la plupart du temps. Ce qu'on réglait avant à coups de taquets, on le réglait maintenant à coup de chargeurs. Un « règlement de compte à l'arme de guerre », c'est parfois aussi lamentable que ça. Sans compter qu'avec ta kalach, que tu peux louer si tu sais à qui s'adresser, pas besoin de savoir viser, juste de savoir arroser.

Sur les trente-deux coups, y'en aura toujours un ou deux qui atteindront leur cible. Des pensées qui lui filaient mal à l'estomac.

Ventura coupa la radio. Il s'engagea dans l'entrée du Grand Port.

***

La station de lavage s'accrochait à un de ces fragments urbains cernés par un MacDo de rond-point, un énième atelier de réparations déglingué et une enfilade de maisons basses. Deux autos aux carrosseries ternes étaient déjà sous la douche. Dans le dernier box, Adidas Overkill de parade aux pieds et lunettes Porsche hors de prix sur le nez, cheveux en houppette soudés à la Superglue sur le front, Jawal, vingt ans, nettoyait avec un soin amoureux son scooter flambant neuf. Le jet irisait de petits arcs-en-ciel qui faisaient paraître, selon lui, l'engin encore plus classieux. Ça faisait deux fois qu'il rajoutait des pièces dans le distributeur d'eau déminéralisée et s'amusait comme un môme.

Un SUV sombre vint bloquer la sortie du box. Jawal le reconnu tout de suite. Le tuyau du compresseur virevolta sur lui-même dans un nuage de gouttelette avant de se lover comme un serpent décapité. Jawal tenta de démarrer son deux-roues mais l'eau, la panique ou pas de chance, le démarreur crachota dans le vide.

Farid et Gouni étaient déjà sur lui. Maek les rejoignit paisiblement, profitant du trajet pour allumer un gros spliff. Le jeune à scooter fut soulagé ou fit semblant de l'être.

– Ho Maek, c'est toi !? Putain, j'ai cru que c'était les condés !

Farid et Gouni s'examinèrent mutuellement, on a l'air de condés, nous ? Ils se mirent ensuite à tourner autour du scooter avec un intérêt non feint. Maek tira une grosse taffe odorante.

– Oh c'est du lourd, ça, frère ! admira Farid en tapotant de l'index la carrosserie humide.

– C'est le 350, hein ? abonda son alter ego. Il t'a coûté un bras, non ?

Jawal les considéra, pas rassuré. Gouni posa son énorme pied chaussé de godasses de combat au niveau du confortable siège. Jawal en fut comme électrisé.

– Ho, gaffe, il sort du concessionnaire !

Il plaida auprès du jeune caïd.

– Maek, dis-lui de faire gaffe, merde, il est neuf…

Gouni poussa le scooter. L'engin rejoignit le tuyau du compresseur sur le sol détrempé. Le vernis brillant de la carrosserie n'avait pas dû aimer.

– Tu me l'as niqué, con de ta mère ! brailla Jawal en se précipitant pour relever l'engin. Tu sais combien ça coûte un…

Il n'eut pas le temps de couiner davantage. Ses lunettes de soleil volèrent et le mec à houppette rejoignit le tuyau près de l'évacuation centrale. Sa joue racla la grille de fonte crasseuse. Farid se frotta négligemment les phalanges. Gouni ricana, admiratif de la précision et de la vélocité de la torgnole qui avait chopé Jawal au ras de la tempe. Maek ne montra rien, occupé à scruter le bout fumant de son joint.

– Mais putain, merde ! Maek dis-lui ! Arrête…

Il était assis dans l'eau savonneuse, le cul trempé et les mains levées. Farid arma un nouveau taquet mais le caïd l'arrêta d'un regard. Il se pencha sur l'autre qui se traînait au sol, lui agita sa main bandée sous le nez :

– C'est quoi, ça ?

– Je sais pas, wallah, je te jure je sais pas !

Claquement de culasse qu'on arme. Gouni avait soudain du fer dans la main. Le visage de Jawal devint transparent de terreur.

– Ho, déconnez pas, Maek, déconnez pas… !

Le sang gicla. Le petit mec se mit à pleurnicher comme un collégien de sixième. Gouni essuya la crosse où un fragment de peau était resté coincée dans la rainure du chargeur. La station s'était vidée, par pure magie. Lavage rapide, c'était écrit partout.

– Je te jure ! brailla Jawal. C'est dégun ! Je le saurais sinon, pas vrai ? Je t'ai pas toujours dit la vérité ?

– Mekhloufi ?

– Mekhloufi il est au bled, Maek, je te jure ! Et puis des 11.43, c'est pas eux, ils savent pas tirer ces cons !

– Ils avaient une Kalach' aussi.

– Tout le monde peut avoir une Kalach', frère, tout le monde.

Farid leva la main. Re-coup de crosse. Jawal, la houppette en sang, éructa un bout d'incisive.

– C'est pas des gadjos des cités, Maek ! C'est pas des Marseillais non plus, sinon je saurais !

Ça gambergeait sous le crâne de Maek. L'autre le dévisageait avec appréhension.

– La-tête-de-ma-mère-Maek-je-te-jure-sur-ma-vie-oualaradime-la-tête-de-ma-mère, débita-t-il sur le rythme d'une sourate.

Farid lui retourna une autre beigne, histoire le faire taire mais l'autre continua, un cran plus bas, son inintelligible prière. Avec une lèvre qui enfle, certaines syllabes deviennent plus comiques que d'autres et Jawal s'emmêlait les sifflantes et les chuintantes. Maek lâcha finalement un gros mollard qui atterrit sur les Adidas neuves du jeune.

Ils dégagèrent sans un mot vers leur bagnole. Au passage, Gouni décocha un violent coup de latte au scooter qui partit à la renverse, décrivant un orbe presque parfait, accrochant au vol un séduisant éclat de lumière, paru même rester miraculeusement en équilibre avant de s'écraser finalement sur le goudron. Le SUV avait disparu. Jawal se précipita, releva péniblement son engin, contemplant dégoûté les cratères sur la carrosserie irisée.

– Enculé de ta mère la pute, haaa ! Ils pouvaient pas te niquer ta race, ces bâtards !

Dédaignant son front en sang, il tenta maladroitement de polir les profondes rayures sur la peinture métallisée. Mais il se consola. En vérité, Jawal avait de la chance. En général, quand on voyait Maek, Farid et Gouni en même temps, c'était mauvais signe. Les deux sbires auraient pu, sur un simple haussement de sourcil de Maek, le fumer entre les parois transparentes maculées de calcaire. Mais Maek devait avoir d'autres plans pour lui. Le boss travaillait sur le long terme. Les deux autres travaillaient, eux, à la tâche. À la tache de sang.

Le soleil était déjà à la ramasse au-dessus d'un horizon boudeur de minces nuages. Un gros engin jaune, semblable à des dizaines d'autres qui vrombissaient partout, emporta vers les quais un conteneur identique à des milliers d'autres. Les jours, les boîtes et les machines se confondaient dans un flux sans identité et Santillano avait vaguement la tête qui lui tournait. Devant d'un empilement de boîtes, au pied des citernes géantes, un véhicule des douanes et une bagnole de vigiles portuaires stationnaient à cheval sur le bord de la route. Des douaniers en uniforme bleu nuit et des vigiles à baudrier réfléchissant entraient et sortaient d'une série de containers. Un camion de forme bizarre, hybride approximatif d'un autobus sans fenêtre et d'une balayeuse de rue, version portuaire d'un robot Transformer, s'éloignait au moment où Santillano vira vers le groupe. Le scanner de conteneurs que, sur réquisition des Douanes, les autorités avaient fait venir de Fos, repartait pour son port d'attache. L'engin était capable, en la chevauchant, de passer une boîte entière aux rayons sans qu'on ait besoin de la bouger. Santillano coupa le contact et descendit, fripé et sombre, réveillé de son mauvais pied.

– Les scellés fracturés, c'est pas mon rayon, ronchonna-t-il à l'adresse des douaniers. C'était pas la peine de sortir la photocopieuse à conteneurs...

Un douanier affublé de ridicules lunettes de cycliste s'inclina vers lui. Il avait l'air du mec content de la bonne blague qui va suivre.

– On a un cadeau pour toi, Santillano.

Pour une fois, c'étaient à eux de se marrer. Parce que le policier ne ratait jamais une occasion de se faire les « gabelous », comme il s'obstinait à les surnommer. Une dénomination désuète obsolète plus depuis des siècles mais qui, dans la bouche du flic moqueur, revêtaient une coloration un tantinet insultante. Comme s'ils étaient de vieux machins dépassés par la technologie numérique qui submergeait le port et ses quais. D'où, peut-être, le recours au scanner pour montrer leur modernité.

– C'est ton truc, non ?

Santillano soupira. Il les connaissait, ces gros nuls, ils n'allaient pas la lui faire. Il entra avec circonspection. Merde, mais c'était une manie ou quoi ? Depuis quelques mois, il n'y avait pas un jour sans qu'on déniche un mec planqué dans un conteneur !

L'Algeco de la PAF racornissait au maigre soleil comme un vieux carton d'emballage oublié aux pieds de monstrueuses bonbonnes d'hydrocarbure. Sur le parking, pas grand monde, à part un gabian en quête de restes du petit-déjeuner et des rats qui passaient en file indienne, affairés à on ne sait quelle opération. Santillano poussa devant lui le maghrébin maigrichon d'une vingtaine d'années, pinces aux poignets, qu'il avait ramené du conteneur. Le couloir sentait le café bouillu et la crasse des nuits de garde. Un gradé, qui sortait d'un minuscule bureau, freina une seconde à leur niveau.

– C'est qui lui ?

Santillano haussa les épaules, se tourna vers le jeune :

– C'est quoi ton nom déjà ?

– Aziz, répondit gentiment le jeune.

– Aziz quoi ?

– Aziz.

Il souriait. Il souriait souvent. Il souriait sans arrêt, comme si rien n'avait réellement d'importance. Le flic se retourna vers son patron :

– C'est Aziz.

Aziz sourit aussi au capitaine qui leva les yeux au ciel

– Aziz est Tunisien, expliqua ironiquement Santillano. Il était caché dans un conteneur avec des copains à lui. Les autres sont partis, mais lui il est resté dormir un peu, il avait encore sommeil. Il ne savait pas que les scellés sont systématiquement vérifiés et comme les gabelous avaient une opération scanner-surprise, alors voilà.

Aziz haussa les sourcils avec une mine fataliste, Inch'Allah. Le gradé, blasé, reprit sa route vers un autre bureau lilliputien.

– Il y a du nouveau pour le snack, balança-t-il par dessus son épaule. Les derniers avis de la PJ sont sur ton bureau, jettes-y quand même un coup d'œil.

Le cubicule-bureau puait le cendrier froid de l'équipe de nuit et il y faisait encore sombre malgré l'heure avancée. Santillano fit s'asseoir Aziz de l'autre côté du bureau encombré, sur une chaise face à la sienne.

– Aziz, Aziz, Aziz… Qu'est-ce qu'on va faire de toi ?

Le flic alluma une lampe bancale et se posa de l'autre côté. Quelques feuilles avaient été déposées sur le plateau. Il les parcourut en soupirant.

– Ça fait combien de fois que tu viens ici, Aziz ? demanda-t-il machinalement.

– Je sais pas, chef. Pas beaucoup.

Les quelques feuillets ne mentionnaient rien de plus que la veille, les kalach' étaient roumaine pour l'une, ex-yougoslave pour l'autre. Il y avait un troisième suspect confirmé dans le commando, qui était toujours en fuite. Son ADN ne matchait avec personne de fiché. Autant chercher un clando dans une fabrique de conteneurs, tiens, songea Santillano. Il farfouilla dans sa corbeille, en ressortit le portrait-robot de Pierre-Marie, le contempla un moment.

– C'est qui, chef ? C'est moi ?

Santillano s'esclaffa.

– Non Aziz, c'est pas toi. Toi tu ne mérites pas un portrait-robot. C'est réservé aux grands criminels, ceux que les grands flics cherchent sans jamais les retrouver.

Il se débarrassa du portrait-robot, tira à lui le clavier préhistorique de son ordinateur, pianota quelques vagues touches. L'écran mit des plombes à sortir du sommeil et Aziz bâilla.

– Allez, Monsieur Aziz, raconte-moi : vous étiez combien dans ce conteneur ? Ils sont où les autres ? Prends ton temps, je suis de service toute la journée. Ensuite on ira déjeuner au centre de rétention, hein ?

L'ordinateur continuant de prendre son temps, Santillano chopa un stylo qui marchait à peu près et de quoi griffonner quelques notes pour son rapport. Ça n'allait pas être très long et pas très original cette fois encore. Aziz soupira tristement. Oui, chef, venir caché, débarquer de nuit, se glisser vers les grillages qui faisaient ressembler le port à une prison, jouer à cache-cache avec la PAF, c'était macache amusant. Aziz était d'accord avec ce flic bizarre qui notait des bouts de mots d'un air amusé. Oui, c'était chiant pour tout le monde. Mais il lui sourit quand même, 'nch'Allah, et se mit à parler de la scoumoune que toujours il avait. Toujours la scoumoune, chef ! Parce que cette fois, il devait s'en sortir et réussir bien. Santillano s'arrêta de noter, accroché par quelque chose qu'il ne parvenait pas à définir. Maintenant Aziz regrettait d'avoir payé d'avance. Payé quoi ? Le voyage ? C'était toujours d'avance, ce genre de voyage. Non, chef, c'est d'avoir payé les papiers avant.

– Quel papiers ?

– Le passe-à-bord, chef…

– Le passeport ? Qu'est-ce que tu racontes, Aziz !?

Il l'avait payée à Tunis, d'avance, à Berebbi, c'est lui Berebbi, il fait le chef des passeurs sur le port à Tunis et il donne les conteneurs où se cacher, les papiers aussi quand on arrive à Marseille, ça fait beaucoup, ça fait trois ans de travail dans son salaire de la poterie que tous les parents ils ont donné un peu et Berebbi, l'homme à Tunis, il lui a dit c'est un Français il va te donner les papiers quand tu arrives, un il travaille sur le port. La carte séjour ou le passe-à-bord d'un pays honnête d'Europe, même. Aziz ne sait plus bien.

Santillano avait définitivement cessé de noter ce que racontait le jeune migrant. Pas besoin. Il se souviendrait parfaitement, même après qu'Aziz aurait pris un ferry de retour pour Carthage ou pour Tunis. Il se souviendrait de la description de celui qui devait leur donner tout ça contre une autre partie du paiement. Celui qui n'était pas venu chercher Aziz endormi dans son conteneur, comme la belle au port dormant. Un blond avec des doigts pleins de bagues.

***

Après une douzaine d'essais infructueux, l'allumage prétendument électronique de la vieille lampe de camping à gaz dissipa les ténèbres et on eut instantanément l'impression qu'il faisait nettement plus chaud. Mais en réalité le thermomètre devait continuer de fricoter avec le zéro. Pierre-Marie, qui avait orgueilleusement tenu à se lever à l'entrée de Ventura, s'appuya discrètement à la cloison de métal glacé.

– Indestructible, ce machin, vingt ans que je l'ai, jubila Ventura.

Le gaz chuinta paisiblement dans un sifflement continu et rassurant. Ventura était fier de la prouesse technologique d'un appareil remontant à son enfance comme s'il en était l'inventeur, le fabriquant et l'opérateur. Avec des gestes de père Noël, il tira de son vieux sac à dos de toile Canvas beige, celui de quand il faisait du camping à quinze ans, un pack d'eau minérale, un sac de couchage bleu turquoise au zip un peu usé, une série de conserves de thon et d'inévitables sardines à l'huile dans leur boîte jaune et noire, des biscottes, des tablettes de chocolat, deux paquets de palets bretons et des chips mexicaines sachet géant un peu réduites en miettes. Pas franchement le régime équilibré, mais c'est tout ce qu'il avait dégotté dans l'épicerie de nuit, celle du rond-point en bas de chez lui. Il lança un ballot de rouleaux de PQ à Pierre-Marie. Le jeune truand fit sauter le paquet entre ses mains.

– C'est quoi ce plan SDF ? demanda-t-il en pointant le tas de trucs.

– C'est en attendant.

– En attendant quoi ?

– En attendant !

Ventura et Pierre-Marie se défièrent du regard. Les yeux du plus jeune étaient remplis de quelque chose qui commençait à ressembler à du ras-le-bol, ceux du plus vieux couvaient un orage électrique. Le paquet de PQ vola à travers le conteneur.

– J'attends rien du tout, tu me sorts de là, tu entends ? Tu me fais partir pour la Corse !

Le ton buté était de nouveau celui d'un enfant capricieux. À chaque mot, le dos du voyou heurtait la cloison et la boîte résonnait d'un roulement sourd et continu.

– Ah bon, et je fais comment ?! s'agaça le docker. Je t'envoie en Colissimo ?

Le jeune eut envie de tuer quelqu'un. Ou de se tuer lui-même. Il se sentait piégé comme un de ces rats gros comme des belettes qu'il avait vu rôder la nuit dernière sur les toits des boîtes dans la lumière couleur de pisse.

– On prend ta caisse, voilà, improvisa-t-il. Tu m'emmènes à Toulon, ou mieux, tiens, à Nice ! Ou même en Italie, à Savone, à La Spezia, je m'en bats les couilles de où…

C'était bancal. C'était débile. C'était compliqué. Pas besoin de contempler les sourcils froncés du docker pour se convaincre que c'était infaisable. Un mal de crâne terrible cerclait son crâne comme dans un étau de fonte et empêchait le jeune voyou d'être plus inventif.

– Un endroit d'où je peux prendre un ferry, voilà quoi. Tu m'emmènes et c'est tout.

– C'est ça, je vais trimballer un mec blessé, armé et recherché par les flics.

– Tu me déposes à l'embarquement, tu m'achètes un billet et basta, fini-parti.

– Parce que les autres ports, ils sont pas surveillés, peut-être ?

Un silence blanc, dans lequel ils s'affrontèrent du regard, laissa entendre l'écho de petites pattes griffant le toit de la boîte.

– Tu me caches dans ton coffre, voilà, s'obstina le jeune. Tu prends le ferry à Toulon et tu fais l'aller-retour, *aïo* !

C'était des ordres, maintenant. Le docker ne le contredit même pas. Il lui suffit de soupirer doucement, la tête balançant de droite à gauche avec un air fatigué.

– Putain, tu vas me sortir d'ici ! hurla l'autre. Je deviens jobard dans ta boîte à sardines !

Il avait braillé comme un gamin rageur qui veut immédiatement ce qu'il réclame et qui, s'il n'avait pas autant mal au genou, trépignerait même de frustration. Le voyou arma nerveusement son arme, la balle remonta dans le canon avec un cliquetis menaçant. Il la pointa vers le docker. Ventura avait l'air de s'en contrefoutre impérialement, ça devenait une routine de lui brandir un canon sous le nez.

– Vas-y, tire. Et après tu te démerderas tout seul, imbécile.

Le docker puisait dans le fond de sa cargaison de patience. Ce jeune con n'allait pas lui tirer dessus, il le savait mais, par contre, cette manie de lui gueuler dessus et de le menacer commençait à les lui briser menues ! Mais il parvint à se calmer. Paix et sérénité, comme dans les films de kung-fu, c'était la solution. Et s'il n'atteignait pas cette paix et cette sérénité, hé bien il ferait avaler son pistolet à ce petit con. Ventura déposa avec sérénité un ultime paquet de galettes repêché au fond du sac, referma le rabat d'un geste paisible.

– On est dans la vraie vie, là, mon collègue. La vie des gens normaux, celle de ceux qui sont obligé de travailler pour obtenir ce dont ils ont besoin, celle de ceux qui n'ont pas besoin d'une arme pour avoir raison. On n'est pas dans ton monde de bling-bling où des petits cons capricieux peuvent tout avoir en menaçant les braves gens.

Les yeux emplis de colère du voyou jaillissaient littéralement de sa tête. Son doigt se crispait dangereusement sur la détente.

– Les gens normaux, hein ! gueula-t-il. Genre ta petite baraque normale, ta petite bagnole normale, ta petite femme normale et bientôt ta petite retraite normale, hein ?! Mais moi au moins, je vis comme un seigneur, *mi* !

Ventura claqua la langue avec un mépris impossible à dissimuler.

– Un seigneur ? Le pognon volé, les femmes que tu paies pour qu'elles t'aiment, les Rolex de gros con, les grosses bagnoles louées, les boîtes de nuits minables, c'est ça être un seigneur pour toi ?

Le docker dominait le jeune de toute sa masse.

– Mais regarde-toi, t'es comme un naze, largué par tout le monde ! Tes collègues t'ont entubé jusqu'à l'os, tes amis t'ont tiré dessus quand t'as eu besoin d'eux. C'est ça ta vie de Seigneur ? Une vie de merde, oui !

À la cadence de cette colère qui le submergeait comme une marée d'équinoxe, le docker avait avancé jusqu'à dévisager l'autre.

– Et puis, dis-moi un truc : tuer, c'est ça aussi une vie de seigneur ?!

Le mot « tuer » gifla le jeune truand. L'arme surgit de nulle part. Il avança d'un bond… et stoppa illico, cisaillé par une douleur fulgurante. Le flingue rebondit sur le sol avec un bruit amer. Le visage trempé, les yeux qui piquaient, les dents qui grinçaient et le genou rempli de lave, il dégoulinait soudain d'une sueur malsaine. Putain de genou ! Putain de genou ! Il partit à la renverse, les yeux révulsés. Ventura le rattrapa in extremis alors qu'il allait heurter le sol.

– Allonge-toi, allonge-toi.

Des frissons dégueulasses transperçaient le corps de Pierre-Marie. Un rictus de souffrance barrait le bas de son visage et son regard planait au-delà des parois d'acier, dilué soudain dans un ailleurs de douleur et de désespérance.

Doucement, le docker écarta la déchirure cradingue du pantalon collé à la plaie. Essayant de ne pas tirer trop sur la croûte immonde qui englobait le tout, il tâta la plaie. Noire, marron, jaune, boursouflée comme si on avait glissé des balles de tennis sous la peau, la blessure ne saignait plus. Mais c'était pire.

Fringues, revues de cul vintage, dérailleurs de vélo, jeu de clefs à pipe, maquette de sous-marin. Ventura écumait fébrilement une des grosses armoires des vestiaires. Il y en avait forcément une quelque part, c'est sûr, c'est obligatoire d'en avoir une ! Normalement ils devraient aussi être équipé d'un défibrillateur mais c'était comme pour les extincteurs qui n'étaient jamais changés. Une grosse trousse de nylon avec un croix rouge dans un rond blanc dépassait derrière un casque de chantier crasseux. Il l'ouvrit fébrilement. Les antalgiques manquaient et il y avait des rasoirs jetables à sa place, mais le reste, le désinfectant, les pansements, les bandes de tissu blanc et tous les autres trucs étaient présents. Il y avait même une grosse seringue d'anti-venin, va comprendre pourquoi. La porte s'ouvrit avant que Ventura n'ait pu glisser la trousse dans sa combinaison.

Kara, en tenue fluo, le casque perché sur l'arrière du crâne, marqua un temps d'arrêt en voyant son chef avec le sac à croix rouge entre les mains. Le blond eut un rictus inquiet.

– Ho merde, y'a quelqu'un qui s'est fait mal ?!

Ventura haussa les épaules.

– Un con de camionneur, il s'est coupé avec un ridoir.

– Putain, on peut leur dire cent fois, à tous les coups ils se mêlent de ce qu'ils savent pas faire ! pesta le docker blond.

Il se laissa tomber sur le banc, l'air crevé. Son chef d'équipe quitta le vestiaire sans rien ajouter de plus. Tant mieux. Le docker blond ôta pensivement ses chaussures de sécurité. C'est vrai qu'il était bizarre Ventura ces derniers temps, il ne lui avait même pas reproché de partir aussi tôt dans le shift.

Penché sur le genou, Ventura vaporisa du désinfectant, nettoya la plaie de son mieux puis bidouilla de ses gros doigts maladroit un pansement propre à défaut d'être dans les règles. Ça ne devait pas changer grand-chose mais cela calma un peu Pierre-Marie. Le docker lui tendit deux cachets finalement retrouvés dans la poche de la trousse sensée contenir une couverture de survie disparue. Puis il déboucha une bouteille d'eau petit format. Pierre-Marie ingurgita les pilules sans rechigner et sécha la petite bouteille d'eau. La soif, il s'en rendait maintenant compte, lui avait brûlé les lèvres et le palais.

– Il faut que tu me sortes de là, souffla-t-il

Ventura contempla le visage bouffi de fatigue et pâli par la fièvre, les traits tirés, la barbe en touffes éparses, les cheveux emmêlés et les immenses cernes qui bouffaient les joues du voyou. Il l'avait l'air d'un mineur de fond extrait d'un puits de mine effondré, les traces sombres de crasse et de poussière sur son cou décharné rendant l'impression encore plus frappante. C'était comme si Ventura voyait Pierre-Marie pour la première fois, comme s'il se rendait compte qu'au-delà des ses colères, de ses caprices, de ses crises de violence, il restait un môme perdu, qui avait peur, qui avait froid, qui avait mal. C'est aussi à ce moment que le docker cessa, sans s'en apercevoir, de surnommer mentalement Pierre-Marie « le petit con » ou « le jeune connard ». Mais ne sachant que faire dans l'immédiat, il se releva.

– Je vais bosser, ça fait trop longtemps que je suis parti…

– Attends.

Ventura soupira. Quoi encore ?

– Faut que j'aille chier, annonça le jeune.

Ventura laissa fuser un second soupir. Pas maintenant, pas au milieu de la matinée, pas avec du monde partout sur le périmètre…

– Ben quoi ? s'agaça le jeune. Je vais pas chier là, dans un coin.

Il avait les mains crispées sur le ventre. Ventura frotta ses paupières, fatigué.

La longue rue de boîtes empilées, tranchée colorée, tirait dans la mer de tôle une trace rectiligne en direction des bassins. Appuyé au coin d'une ruelle perpendiculaire, Ventura fumait un cigarillo en surveillant les alentours d'un regard anxieux. Il allait falloir trouver un autre endroit pour chier, parce que les merdes dans les recoins, ça signait les clandos planqués dans les boîtes. Au bout de la lignée de conteneurs, un gros engin élévateur jaune, aux roues hautes d'un étage, se rapprochait. Ventura cogna nerveusement sur la paroi.

– Magne-toi, c'est dangereux ici ! Les conducteurs ne peuvent pas nous voir d'en haut.

Derrière lui, dans l'ombre d'une étroite ruelle perpendiculaire, Pierre-Marie pestait.

– Minute ! Si tu crois que c'est facile, je peux pas me baisser avec ce putain de genou !

Ventura se prépara à intervenir pour stopper l'avancée de l'engin. Il fallait se mettre sur le côté, à un endroit où le gars en haut pouvait vous voir. Selon la manœuvre, l'angle, la vitesse, la masse de métal qui l'entourait, l'engin était aussi aveugle qu'un sous-marin. À ses débuts, il y avait près de vingt-cinq ans, alors qu'il n'était qu'un jeune docker pas même titulaire de la carte, Ventura avait assisté à un accident. C'était un temps où les containers, encore appelés selon leur orthographe anglaise, se manipulaient quasiment à la main. Il n'y avait pas encore d'assistance informatique ou radioguidée, tout se notait sur de grandes fiches manuscrites. Les hommes cherchaient désespérément un conteneur introuvable destiné à un cargo japonais. La boîte était empilée, enterrée par les autres, invisible depuis le bord. Un collègue pointeur, Charlie, avait fini par la trouver et il s'était glissé entre les piles pour vérifier son numéro de série. Un clark, qu'on n'avait pas alerté, était arrivé sans prévenir, un conteneur dans la gueule et l'avait collé au précédent. Charlie avait été écrasé comme un insecte entre les deux boîtes. Ventura avait dû le remplacer à la réception des conteneurs. Charlie était connu, c'était un ancien, un de la génération de 1947, un de ceux qui avaient lutté pour obtenir un statut décent. Les camionneurs qui amenaient les chargements le connaissaient tous. Ventura se souvenait qu'ils klaxonnaient en arrivant : « Ho Charlie ! » Mais Charlie était mort. Au bout d'un mois, Ventura avait demandé à changer d'équipe. À tenir le même poste que Charlie, il avait en permanence l'image de ce collègue que tous venaient de perdre. Il chassa les images macabres d'une bouffée de tabac cubain, se concentra sur l'énorme clark qui arrivait. Mais, au dernier moment, l'élévateur vira subitement sur sa droite.

Le jeune truand, revint en claudiquant le rouleau de PQ à la main. Ventura le poussa vers son conteneur sans ménagement pour sa jambe. Pierre-Marie se cabra.

– J'y retourne pas là-dedans, t'as compris ? Je me casse !

Il fit volte-face vers la sortie de la rangée. La grosse main de Ventura lui agrippa l'épaule. Ils tanguaient comme deux ours dans un canyon de fer.

– Et tu comptes aller où ?

– Je m'en fous, je me casse !

Ventura l'obligea à se tourner vers lui. Avec son genou en vrac et accusant au moins quinze kilos de moins, Pierre-Marie ne faisait pas le poids. Ventura le secoua.

– Tu crois qu'on sort des quais comme ça, hein, en boitant avec un flingue à la main ?! Ho, tu vis sur quelle planète ? Rentre, je te dis.

L'engin menaçant réapparut brutalement au milieu de la rangée, à quelques dizaines de mètres. Il fonçait en aveugle vers eux. Le jeune resta pétrifié, la main à l'intérieur de la parka, crispée sur la crosse moite de son arme. Pendant une fraction de seconde, il imagina arrêter la masse d'acier et de fonte en tirant dessus. Un calcul puéril qui s'évanouit de lui-même la seconde d'après. L'engin était assez proche pour qu'on puisse distinguer la rouille ocre sous le jaune défraîchi des gardes-boues, juste au-dessus des colossales roues de caoutchouc craquelé. Le conducteur restait invisible et l'engin ressemblait à un scarabée brutal dévorant une branche chargée de fruits d'acier.

– Allez, rentre ! gueula Ventura.

L'ombre jaune du scarabée était sur eux. Ventura poussa le jeune dans la gueule béante de son conteneur. Il bloqua la serrure, esquivant dans le même geste l'engin qui passa en grondant à quelques centimètres de lui. Le docker considéra la bête jaune qui poursuivait sa moisson aveugle de fruits rectangulaires. Lui, ça allait, il pouvait toréer les boîtes et les engins, il était dans son arène à lui. Mais quelqu'un qui ne connaissait pas les règles de cette jungle de ferraille se ferait aplatir en moins de deux heures.

À l'intérieur, Pierre-Marie, vaincu ne prononça pas un mot de remerciement.

***

Un porte-boîte flambant neuf patientait au premier poste. Au pied de la grue-portique bleue, à peu près à l'abri d'un petit vent de mer glacial qui s'infiltrait vicieusement par les interstices de la minuscule cabine vitrée, les hommes attendaient que les « cavaliers » amènent les premières boîtes. Ventura les rejoignit, tassant davantage le paquet d'homme dans la cage. Kara, la gueule collée contre la vitre, lisait le journal à voix haute.

– « ... *Une des victimes, connue des services de police, a été identifiée. Pour les assaillants, et selon des sources bien informée, on évoque maintenant le milieu du grand banditisme corso-marseillais...*

Les dockers murmurèrent, ça dépassait le simple règlement de compte pour un point de vente. Kara poursuivit.

– ... *Selon une indiscrétion filtrant de la PJ, un des tireurs aurait toutefois survécu. Les relevés ADN... Blablabla... Le véhicule retrouvé intact... Blablabla...*

Le sourcil froncé, Kara s'arrêta de lire à haute voix. Les autres le fixèrent, interloqués. Le docker blond parcourut le reste en silence, le front soucieux, pendant un court moment. Les autres attendaient comme des enfants sages devant un conteur pensif. Kara acheva sa lecture muette et résuma.

– Bref, il serait blessé, en cavale, et peut-être même encore à Marseille.

Il referma sèchement le journal, le froissant presque entièrement.

– À Marseille mes couilles, oui ! Il est loin, le mec. Ou alors il est très con.

– C'est les kalachs qu'on devrait légaliser, qu'ils règlent le problème des cités entre eux, à l'amiable !

– Oui, appuya un autre, ils s'entre-tuent et basta.

– Arrêtez un peu, vous êtes pénibles ! intervint Momo.

Il savait vers où se dirigeait la conversation. Si ce n'était sa présence, les mots « ces putains d'arabes » débouleraient très vite. Et encore, « Arabe » ça resterait presque amical. Un docker profita de l'interruption pour dévier sur un autre sujet.

– Ventura, on a un des deux « *mafi* » en panne. Si on a un roulier qui arrive, on pourra pas. On va continuer longtemps avec ce matos de merde ?!

Tous les regards étaient tournés vers le chef d'équipe. Un mafi était une remorque utilisée pour le chargement de colis lourds et encombrants sur les navires rouliers. Ventura eut un bref moment de perturbation. C'est vrai qu'il avait promis, c'est vrai qu'il devait aller discuter avec l'employeur, avec l'acconier qui les employait pour le convaincre d'investir un peu d'argent ou, du moins, de faire réviser le matériel. Mais cette promesse, c'était avant que l'autre ne débarque dans son garage avec un trou dans la jambe et un plein conteneur d'emmerdements.

Il leur mentit.

– Je m'en occupe ce soir, promis.

Un coup de klaxon impatient vint opportunément les interrompre. Un « cavalier » chargé d'une première boîte était en approche. Ils se bousculèrent pour sortir de l'étroite cabine. Kara largua son journal sur le banc de la cabine. L'air de rien, Ventura le récupéra et le glissa dans sa parka avant de les rejoindre au pied de la passerelle.

***

Treize ans à tout casser, peut-être même pas, la capuche rabattue sur la casquette de base-ball et habillé comme si on était en été, un petit charbonneur, se tenait sur le palier glacial. Celui-là, Nadia ne savait même pas de quel bloc ou de quelle famille il venait. Ils étaient interchangeables. Avant, elle connaissait tout le monde, au moins de vue. Le minot, Sofiane, ne disait rien, examinant sans expression le premier des plats en cuivre fixés aux murs du corridor, feignant de s'intéresser à l'ustensile avec des airs de caïd et un mépris ostensible pour la représentante de la gent féminine. Excepté sa mère, les femmes n'avaient pas de valeur. Nadia pointa le rectangle lumineux au bout du corridor obscur.

– Il est dans le séjour, soupira-t-elle.

Le minuscule Sofiane l'esquiva pour filer vers la lumière. Nadia referma ostensiblement la porte de la cuisine sur les grésillements du poulet qu'elle faisait cuire. Qu'est-ce que tu peux y faire, hein ? Ils n'ont même pas de poils qu'ils sont déjà à jouer les durs dans la cité. Elle repensa à la mère de Djibril et elle espéra que la mère du petit charbonneur n'aurait jamais à hurler au bord d'une fosse.

Sofiane pénétra respectueusement dans le sanctuaire du séjour. Le gros canapé tout cuir de nouveau riche et l'écran UHD d'au moins 80 000 K flambant neuf l'impressionnèrent. Une porte s'ouvrait sur une chambre d'adolescent en désordre, sur le lit de laquelle trônait un portable dernier modèle de chez la marque à la pomme croquée. De la balle. Les appareils contrastaient avec les mains de Fatma et la collection de paysages en cuivre martelé qui constellaient les murs. Nadia avait la manie du cuivre doré. En caleçon et pieds nus, Maek nettoyait négligemment une rue infestée de zombies dégoulinants. Le charbonneur tira un smartphone chinois de sous son t-shirt, scrolla quelques *screencaps* d'un réseau social. Il tourna l'écran vers le jeune boss.

– C'était des Corses, dit-il.

Maek se pencha sur le petit écran tactile. Il ne possédait aucun appareil de communication personnel. Sa télé et son ordinateur portable étaient connectés à une wifi située ailleurs dans l'immeuble. Il avait appris un jour, dans une vidéo sur le web, que Bernardo Provenzano, le chef de tous les chefs de la Cosa Nostra, n'avait jamais possédé d'autre moyen de communication que sa voix. Il ne possédait même pas un téléphone fixe, communiquant uniquement par l'intermédiaire de petits bouts de papiers, des *pizzini*', distribués à ses lieutenants qui seuls pouvaient l'approcher. Il avait échappé aux *carabinieri* pendant plus de quarante ans. Maek avait trouvé ça cool, omettant de se souvenir que Provenzano s'était finalement fait coincer dans une bicoque de merde, après une existence à se cacher dans des puits et des porcheries. Le jeune boss avait dès lors constitué un hermétique réseau de communication, similaire à celui du *mafioso*, un maillage où chacun était délégué à un moyen de communication ou un autre. Celui-là était voué à Snapchat, celui-ci à Messenger, ceux-là à Telegram et ce dernier à Instagram. À chaque nouveau « quelque chose-gram » qui apparaissait sur la planète numérique, Maek affectait un de ses soldats. Les minots adoraient tous ces trucs nouveaux qu'ils étaient capables d'assimiler deux minutes après les avoir pris en main. Lui se contentait de la paranoïa inhérente à son métier, un pare-feu jusque là efficace.

Le « boss » se gratta la joue avec sourire sinistre en découvrant le résumé du message. Il subodorait celui qui se trouvait derrière le commando.

– Jean-Mi, fils de pute…

– Hein ? demanda Sofiane.

Maek largua sa manette de jeu. Les zombies en profitèrent pour charcler son avatar.

– Dis à Gouni et à Farid de venir en bas dans cinq minutes.

Sofiane et son smartphone chinois disparurent aussi vite que les zombies de l'écran. Le caïd enfila une parka. Au moment où il traversait le vestibule, la voix de sa mère résonna depuis derrière la porte de la cuisine. Une odeur de poulet aux poivrons saturait le corridor aux cuivres.

– Maek ! Tu vas où ? Tu reviens manger ?

Pour toute réponse, la serrure de la porte d'entrée résonna sur le palier vide.

Qu'est-ce qu'elle aurait dû faire, qu'est-ce qu'elle avait raté avec lui ? Nadia repensa à son mari qui l'avait larguée la laissant avec ce fils et sa fille aînée. Plus âgée, celle-ci était retournée l'année dernière au bled pour se marier. Elle était restée y vivre. Maek était le seul garçon de Nadia. Son mari, personne n'avait jamais pu lui donner des nouvelles depuis ce jour de mars, il y a bientôt dix ans, où il avait quitté la maison. Mais cela ne posait pas problème, il était vieux et brutal. Elle spécula tout de même sur ce qu'il serait advenu si son mari était resté avec sa famille. Quand il était encore présent, Maek était un garçon très bien, intelligent, qui travaillait bien à l'école. Il était aussi un excellent petit goal, avec Djibril pour défenseur et Farid et Gouni en attaque. Vraiment très bon à l'école et très proche de son père. Puis, quand celui-ci était parti alors qu'il avait treize ans, Maek, s'était retrouvé au commissariat. Elle était allée le récupérer là-bas plein de fois. Quatre ans plus tard, à sa majorité, c'était dans la file d'attente des « conditionnelles » de l'Évêché qu'il s'était retrouvé pour pointer.

Dommage, parce que c'était un super gardien de but disaient toujours les autres garçons de la cité.

***

– « Milieu Corse... Encore à Marseille... » Connards de journalistes !

Pierre-Marie balança rageusement le journal sur le plancher jonché de détritus. Ventura et lui étaient assis côte à côte, dos appuyé à la paroi du fond. Ventura, contempla les feuilles froissées avec perplexité. Il ne savait que faire. Le jeune Corse changea de position pour soulager son genou.

– Il me faut un portable. Même une merde chinoise, je m'en fous.

– Qu'est-ce que tu veux faire avec ?

– Téléphoner, tiens !

– Ah ouais. Et à qui ?

– À un toubib. J'en connais un vers Ghisonaccia.

– Et ton toubib, tu vas le rejoindre comment ? soupira Ventura. On tourne en rond, là.

Trouver un téléphone et même obtenir un abonnement n'était pas un problème insurmontable. Mais pour servir à quoi ? Pour appeler qui ? Maintenant qu'on savait que le commando était corse, les flics devaient être au taquet. Un remake de la sinistre tuerie des Marronniers commençait à exciter tout le monde. Appeler qui que ce soit sur l'île, son parrain, sa mère ou n'importe quel autre petit truand s'avérerait dangereux. Retracer un appel de ce genre serait un jeu de mômes pour la police. C'était du temps perdu et du risque inutile. Le jeune voyou avait tenté de réparer son propre téléphone, mais le smartphone était complétement niqué. Merde, elle lui avait coûté une blinde, cette saloperie ! Il ouvrit la bouche pour insister, même un téléphone à clapet. Mais il était à court d'arguments. Il avait la sensation que le conteneur se resserrait autour de lui, que son volume s'étrécissait, comme si les quinze mètres carrés se révélaient chaque minute moins ample qu'à son entrée. Le métal avait la froideur d'un piège. Dans le silence pensif qui suivit l'échange, l'avertisseur d'un clark manœuvrant fit un moment diversion. Tous les deux suivirent à l'oreille la progression du moteur. Enfin l'engin s'éloigna dans un rugissement nerveux. Pierre-Marie inspira longuement.

– Tu lâches rien, hein ? dit-il à Ventura. C'est comme tu veux toi, quand tu veux toi.

– Avoir un type blessé et en cavale sur les bras, c'est moi qui ai décidé, pas vrai ?

Pierre-Marie eut un claquement de langue exaspéré. Il farfouilla dans le bordel de sac plastique autour de lui, en extirpa une tablette de chocolat entamée, déchira davantage le papier d'aluminium et considéra la dernière barre avec dépit. Il enfourna le restant de chocolat avec fatalisme.

– Demain, je suis d'après-midi, alors le matin tu ne me verras pas, annonça Ventura en se levant.

Pierre-Marie le regarda d'en dessous. Les pieds enfournés dans le sac de couchage turquoise, il avait tout du SDF.

– Réfléchis, insista-t-il, un aller-retour et c'est réglé, t'es débarrassé de moi.

Ventura ne releva pas. La boîte se referma avec son écho habituel de barres de sûreté et de serrure bloquée. Pierre-Marie s'adressa à la porte de fer, muette et indifférente.

– Y'a pas d'autre solution, Ziù !

Il remua en gémissant, tenta de trouver une position plus confortable, sans y parvenir. La douleur taraudait son genou. Il déchiqueta l'aluminium de la tablette de chocolat, récupérant du bout de l'ongle de l'index quelques fragments de chocolat. Rien ou presque. La boulette d'emballage brillant rebondit par dessus son épaule et alla finir sa course dans le rai de lumière au bas de la porte.

– Et ramène-moi du chocolat ! gueula-t-il à personne.

Un klaxon éloigné de poids lourd lui répondit moqueusement, puis les piaillements des gabians prirent le relais des ricanements. De temps en temps, ces rats volants se posaient en maraude sur le toit des conteneurs, prêts à tout pour gober n'importe quoi qui s'avale. À part ça, un grand silence frisé étouffait sa solitude.

Pierre-Marie se dit que c'était la première fois qu'il était seul à ce point, sans potes, sans voisins ni famille, sans camarades de bar, complices de boîtes de nuit, élèves de sa classe ou simplement de voyageurs dans un bus de quartier. Devant un énorme tas d'heures interminables, à ne rien faire d'autre que tourner et retourner les mêmes pensées noires dans son crâne douloureux. Sans espoir de rien si ce n'est, finalement, que la porte s'ouvre enfin et que son oncle apparaisse avec des tablettes de chocolat. Il aurait dû lui rappeler d'acheter du Toblerone.

Il récupéra le journal au sol, le défroissa, se traîna jusqu'au rai de lumière qui rayait le contre-plaqué. Il se mit à relire l'entrefilet qui parlait du snack, puis les faits-divers de la page, puis les articles de politique auxquels il ne comprenait rien, puis les nouvelles du monde, puis les compte-rendu de sports avec des disciplines dont il n'avait jamais entendu parler, puis les petites annonces, puis les mouvements du port qui l'entourait… Il n'avait jamais lu un journal.

Cinquième jour

La nuit avait été longue, à tourner et retourner de sombres calculs dans son lit, l'œil ouvert en permanence, en s'efforçant de ne pas bouger pour ne pas empêcher Nathalie de dormir. L'aube l'avait trouvé dans la cuisine à préparer le café comme pour un jour de service. Et les mêmes pensées continuaient de vriller son esprit, avec le même souci en arrière-plan, celui qu'il commençait, malgré lui, à appeler « le minot ». Un minot coincé dans un conteneur où il l'avait lui-même enfermé. Malgré lui Ventura se sentait responsable du jeune truand, comme il se sentait responsable de sa femme, de sa fille, du tout petit bébé ou de son équipe de dockers. Un sentiment de responsabilité inquiète qu'il n'avait jamais réussi à s'expliquer.

Profitant de cette journée de récupération entre deux shifts, il descendit de chez lui, depuis ces baraques haut perchées qui dominaient encore un peu la mer, entre barres d'immeubles, parkings de centre commercial et hangars défigurés de graffs. Il emprunta l'entrelacs abscons de bretelles d'autoroutes et de passerelles se chevauchant les unes les autres, suivit un parcours incompréhensible où, à travers le pare-brise, défilaient des murs aveugles, des haies rouillées de piquets d'acier et des entrepôts industriels déserts. Il survola comme en rase-mottes ce port omniprésent dans la partie Nord, tellement abstrait quand on vivait dans la partie Sud de la ville, dans ces beaux quartiers qui sont une autre planète. Il frôla presque les piles de conteneurs où son encombrant invité devait se peler le jonc dans son sac de couchage. Il dépassa ensuite l'ancien Bureau Central de la Main-d'œuvre, le bâtiment où les dockers d'une autre époque venaient quêter du travail. L'édifice aux toits en forme de pagode de ciment effrité, qui pouvait jadis accueillir des centaines d'ouvriers, voué depuis à des tâches administratives, ne résonnait plus que des échos sinistres des poids lourds qui défilaient sur l'autopont au dessus de lui.

À un jet de pavé, le monumental silo à farine qui le jouxtait gardait ses airs de radiateur géant éteint à jamais. Il se gara à cheval sur le trottoir, en face d'un bar à la devanture délavée et traversa prudemment zigzagant entre les poids lourds qui défilaient.

– J'étais sûr de te trouver là.

Anto avait le cheveu rarissime, le sourcil pelé par le temps, un pendentif en or de la Corse autour d'un cou fripé par le cagnard, une corne de corail accolée à ce même pendentif et un accent marseillais de compétition. Sur sa tête, une casquette flambant neuve des Red Sox couronnait une stature frêle mais qu'on devinait encore pleine de nerf, la silhouette parfaite d'un pépé à l'ancienne, modèle marseillais, avec pour seule entorse au cliché du vieux phocéen cette incongrue touche de modernité surmontée d'un B rouge. Ventura adorait ce vieux débris. Anto était le cousin germain de sa mère, leurs pères étaient frères. Chez les Corses, c'est de la famille vraiment très proche. Ils se claquèrent la bise, Ventura se penchant afin que le pépé n'eût pas à se lever en réveillant son arthrite. Il jeta un coup d'œil circulaire sur ce bar qu'il connaissait depuis toujours. Un de ces endroits en train de sombrer dans les brumes des temps anciens, un bar des années 80 où même les jeux semblaient surgir du fin fond des âges farouches. D'ailleurs deux dockers, reconnaissables à leurs solides pantalons de travail et leurs godasses de sécurité, jouaient à Tetris sur une vieille babasse.

Le pépé ricana en tapant sur l'épaule du docker qui s'asseyait.

– Ventura dans un bar ! Ne me dis pas que tu te mets à boire sur tes vieux jours…

Ventura le fixa d'un air circonspect qui dissimulait mal un sourire amusé.

– Ça te fait quel âge maintenant, Anto ? 125 ans au moins, non ?

Le pépé éclata de rire.

– Tu sais ce qu'on dit, minot ? Passé 60 ans, si tu te lèves le matin et que tu n'as mal nulle part, c'est que tu es mort. Alors j'ai mal partout en permanence, et c'est parfait pour ma santé.

Anto, c'était l'encyclopédie Universalis du port, le Who's Who des bassins, la mémoire des docks. Anto avait tout connu, tout appris, tout été, garçon de cabine sur les derniers navires de grandes lignes, brièvement aide-mécanicien en salle des machines puis matelot de pont avant de revenir au port. Là il avait été grouillot, journalier, docker sans carte puis docker carte-G, celle qui donnait la certitude de toucher quelque chose en cas de chômage mais aussi grutier, homme de chaîne, pointeur à quai, pointeur à bord, chef d'équipe, contre-maître. Il devait être un des derniers dinosaures à savoir utiliser une moto-rampe pour décharger du vrac, à savoir exécuter un déchargement en spirale convergente pour ne pas déséquilibrer la cargaison, à connaître tous les gestes et tout le jargon pour communiquer avec un grutier, à savoir dire « tiens bon » pour « ne bouge pas », à faire des vagues avec la main pour dire « doucement » et à parler de « paillole » pour désigner le pont. Il avait fréquenté du monde « qui était plus ou moins méchant, plus ou moins voyou ». Puis était devenu commis en douane, employé transitaire et enfin cadre chez certains acconiers, « pas n'importe lesquels ». Des boîtes où l'on entendait parler des magouilles de chefs qui « disparaissaient brusquement » en prison pour « avoir bricolé avec la drogue » comme disaient les anciens. Il pouvait envoyer n'importe quoi, n'importe où, mais pas n'importe comment, il connaissait du monde partout et surtout dans les ports. Pas seulement les bons ports, d'ailleurs. Mais silence, pas un mot. C'est comme ça, parce que dans toutes les corporations, il y a des opportunistes, des virtuoses de la débrouille. Anto avait ensuite continué à bosser, à la SNCM surtout, longtemps après qu'il aurait dû partir à la retraite. Mais on ne pouvait pas l'arrêter. Il était parti quand il l'avait décidé, non sans laisser des balises et des bouées un peu partout, accrochées à des filins qui plongeaient loin dans les profondeurs insondables des cales et des entrepôts, pour ses futurs petits arrangements de pépé tranquille. Anto, sans âge détectable même au carbone 14, semblait devoir toujours être là, insubmersible, imputrescible et impassible.

Le patron déposa un Cap pour Anto, un Mattei car il se méfiait des imitations, et une eau gazeuse pour Ventura.

– Vas-y, accouche, lança Anto. T'es pas là par hasard.

Ventura hésita, jeta un nouveau coup d'œil à la salle. Trois mecs au comptoir argumentaient sur des courses de chevaux, un jeune scrollait son téléphone. Les deux autres clients continuaient à empiler des carrés, des barres, des L et des cubes avec un sérieux imperturbable.

– J'ai besoin de sortir un truc du port, annonça Ventura.

Anto se pencha en avant. Ses mains recuites de soleil étaient posées à plats sur le plastique collant du plateau et ses yeux inquisiteurs roulaient sous la visière rouge.

– Si t'as besoin d'argent ou quoi, tu demandes, ho Ventura ! Mais ne va pas te mettre dans je ne sais quelles conneries...

Anto, c'était plus que le cousin de Ventura, c'était à la fois son oncle, son père et son grand-père. C'est lui qui l'avait recueilli quand il était arrivé du village avec un sac de sport et deux chemises pour tout bagage, qui l'avait accueilli au pied du ferry de la SNCM. C'était chez Anto qu'il avait dormi la première nuit avec, pour la première fois depuis longtemps, la poitrine libéré d'un poids qui l'écrasait comme un âne mort. C'était avec Anto qu'il avait « appris » Marseille et ses arcanes, lui qui n'était qu'un enfant du maquis qui ne connaissait de la violence des rues que les courses à dos de bourricot dans les traverses du village. C'était chez Anto qu'il avait croisé pour la première fois les immenses yeux noirs et les gestes gracieux de fille d'une voisine du quartier. C'était Anto qui lui avait appris qu'elle s'appelait Nathalie. C'était encore grâce à Anto que Ventura avait fait son entrée au BCMO dans une aube brûlante et qu'il avait déchargé son premier bateau. Il n'avait même pas dix-huit ans mais Anto s'était arrangé pour qu'on ne lui réclame pas une pièce d'identité. Anto avait fait de lui un docker.

– T'inquiète, c'est juste un service que je dois rendre, répondit Ventura. Un colis qui ne m'était pas destiné mais que j'ai maintenant sur les bras.

Le pépé eut une moue dubitative. Rien que le mot colis, déjà...

– Quel style, ton colis ?

Nouveau coup d'œil circulaire à la salle. Les mêmes plus un postier qui livrait justement un colis avant de repartir sans même boire un petit quelque chose. Autre temps, autre mœurs. Ventura baissa davantage la voix.

– Style vivant, si tu vois ce que je veux dire...

– Pour où ?

Le pépé s'était transformé en algorithme, dans sa tête ça devait ressembler à un de ces logiciels qu'utilisent les pointeurs pour vérifier la manutention à bord. Et là, il fallait alimenter le paramétrage du cerveau du vieux. Ventura eut un geste vague. Vague, c'est le cas de le dire.

– Île Rousse, Ajaccio, Bastia, où tu veux…

Anto sursauta carrément. La Corse, en ce moment… Lui aussi lisait le journal sur l'appli dédiée et, même s'il lui fallait forcer sur la grosseur des caractères, il savait lire entre les lignes, quelle que soit la police utilisée. Son reste de sourcil forma un accent circonflexe inquiet.

– Tu t'es mis dans quoi, minot ?

Ventura haussa les épaules, l'air contrarié.

– Je sais pas quoi faire, Anto, sinon je ne t'emmerderais pas avec ça. Si je ne trouve pas une solution, va falloir que j'emmène ce colis moi-même. Et tu sais que je n'en ai pas envie.

Ils se fixèrent avec gravité. Ils savaient tous les deux.

– Il est du genre périssable en plus, mon colis, compléta Ventura.

Anto eut un imperceptible mouvement de recul.

– Périssable à quel point ?

– Au point de le livrer d'urgence. Faut qu'il parte vite, demain, après-demain au plus tard.

– Demain ?! s'écria le vieux. Ho, ça fait court ! Je ne connais plus autant de monde, minot. Ça a changé les quais depuis mon époque. L'informatique, les GPS, le gardiennage, les balises de douane, les accès sécurisés… Je ne sais pas si je peux te répondre.

Les tripes de Ventura se nouèrent. Si le vieil Anto ne pouvait pas l'aider, alors qui le pourrait ? Le pépé farfouilla dans la poche de son jogging, en sortit un gros smartphone coréen dernière génération. L'écran défila sur des pages que Ventura ne parvint pas à distinguer. Puis Anto releva la tête de l'écran. Une moue dubitative se promenait sur ses lèvres parcheminées.

– Laisse-moi au moins trois-quatre jours, dit-il.

Ventura secoua la tête.

– Impossible, il faut qu'il s'en aille tout de suite.

Ils se regardèrent interminablement. Le bar avait cessé d'exister, le monde se résumait à cette inquiétude dans le cœur de Ventura et à ces rouages qui tournaient comme un mécanisme trafiqué dans le crâne calculateur du pépé. Il jeta un œil par la baie vitrée du bar, au delà des voitures qui passaient en sourdine, vers le ciel plus clair du côté de Cap Janet.

– Je vais voir.

« Je vais voir », ça voulait dire c'est bon, je m'en occupe. Sinon le pépé te souriait, te disait qu'il avait une course à faire et il ne te restait plus qu'à aller allumer un cierge ou à coller un ex-voto.

– Mais je ne te promets rien.

« Je ne te promets rien », ça voulait aussi dire que ça allait très difficile, presque impossible. Ventura le redoutait. Cet article dans la presse qui annonçait que des Corses étaient liés à la fusillade était une très mauvaise nouvelle, un frein. Ventura se disait qu'il aurait dû réagir avant, venir voir Anto beaucoup plus tôt. Parce que si Anto ne réussissait pas à exfiltrer Pierre-Marie, personne ne le pourrait.

Anto lui posa ensuite quelques questions sur cette histoire du piano et la possible grève des dockers, auxquelles Ventura répondit vaguement. C'est même le pépé qui lui apprit l'évolution des négociations entre manutention et patronat. Les choses bloquaient sur à peu près tout. Il s'étonna, à demi-mots, que son neveu ne soit pas plus concerné. Habituellement, Ventura était un des piliers du syndicat à la table des négociations. Il y eut ensuite un blanc dans la discussion, chacun gambergeant à ses soucis.

Le grand docker sécha son eau pétillante. Anto fit signe au patron de resservir mais Ventura déclina. Ils se firent la bise.

Le pépé observa Ventura qui traversait nerveusement le boulevard pour rejoindre sa Renault. Il aurait vraiment besoin d'une nouvelle caisse, se dit-il pensivement, je pourrais au moins lui arranger ça. Parce que sortir son colis du port pour le lendemain, ça allait être beaucoup plus compliqué. Son smartphone reposait sur la table. Anto avait des gens à contacter. Il rangea le smartphone dans la poche de son jogging et se leva, passa derrière le comptoir du bar, farfouilla sous un tas de vieux journaux et de factures impayés et finit par dénicher un ancien téléphone à clavier.

Plus personne ne se servait de ces vieux fixes. Plus personne sauf lui. Et c'était bien ça qui garantissait une forme de sécurité à ses communications privées.

***

Ventura lui avait annoncé qu'il ne viendrait pas de la journée parce qu'il était de repos et que sa présence serait étrange pour les autres dockers, mais Pierre-Marie ne pensait pas que ce serait aussi difficile. Ventura l'avait aussi averti qu'il ne passerait qu'à la nuit tombée. Pour tenir jusque là, il lui avait laissé un pack de flotte tout neuf, du fromage sous vide, du pain de mie et d'autres chips mexicaines. Faire des courses dans une épicerie de nuit limitait l'envergure diététique des plats mais le menu convenait parfaitement à Pierre-Marie, grand amateur de Junk Food. Le jeune avait aussi, à disposition, suffisamment de bouteilles vides pour pisser tout son saoul. Ventura avait aussi expliqué qu'il allait profiter de son jour de congé pour trouver une solution à leur problème, mais il n'avait pas dit à quel point ce serait interminable d'attendre.

La journée ne passait pas.

Dans le conteneur hermétique, aveugle et puant, coupé du reste du monde normal, les minutes et les heures n'avaient plus aucune signification, aucune réalité. Il n'était ni dans la ville, ni sur le port, ni dans la réalité des gens dehors, ni dans la sienne dedans. Le conteneur était un lieu qui obéissait à ses règles propres, un espace différent du reste du monde. S'il avait eu un peu plus de culture, le jeune voyou aurait reconnu une hétérotopie.

Tout en grignotant quelques nachos, Pierre-Marie repensa à cette histoire de mineurs sud-américains, bloqués pendant des semaines au fond de leur trou, à se partager trois sardines en boîte et un fond de flotte moisie. Eux, au moins, n'étaient pas seuls dans leur mine. Lui, restait là comme un idiot, à ne pas même pouvoir marcher en rond à cause de cette saleté de blessure. Pendant une fraction de seconde, il s'imagina coincé là pour toujours, Ventura ne revenant pas, les autres dockers empilant boîte sur boîte jusqu'à l'enterrer vivant dans un mausolée de métal. Sans s'en rendre compte, Pierre-Marie avait posé la main sur son arme et recompté mentalement les cartouches restantes. Dix. Un chargeur plein, quoi. Il saurait comment en utiliser une au minimum si les choses s'aggravaient. Il chassa aussitôt l'idée mais elle s'incrusta obstinément au fond de son cerveau, guettant ses moments de désespoir comme un charognard patient.

Non, il n'allait pas crever ici, il allait s'en sortir et il allait régler ses comptes.

D'abord il finirait le travail, il se ferait cet enculé de Maek, pour venger Adrien et Marco, puis après, seulement après, il irait voir

Jean-Mi et lui collerait une balle en pleine tronche. Il ne pardonnerait pas, il n'excuserait plus, il n'oublierait rien.

La rage dans son cœur le partageait à la fatigue. Il rumina ses sombres pensées encore un moment et elles lui firent oublier la douleur têtue qui revenait comme un ressac brûlant. Il s'efforça surtout de chasser de son espace mental l'image de sa mère, sa voix, ses ordres et ses récriminations. Il ne voulait pas qu'elle sache ce qui lui arrivait, pas pour éviter qu'elle ne s'inquiète mais pour qu'elle reste, pour une fois, en dehors de sa vie. Elle l'avait élevé à sa manière, elle lui avait communiqué son sens de l'honneur et de la vengeance, mais elle avait aussi pesé comme un socle de bronze sur ses choix et ses envies. Cette affaire avec Maek était à lui, rien qu'à lui. Il ne voulait rien de sa mère. Quand tout serait fini, il lui raconterait ce qu'il s'était passé. Il lui annoncerait aussi que, dorénavant, les choses seraient ainsi, uniquement guidées par sa seule volonté.

Pierre-Marie avait soif mais la flemme, ou la faiblesse, d'entamer une nouvelle bouteille d'eau minérale le freinait. Il aurait fallu l'extirper de son emballage collé trop serré, la ramener jusqu'à lui et l'ouvrir en forçant comme un débile sur le bouchon. Trop de taf. Et, après, il aurait envie de pisser et pisser restait un vrai problème. Une gymnastique épuisante. Refreinant sa vessie, il se laissa doucement glisser dans l'inconscience et se recroquevilla dans son duvet.

Quelques minutes plus tard, il dormait profondément et les secondes, les heures, les jours qui s'écoulaient au compte-gouttes n'avaient plus aucune importance.

***

Ici on pouvait mettre autant d'obstacles qu'on voulait, les conducteurs finissaient toujours par réussir à se garer, quitte à stationner sur la ligne d'un stop ou à empiéter sur une terrasse de café. Les véhicules étaient abandonnés en vrac dans ce centre-ville minéralisé qui implosait sous les incivilités. À part tirer au lance-roquettes sur ceux qui bloquaient sans vergogne la circulation, Maek ne voyait pas de solution civilisée. Il observa Farid et Gouni qui palabraient avec un cuisinier sur le seuil d'un restaurant à touristes puis détourna le regard avec une moue circonspecte.

Exit les rivaux habituels du bizness et les cités ennemies. La découverte de Corses dans le commando compliquait la donne. Maek avait besoin d'y réfléchir. Il savait toutefois très bien qui étaient les trois mecs et pourquoi ils avaient déboulé dans son snack en tirant dans tous les sens. Il savait tout aussi bien quels étaient leurs griefs. Et, pour régler complétement leur différend, il lui fallait d'abord retrouver l'enculé qui s'était barré en boîtant. Aucune idée, cela dit, duquel des trois connards il s'agissait, les condés ne donnaient pas de détails. Mais celui-là, il était plus important que les autres pour une raison qui le regardait. Bon, un mec en cavale, blessé à la jambe, ça devait pouvoir se localiser assez facilement. Parce que ces trois crétins, il les connaissait, n'avaient pas prévus de soutien pour les récupérer après leur petite opération. Des amateurs sous leurs grands airs de caïds et prétentieux comme tous ces mecs de l'île, des bouffons qui prenaient les Arabes de haut, qui les méprisait.

Maek frotta machinalement son pansement. Un corse, ça fait quoi quand il y a un problème ? Ça rentre sur son île à la con et ça se cache dans un buisson, non ? Les rebeus faisaient pareil avec le bled. Les condés n'allaient jamais les chercher ni dans le maquis ni dans la casbah. Mais pour rejoindre l'un ou l'autre, il fallait prendre l'avion ou le bateau. C'était par là qu'il fallait chercher. Dehors le cuisinier avec qui Farid et Gouni discutaient secouait la tête négativement. Ils regagnèrent la voiture.

– Oualouh, souffla Gouni

– Tu as dis que je donne du blé ? dit Maek.

– Un Corse, Maek, comment tu veux qu'on retrouve un Corse à Marseille ? Toufik il sait pas et pourtant il est Corse !

– Il est pas Corse, contredit Farid. Il est Marocain !

– Il est Marocain né en Corse ! rétorqua Gouni.

Un silence pesant plomba l'habitacle. Chacun réfléchissait à sa conception des Corses. Farid se retourna vers l'arrière.

– Je comprends pas bien… Pourquoi ces Corses ils t'ont tiré dessus ?

Ils scrutaient leur chef, le cerveau prêt à bondir sur des explications, quelles qu'elles soient.

– Vous voyez pas, hein ? interrogea Maek.

Les deux costauds le considéraient avec des yeux de bovins.

– Jean-Mi, les trois connards, le Maroc, vous voyez pas ?...

Les bovins hochèrent leurs gros crânes. Aaaah oui, Ok, Ok, Ok. Le Maroc, bien sûr, oui, oui... C'est de là qu'arrivait tout le matos, dans de grosses bagnoles, avec aussi des fois de la coke du Mexique ou de ce genre de pays espagnols, cachée un peu mieux que le chichon dans la carrosserie. Mais, en vérité, Gouni et Farid ne comprenaient rien. Ils se souvenaient bien de ces Corses venus marchander avec eux, même qu'ils avaient servi de garde rapprochée à Maek. Trois mecs avec la boule à zéro et un drôle d'accent. Mais quant à savoir ce que Maek avait fabriqué comme embrouille avec eux, z'bi ! Maek il est plein de trucs et de machins, des mélanges pour faire ci et des coups tordus pour faire ça, à l'envers et à l'endroit, pire que du billard. Eux, ils préféraient quand il disait des choses simples. « Vous voyez le gadjo là-bas ? Vous y allez et vous lui défoncez le crâne ». Ils y allaient et ils lui défonçaient le crâne. Ensuite ils balançaient le mec dans le coffre de sa bagnole et ils y foutaient le feu. Ensuite, encore, ils allaient s'acheter un menu triple X au MacDo. Simple, quoi.

– Moi je dis qu'il est déjà loin, celui qu'est pas mort.

– Moi aussi, appuya l'autre.

Maek explosa brusquement. Il était si agité que le SUV trépidait sur ses suspensions.

– Je m'en branle de ce que vous pensez, je le veux ce hartaï ! Même si je dois aller le chercher dans son putain de maquis !!!

Le caïd se reprit, se calma un peu. Gouni leva les mains en signe d'apaisement. Il ne savait même pas ce que c'était, ce « maquis ». Un sushi, pensait Farid. Les bœufs étaient d'accord sur un point : pourquoi il gueulait comme ça, Maek ?

– On fait quoi, alors ?

– Devine.

Gouni haussa les épaules avec détachement, deviner, c'était pas son boulot. Ni celui de Farid qui remit le contact. Maek frotta sa main blessée et reprit le cours de ses pensées. Donc, s'il était un Corse avec la jambe amochée et qu'il voulait rentrer dans son bled pour se cacher dans les buissons, il ferait quoi ? Il irait où ? Il se démerderait comment pour traverser l'eau qui le séparait de son salut ?

La voiture, emportant le jeune caïd et ses noires supputations, disparut à l'angle de la rue, abandonnant le centre-ville à ses guirlandes de warning en stationnement interdit.

***

Fausses promotions, musique de merde, bouffe industrielle et embouteillages de caddies en vrac, le supermarché ressemblait au centre-ville à l'heure de pointe. Ventura poussa son chariot déjà bien chargé entre une grappe d'enfants agglutinés à l'avant d'une poussette garée en travers de l'allée confiserie et une mémé comorienne qui hésitait entre deux boîtes de petits pois. Nathalie, liste en main, empilait les achats alimentaires et ce n'était que le début car ensuite elle comptait au rayon des bébés pour deux ou trois emplettes destinées à son petit-fils. Le grand docker soupira. Il ne détestait pas les courses, il détestait simplement la foule qui faisait les courses. Il abhorrait aussi tout ces gens qui dérangeait les superbes empilements de boîtes disposés dans les rayons. Nathalie l'avait coincé dans l'après-midi alors qu'il réfléchissait à une solution, allongé sur le canapé. Elle l'avait réquisitionné. Leur frigo sonnait creux et ça, c'était inconcevable.

Ventura tira son portable de sa poche. Sa femme lui décocha un regard de travers.

– Mais qu'est-ce que tu as avec ce téléphone ?! Ça fait dix fois que tu le regardes !

Il dégagea la question d'un mouvement évasif des phalanges, rangea l'appareil et avisa soudain une étagère de rayon croulant sous la marchandise.

– Ah oui, du chocolat, prends du chocolat ! Du Toblerone !

Nathalie s'arrêta en tête de gondole, la main tendue stoppée en plein élan.

– Du chocolat ?! Tu manges du chocolat maintenant ?

Ventura amorçait un haussement d'épaules tout aussi évasif quand, justement, son portable sonna. Il l'extirpa fébrilement tout en vérifiant la provenance de l'appel.

– Oui, attends, ne quitte pas…

Il s'éloigna dans l'allée centrale du supermarché, soigneusement hors de portée des oreilles de sa femme. Nathalie le foudroya. Ses yeux bouillonnaient d'exaspération et d'inquiétude. De là où elle se trouvait, non seulement elle n'entendait pas ce qui se disait, mais elle ne pouvait non plus lire sur le visage de son mari. Elle n'entendit rien de cette voix de pépé qui nasillait dans le micro.

– Je t'ai dit, trop court, Ventura. Il faut me laisser encore 24 heures…

– Je ne peux pas, regretta le docker. Je ne peux pas…

– Tu ne devrais pas te précipiter, c'est jamais bon. Donne-moi du temps et je te promets que dans moins d'une semaine c'est réglé et oublié.

Une semaine ? Autant dire dix ans ou un siècle. Ventura ne pouvait pas continuer à cacher l'autre dans sa boîte. Quelqu'un allait le déloger, comme on délogeait chaque jour des migrants planqués quelque part sur le port. Le port a des yeux partout. Il fallait qu'il trouve une autre solution. À l'autre bout, Anto se taisait.

– Je vais me débrouiller, t'inquiète, dit Ventura. Merci en tout cas.

Il coupa, le front assombri de gros soucis et croisa le regard anthracite de Nathalie. Il la rejoignit adoptant l'air le plus dégagé possible.

– Ça va ? Tout va bien. Tu as eu ton appel ? s'enquit-elle.

– Heu, c'était… Enfin… heu… bah…

Nathalie chopa une tablette sur l'étagère et la colla sur la poitrine de son mari.

– Tiens, n'oublie ton chocolat.

Le chariot cabré sur les roues arrière, elle fonça vers les caisses. Ventura, déstabilisé, contemple un instant la tablette de chocolat. C'était même pas du Toblerone. Il la glissa machinalement dans sa poche et quitta le supermarché en passant par la sortie sans achats. Du côté des caisses, Nathalie le canardait d'œillades meurtrières.

Dans la voiture, elle lui fit ostensiblement la gueule.

Elle lui fit la gueule en sortant les courses de la voiture, elle lui fit la gueule en déballant les paquets sur la table de la cuisine, elle lui fit la gueule en remplissant le frigo des bouteilles et autres sachets plastiques de fromages ou de charcuterie. Et elle fit la gueule en réalisant qu'elle n'était pas passé au rayon bébés. Elle faisait tellement la gueule que les yaourts, qu'elle alignait habituellement avec méticulosité furent entassés en pyramide approximative. Ce qui tordit le cœur du docker pour qui on ne devait pas stocker les choses dans un équilibre précaire.

Ventura repensa au minot dans sa boîte bien rangée à l'abri. Il eut, un bref instant, la tentation de tout raconter à Nathalie, de lui demander son avis, son aide, son soutien. Sa femme saurait que faire, son esprit cartésien, pratique, judicieux, pouvait dénouer les pires méandres des situations les plus retorses. Mais il n'en fit rien. Il s'était mis dans la merde tout seul, il n'allait pas l'entraîner elle aussi dans son cloaque. Et puis il aurait fallu lui parler de tout un tas d'autres choses, des choses enfouies très loin sous la poussière du passé et qu'il n'avait jamais abordées avec elle.

Il déposa le dernier sac de course sur la table, tergiversa une ou deux secondes, se balançant d'un pied sur l'autre comme un ours indécis. Nathalie, la mine fermée avait entrepris de rincer les légumes. Elle était capable de faire la gueule pendant des siècles. Incapable de poser une main sur son épaule ou un baiser dans son cou, Ventura ne savait jamais montrer sa tendresse. Il se décida finalement.

Il fit demi-tour et quitta la maison.

Nathalie le regarda sortir du jardinet après avoir longé le garage décrépit au vantail mal fermé. Une inquiétude, mêlée de tristesse et d'incrédulité, taraudait son ventre. Sans parler de cet acide insidieux de la jalousie.

***

Ventura se gara avec prudence de l'autre côté de l'enceinte portuaire, laissant sa voiture le long d'une grille anonyme. Il passa son bonnet de laine et remonta soigneusement le col de sa parka de docker. Il entra à pied dans le périmètre portuaire, passant le contrôle des vigiles en vitesse après avoir montré sa carte d'accès. Par chance, les vigiles de l'entrée, deux jeunes intérimaires, ne semblèrent pas le reconnaître. Il coupa au plus court, longea les grosses citernes, se tenant à distance précautionneuse de l'Algeco des poulets. Il rejoignit alors le dédale de conteneurs avec un luxe de précautions qu'il finissait par trouver un peu ridicule. Poursuivant son complexe périple, il dépassa le terminal conteneur. Il ne parvint pas à apercevoir le conteneur blanc sale du minot, mais il savait parfaitement où il était. Mieux valait passer prudemment au large, des dockers devaient bosser là-bas du côté des quais. On ne devait pas le voir ici, surtout pas un jour de congé. Et puisque tout le monde le connaissait, le mieux était de ne croiser personne.

Le soleil commençait à fléchir, faufilant ses rayons dorés entre les empilements, le crépuscule dessinait des ombres oblongues aux angles des objets. Un avantage pour qui voulait rester discret. Ventura s'arrêta dans une des ces ombres bleus. Il avait rapidement survolé les horaires de mouvements du port et, si ses calculs étaient exacts, il devait être pile à l'heure. Effectivement, l'appareillage pour Barcelone du *Vishva Diksha* appartenant à la New Shipping Corporation of Bengali Ltd, passé par le canal de Suez quelques jours plus tôt, accapara l'attention des autorités. Le nez enfoui dans sa parka fluo et le bonnet rabattu au ras des arcades, il en profita pour traverser en diagonale un vaste parking, vide de camions ou de tracteurs, et pour s'engouffrer dans un bâtiment bas en tôles ondulées.

Le bâtiment était silencieux. Le départ des équipes de jour, l'appareillage d'un navire récemment chargé, le flottement lié à la pause du soir pour des hommes encore occupés une partie de la soirée offrait une opportunité qu'il ne devait pas rater. Le grand docker traversa prudemment les couloirs vides.

Quelques pointeurs mangeaient dans une salle récréative à peu près aussi accueillante que celle des dockers. Salle récréative parce qu'il y avait deux tableaux à la noix accrochés de travers sur des murs décrépits et un fauteuil de relaxation abandonné dans un coin. Avant la novlangue, cela s'appelait un réfectoire. Des fragments de discussion lui parvinrent. Patronat, dockers, syndicat, manutention, statut, bagagistes, croisières, monopole, réunion. Pas besoin de prêter davantage l'oreille pour deviner de quoi ils discutaient. Tout le monde semblait très concerné par les futures négociations. Tout le monde sauf lui, il avait d'autres sujets d'inquiétude.

Dans une autre vie, il avait travaillé quelques mois pour cet acconier et la disposition des lieux n'avait pas changée depuis. Il remonta en douceur le corridor plein de portes et ouvrit une porte semblable aux autres. Le local des répartiteurs, les dockers chargés de la gestion informatisée des boîtes, restait identique au delà des années et les bureaux, vétustes, mal équipés, sales et négligés ne s'amélioraient jamais. La grande pièce était vide. Pas un seul employé n'était resté à manger un sandwich devant son écran. La pause, depuis toujours et pour toujours, c'était sacré. Des chasubles fluos gisaient sur les dossiers des chaises et des ordinateurs poussifs, pas même dotés d'économiseurs d'écran, jetaient des lueurs blafardes dans le jour qui baissait. Un talkie en charge, relié au quai, crachota un avis inaudible. Ventura bondit jusqu'à l'ordinateur le plus proche.

L'ordinateur mit des plombes à se réactiver et le docker s'impatienta, multipliant les coups d'œil inquiets du côté de la porte. L'écran bipa enfin. Ça réagissait. Le grand docker entreprit de taper des trucs, des codes et des chiffres. Il se souvenait globalement de la procédure et de toutes manières les mots de passe et les principales commandes étaient affichées sur une série de post-it au bord de l'écran.

Les fenêtres défilèrent : Tunis, Vancouver, Rotterdam, Carthagène, Le Havre, Tanger.

Il glissa sur une nouvelle série de colonnes, sur une autre partie du port, écumant les mouvements, les postes, les arrivées, les départs, les visites en douane, les billets de bord, les notes de service.

Savone, La Spezia, Genova, Nice, La Seyne, Toulon, Barcelone, Valencia…

Merde, merde, il était presque au bout des prévisions de mouvement…

Et soudain, là ! Là ! Bastia ! Bastia.

Demain, le *Monte-Padro*, un roulier. Ventura ne pu s'empêcher de rire derrière le col de sa parka. Pour la première fois depuis des jours, la chance lui faisait un clin d'œil. Les lignes de chiffres et de lettres hermétiques au non-initié étaient des hiéroglyphes limpides et joyeux que Ventura savait déchiffrer. Plusieurs gros véhicules pris en charge en *RoRo*, du « Roll-on/Roll-off », en anglais maritime. Exactement ce qu'il lui fallait, du transport de poids lourds et de remorques par ces bateaux étonnants, les « rouliers », des garages flottants qui pouvaient même, dans certains ports, embarquer des trains. Demain on embarquait un lot de bulldozers pour le BTP et, pour rentabiliser, on avait complété avec des camions qui prenaient habituellement le ferry. Le *Monte-Padro* était également adapté au transport de conteneurs ou de caisses mobiles mais il n'était pourtant pas envisageable pour Ventura d'envoyer seulement la boîte blanche de Pierre-Marie. Mais il restait tout à fait possible de faire subrepticement grimper son colis dans une des remorques. Il y en aurait plusieurs, déjà vérifiées administrativement et donc peu susceptibles d'être ouvertes avant l'arrivée en Corse. En étant, malin, en s'y glissant au bon moment, juste après que le chauffeur a checké son chargement, ça pourrait… En plus il connaissait la plupart des dockers qui embarquaient le roulier, et si jamais Ventura et son colis se retrouvaient nez à nez avec l'un d'eux, il trouverait les mots pour le faire rester discret.

Des éclats de rires plus vifs que les autres éclatèrent soudain dans le réfectoire proche et le firent revenir au présent, à Marseille et à ses conteneurs. Il griffonna quelque notes sur un post-il arraché à la volée puis quitta la pièce, furtif comme un spectre. Les rires continuèrent dans le salle récréative qui, pour le coup, portait enfin bien son nom.

Ventura souffla avec soulagement en sortant du bâtiment. Personne ne l'avait vu traîner dans le bâtiment. L'ombre avait gagné sur le soleil enfuit et le port baignait déjà dans la pénombre. Avec l'adrénaline qui refluait lentement dans ses veines et l'excitation qui retombait, il se sentit soudain épuisé. Tu parles d'un jour de repos.

***

– Quand ?

– Demain matin.

En entrebâillant la porte avec un ridoir abandonné, Ventura avait commencé par faire du courant d'air parce que, franchement, ça emboucanait là-dedans. Engoncé au fond de son sac de couchage, le jeune gangster dévorait la tablette de chocolat retrouvée par Ventura dans sa poche. Avec ses cheveux emmêlés, sa barbe éparse qui noircissait le bas du visage et ses cernes gris foncé, Pierre-Marie faisait peine à voir. Entre clochard de cinéma muet et cheminot de gravures anciennes. Sans compter le cacao, maintenant, qui lui dessinait un pourtour de bouche d'enfant des rues. Il était pitoyable. Ventura égrenait sa troisième ou quatrième série de cent pas au travers des détritus du sol, à la fois tendu et excité. Il agitait son post-it comme si c'était un sésame de papier ouvrant sur la liberté.

– Deux remorques sans tracteurs, c'est vraiment du cul ! Je t'ouvre n'importe laquelle, on vérifie l'arrivée des chauffeurs, je les branche le temps de les distraire.

Il pointa Pierre-Marie d'un index impérieux.

– Tu te glisses dedans et tu bouges plus jusqu'au débarquement.

L'autre approuva en bâfrant son chocolat. La tablette semblait l'intéresser plus que la liberté toute proche.

– Tu vois, je t'avais dit, ajouta-t-il tout de même.

Emporté par un optimisme dont il ne se croyait pas capable, Ventura ne s'arrêtait plus. Il allait sortir l'autre de son conteneur, l'envoyer chez lui se faire soigner.

– Avec un roulier, je me démerde pour te faire rentrer dans la cale sans trop de soucis, je connais les mecs là-bas, poursuivit Ventura. Mais attention, à partir du moment où tu es à bord, je ne peux plus rien pour toi. Au débarquement non plus.

– *Bàbbè.* T'inquiète, dès que je suis en Corse, ça ira.

Ventura scruta le visage spectral et les yeux brillants du jeune. Pierre-Marie brûlait d'une grosse fièvre. Sa parka luisante de crasse, le sweat à capuche puant qui en dépassait et même le bord encrassé de transpiration du sac de couchage turquoise racontait le mal qui commençait à ronger le jeune.

– Je vais t'apporter un rechange, dit Ventura avec décision. Il faut que tu sois clean pour sortir d'ici.

Ça n'était pas seulement une précaution, c'était aussi une action humanitaire. Pierre-Marie mordit une dernière bouchée, la tablette y était passée. Ventura se tenait déjà près de la porte.

– On va plus se revoir, j'imagine, articula le jeune.

Ventura eut un moment d'hésitation. Sa tête balançait d'un côté à l'autre comme s'il pesait le pour et le contre. Il haussa les épaules.

– J'espère bien.

L'autre opina en léchant les derniers fragments de chocolat collés à ses lèvres desséchées.

– Alors y'a un truc que j'aimerais savoir.

Ventura le regarda, déstabilisé. Il lui fit signe du menton de continuer.

– Pourquoi tu ne viens jamais au village en Corse ? demanda Pierre-Marie.

Le grand docker fut carrément interloqué. Pierre-Marie reprit sa respiration avant de finir.

– Enfin, quand il y avait encore un village.

Ventura vacilla. Ses yeux cherchèrent inconsciemment la porte comme s'il se retrouvait pris au piège, comme si la fuite était la meilleure solution. Une cascade d'éclairs criblée de grondements de tonnerres déferlait au fond de sa poitrine. En prime une bourrasque de froid remontait de ses tripes. Depuis que ce neveu, sorti de nulle part, était apparu dans son garage, il avait prié pour que le passé ne surgisse pas avec lui. Il avait jugulé du mieux possible les émotions qui le secouaient et tout fait pour que le jeune s'en aille avant de commencer à poser des questions. Mais c'était peine perdue. L'autre le regardait, patiemment, attendant qu'il se décide à dévoiler des émotions que lui-même ne s'expliquait pas.

Le village… Le cerveau de Ventura lui hurlait de fuir, de coller le jeune dans un camion, de l'envoyer au-delà de la mer et de refermer ce container comme on referme un caveau sur des fantômes enfouis. Mais surtout de ne pas les laisser remonter à la lumière. Il se tourna vers le jeune Corse, hasardant la question qui lui brûlait la voix.

– Le village… C'est comment, là-haut maintenant ?

Pierre-Marie haussa les épaules, l'air blasé. Il agita la main.

– Un village, quoi. Vide, *mortu*, un tas de ruines… Quatre vaches qui se courent derrière, même plus un vieux… Remarque, moi je m'en branle, je vis à Propriano, c'est quand même un poil plus vivant le soir.

Un silence plein d'échos siffla dans la tête de Ventura. Il avait depuis longtemps enterré les images du village. Le jeune afficha un air de défi que Ventura ne parvint pas à s'expliquer. À quoi jouait-il ? Il referma le col de son blouson, enfonça son bonnet, ouvrit franchement la porte sur l'air froid.

La voix de Pierre-Marie l'arrête sur le seuil.

– Tu ne m'as pas répondu, *Ziu*. Pourquoi tu ne viens plus en Corse ?

Ventura resta de dos, le visage invisible. Mais son dos, comme écrasé d'un poids étrange, accusait le coup. Maintenant c'était sûr, Pierre-Marie jouait un drôle de jeu avec son oncle.

– À demain matin, parvint à souffler le docker.

Il sortit après avoir vérifié les abords.

Pierre-Marie s'allongea sur le dos, regarda les cloisons métalliques de la boîte. Elles paraissaient déjà moins solides, moins hermétiques. Demain, elles ne seraient plus qu'un souvenir.

Demain matin.

***

La soirée était déjà bien entamée. Les immeubles s'estompaient dans une obscurité qui les faisait paraître moins lépreux. Maek alignait les cent pas au centre d'un parking démesuré et totalement désert sous la lumière pisseuse de sodiums fatigués. Il se dandinait tout en se roulant un pétard avec une dextérité étonnante pour quelqu'un qui arborait un gros pansement sur le dessus de la main.

La petite Clio blanche sérigraphiée « Sécurité » s'arrêta à son niveau. Le conducteur, un rouquin à grandes dents d'une trentaine d'années, coupe de cheveux crypto-mulet, coupe-vent de vigile portuaire et casquette du Barça, baissa la vitre. De la musique de petits blancs, déformée d'auto-tune, s'échappa à gros bouillons de l'habitacle. Maek ne broncha pas sous la vague, léchant la fine bande gommée du papier à rouler. Le rouquin lança un coup d'œil méprisant au parking sinistre.

– Pourquoi tu choisis toujours des coins de merde, Maek ?

Maek alluma le spliff, aspira une bouffée pensive. Il apprécia sa marchandise. Bon matos, quand même.

– Tu sais ce que je cherche, rouquin ? demanda-t-il en soufflant un nuage odorant.

– Tout le monde le sait ce que tu cherches, les nouvelles vont très vitre, rétorqua le vigile. Et tout le monde dit pareil : ton mec il a pris un avion et il est loin maintenant.

Maek contempla le bout de son joint puis le désert d'asphalte autour d'eux.

– Trop compliqué l'avion, surtout avec une blessure. Le train ou le bus c'est pareil, y'a rien de direct pour l'île.

Il tira une nouvelle taffe.

– Tu vas me faire entrer sur le port.

Le rouquin sursauta, ses yeux roulaient soudain comme des billes inquiètes.

– Pourquoi tu veux aller sur le port ?

– Y'a tout un tas de Corses sur le port, les marins c'est des Corses, les dockers c'est des Corses, les ferries c'est rempli de Corses…

Mais le rouquin n'en démordait pas.

– Comment tu veux que je vous fasse rentrer sur le port avec vos gueules !? Faut des laisser-passer, des autorisations et tout le bordel. Et puis tu vas y trouver quoi, sur le port ? Tu vas te trimbaler les mains dans les poches et choper les Corses un par un ?

– Fais-nous rentrer, c'est tout.

Le rouquin secoua obstinément la tête.

– Je suis pas magicien, Maek ! C'est chaud, ça…

– Alors tu vas chercher pour moi.

Les billes du rouquin jaillirent de leurs orbites.

– Chercher quoi, merde ! C'est grand, les quais, c'est comme une ville que tu ne connais pas…

– Si t'étais Corse en cavale, tu te chercherais un bateau, non ? Alors trouve-moi ce bateau.

– Moi, je suis de Roubaix, je me casserais en Hollande ! Y'a du bon chichon là-bas en plus. Allez, laisse-tomber, tu le…

La tête du vigile s'écrasa contre le volant, les billes s'enfoncèrent brusquement dans son crâne et la visière de sa casquette de base-ball s'encastra dans le compteur de vitesse. Maek souleva de nouveau la tête du vigile. Il le tenait fermement par la crinière du mulet. Il le cogna encore contre le volant, le fracassant méthodiquement à travers la vitre ouverte, au rythme des infrabasses. Le tout sans lâcher son joint.

– Tu fermes ta gueule, t'as compris, tu fermes ta gueule et tu me trouves ce bateau !

Le rouquin ruisselant de sang grenat, avec des bleus qui apparaissaient sur le cou, était maintenant assortit à sa casquette du Barça. Farid et Gouni dans le SUV, discrètement embusqué dans l'obscurité d'une passerelle à voitures, avaient suivi toute la scène, pétrifiés. Putain, ils n'avaient jamais vu Maek dans cet état.

Le jeune Caïd reprit son souffle.

– Allez dégage. Vite ! Vite !

Le rouquin sniffa son sang, crachota de petits fragments de chair et de dents. Écarquillant son seul œil encore valide, il mit le contact et décampa dans la lumière poisseuse. Maek observa le pansement sur sa main. Il était couvert de sang, sans qu'il sache si c'était celui de sa blessure rouverte ou celui du vigile. Il largua le spliff.

La portière du SUV, arrivée à son niveau, se referma sur lui.

– Putain, il est encore à Marseille, cet enculé, j'en suis sûr ! marmonna-t-il.

Il était redevenu aussi froid et impassible que d'habitude. Étrange ce détachement, cette froideur, chez un mec des quartiers, dans une ville où les réactions se font plutôt à chaud. Mais une lueur de folie violente subsistait encore dans sa pupille. Farid et Gouni décidèrent de laisser encore un peu passer l'orage.

Maek cogna le dossier du siège devant lui.

– Démarre, toi ! Qu'est-ce t'attends ?!

Tiens, tu vois, qu'est ce que je disais ? Il est pas encore calmé.

Sixième jour

Nathalie, la mine sombre, sortit de la maison en claquant ostensiblement la porte. Elle grimpa dans sa voiture et s'en alla. Ventura relâcha tristement le rideau. Demain ça irait mieux, il la prendrait dans ses bras, inventerait un truc pour expliquer son comportement des derniers jours et tout redeviendrait comme avant.

Dans la chambre, il ouvrit la grande armoire, en sortit jeans, pulls, chaussettes, caleçons, sweats, vérifiant leur taille approximative, avant de les enfourner dans son sac de travail. Le jeune allait flotter dans les vêtements, mais c'était pas grave, arrivé chez lui, il s'habillerait comme il en avait envie. Ventura essaya de ne pas penser que le minot risquait surtout de se retrouver, à l'arrivée, face à ceux qui lui avaient tiré dessus. Mais ça, ça n'était pas son problème. Ça ne l'était plus. Ça n'aurait même jamais dû l'être !

Il contempla le bagage, soudain en arrêt, se frotta le crâne : il manquait quelque chose, c'était quoi déjà ? Oui, voilà. Il quitta la pièce, farfouilla dans la pièce attenante, revint et enfourna triomphalement un rasoir jetable et une bombe de mousse à raser entamée dans le sac. Le temps d'aller sur le port, d'aider Pierre-Marie à se débarbouiller et se changer, de l'amener à l'autre bout des quais, de le mettre dans une remorque et tout serait finit.

Satisfait, il zippa la fermeture-éclair d'un geste définitif.

***

Pénombre et détritus, sol jonché de restes et odeur, insoutenable malgré le froid implacable, de crasse, de sueur, de pieds, de pisse et de nourriture moisie. L'intérieur du conteneur était une bauge. Le teint blafard, les cheveux collés au front, Pierre-Marie attendait. Il avait tenté de mettre de l'ordre dans sa tenue, rangé ce qu'il pouvait, replié le sac de couchage tant bien que mal, aligné les bouteilles d'urine contre la paroi opposée à lui. Il n'avait rien pu faire pour la crasse qui entourait la base de son cou, ni pour ce caleçon qui s'était obstinément entortillé dans la raie de ses fesses. La fièvre avait dilué son t-shirt, le faisant s'incorporer à son torse, ses chaussettes avaient fusionnées avec ses orteils, mais surtout, voire le pire était cette pulsation sourde que la blessure envoyait toutes les trois secondes, sournois message de douleur et d'épuisement. Pierre-Marie n'osait plus regarder son genou, incrédule devant les proportions que pouvaient prendre une simple éraflure.

Ventura avait dit dix heures. Ou six heures, il ne savait plus très bien. Entre ces quatre murs de ferraille, le temps n'avait aucune forme stable. Il joua distraitement avec la lampe, l'allumant, l'éteignant, l'allumant, l'éteignant, dans une alternance syncopée de chuintement de gaz et de déclics d'étincelle. Il s'était mis à chantonner cette comptine confuse qui lui taraudait le cerveau depuis quelques jours et dont le refrain et les paroles lui échappaient systématiquement. La fièvre gommait un peu tout.

Chuintement, déclic, allumage, extinction. Chuintement, déclic, allumage, extinction. Peut-être devrait-il économiser le gaz et la minuscule étincelle qui illuminait l'intérieur ? Il s'en branlait. Demain il serait chez lui et cet endroit pourri ne serait plus qu'un mauvais souvenir. Chuintement, déclic, allumage, extinction, chuintement…

Un choc sourd, caverneux comme un gong de géant !

La lampe avait vacillé !

Pierre-Marie était tétanisé. Des sons métalliques, des grondements, des voix inconnues, dehors ou dans sa tête ? Il farfouilla fébrilement dans le bordel autour de lui, retrouva le pistolet sous le pack éventré de Cristalline. Le contact du chargeur dans sa main moite ne dissipa pourtant pas son angoisse. D'autres chocs métalliques, d'autres gongs inquiétants se succédaient. De nouveau la lampe vacilla sur son socle.

Puis, encore, ce fut le silence.

Pierre-Marie engagea doucement une balle dans le canon de l'arme…

Dans un sinistre grincement de métal, la lampe valdingua et Pierre-Marie vola avec elle. Il rebondit contre le plafond, une bouteille d'eau minérale propulsé par la force centrifuge frôla son crâne, le plancher occupait un des côtés, la lampe toujours allumée fusa en sens inverse et Pierre-Marie s'écrasa contre la porte d'entrée, s'ouvrant le crâne sur une des serrures. Il n'en fut pas suffisamment sonné pour échapper au cauchemar de secousses qui transformait sa boîte en train fantôme devenu fou.

Le conteneur fut emporté vers une destination inconnue et une peur immonde inonda le pantalon du jeune voyou.

***

Un jour pâlichon se levait péniblement, comme courbaturé d'avoir travaillé toute la journée de la veille. Du côté des conteneurs s'agitait un groupe d'homme, la plupart affublés de chasubles fluo. Leurs casques de chantier surmontaient de manière ridicule les costumes-cravate à coupe slim qui les boudinaient. Deux chariots-élévateurs bougeaient des boîtes, dans un désordre apparent. L'estomac de Ventura se révulsa littéralement. Ils étaient à deux pas du conteneur de Pierre-Marie.

Le docker se gara sur le parking des dockers puis revint discrètement le groupe. Un homme gesticulait parmi les autres. Santillano palabrait avec les représentants des armateurs, des transitaires et des acconiers Des types sérieux, eux, dont le temps comptait bien plus que l'argent, l'opinion plus que la raison et le business plus que la santé des autres. D'autres flics naviguaient autour des conteneurs, donnant des coups par-ci ou par-là sur les parois des boîtes, comme s'ils comptaient débusquer un gibier quelconque. L'ambiance était tendue et, de temps en temps, chaque groupe jetait un coup d'œil acide à l'autre.

Santillano, suivi d'un cortège de costards, inspecta sommairement deux conteneurs qui se révélèrent parfaitement vides.

– La douane en a encore chopé un, expliqua-t-il, et ce matin mes collègues en ont vu deux autres. Mais ils ont réussi à filer. Alors, c'est tombé de l'étage des morts[3], on vérifie tout.

– Qui a donné l'ordre ?! s'indigna un blanc-bec à smartphone greffé au bout des pouces.

Santillano eut un geste évasif.

3. État-major

– Un chef, un patron, un ponte, un général, un ministre, j'en sais rien moi, mais un à qui on ne refuse rien en tout cas.

Le policier balaya l'information par-dessus son épaule. Les autres fulminaient, invoquant leur divinités, management, rendement et cynisme.

– Vous pouvez essayer de le joindre, en attendant moi faut que je vérifie toutes ces putains de boîtes et vérifier les scellés. Et, en cas de doute, je dois les faire expertiser.

Il les toisa avec un sourire un peu pervers.

– Ce qui veut dire, en clair : je les immobilise.

Une houle d'indignation secoua le groupe de technocrates. Ils se mirent à parler entre eux en manager novlangue, leur dialecte Anglo-commercial.

Ventura sentit son ventre se nouer. Si les condés se mettaient tout de suite au travail, il n'aurait pas le temps de trouver une solution pour évacuer le minot. Il fallait le tirer de là au plus vite parce que même si son départ était pour dans deux heures, il ne pouvait pas prendre le risque que la vérification commence de son côté. Mais Ventura ne pouvait pas non plus extraire Pierre-Marie de sa boîte devant cette meute qui fouinait sur le périmètre. Mais même en ayant une idée géniale dans les cinq minutes qui venaient, il leur faudrait le temps de traverser les trois-quarts du port, de grimper dans une remorque et d'embarquer.

Un des représentant des compagnies, plus énervé que les autres, vitupérait avec des moulinets de bras.

– Il y a plus 60 boîtes rien qu'ici ! Et dans les 180 sur les autres postes. On ne va pas bloquer le trafic pour trois connards d'Arabes !

La novlangue commerciale en prenait un bon coup.

– On peut pas faire ça en mode « random » ? surenchérit un autre technocrate galvanisé par la fermeté de son collègue. Un conteneur sur quatre, un conteneur sur six… ?

Santillano la joua règlement-règlement. Il détestait ces connards prétentieux et méprisants avec leurs impératifs de rendement-coût-horaire-moyens-techniques-nombre-de-personnels-compression de personnel-augmentation-du-bénéfice-délocalisation et greenwashing hypocrite.

– Je n'y peux rien, messieurs, dit-il son index pointant le ciel. Les ordres.

Les technocrates palabrèrent encore pour tenter de sortir de l'impasse. Les techniciens logistiques réfléchissaient en termes de variations de flux, les commerciaux en paramètres de bonus/malus de livraison, les délégués des acconiers en négociations de journées de manutention perdues. Ventura se faufila jusqu'au flic.

– Qu'est-ce qui se passe ?

– Une épidémie de clandos, rétorqua Santillano avec un geste blasé. Faut vérifier tous les conteneurs de Tunisie. Tu vois un peu le bordel…

Il abandonna le docker pour se retourner vers les autres.

– Nous ne sommes que six dans mon groupe, alors on va pas tout contrôler à nous seuls ! On fera le maximum, croyez-le mais il ne suffira pas de claquer des doigts.

Ça faisait marrer Santillano, finalement, l'affolement des technocrates. C'était le bon côté de cette galère de contrôle de boîtes. Les autres marmonnaient des imprécations contre les fonctionnaires inconscients. Santillano éleva la voix.

– Vous imaginez la pub si on retrouve un cadavre dans une de vos boîtes ?

Il avait frappé juste, le flic sarcastique, cogné là où ça faisait mal, juste au-dessus du portefeuille, à l'angle du sens moral, direct sur le storytelling de leurs marques. La moindre alerte sur les réseaux sociaux et c'était des points qui fondaient au CAC 40, des clients qui fonçaient vers un autre terminal ou, pire, vers un autre port. Alors des cadavres de migrants, non merci ! Pas besoin de ça en plus des histoires de grève des dockers ! Les technocrates secouèrent la tête tout ensemble, en une parfaite unité. Bon, d'accord, va pour la fouille, mais le plus vite possible.

Ils s'éloignent en débattant, chacun vers son véhicule de fonction en leasing. Ventura posa un regard anxieux du côté des empilements de conteneurs.

Il allait falloir trouver une idée fissa pour déplacer le minot.

Rien. Rien. Rien !

Ventura vérifia en panique le marquage au sol. Allée 5 - Carré 12. C'était là, merde ! Il remonta à reculons l'allée de boîtes qu'il venait à peine de descendre dans le bons sens, checkant minutieusement les chiffres au sol comme s'il allait relever une anomalie dans les nombres. Puis revint en recomptant uniquement les numéros pairs. Rien ! Que dalle ! Ouallouh ! Les rectangles tracés avec une peinture blanche presque effacée étaient aussi déserts que le dessous des pieds d'un nouveau-né. Il tourna sur lui-même tel un derviche ivre à l'endroit où s'était toujours trouver le conteneur blanc sale. C'était là, juste là ! À trente mètres de la première citerne d'hydrocarbure, en face du grillage défoncé de la voie ferrée ! Pendant un instant tout se mélangea, Santillano, les clandestins, les conteneurs, Pierre-Marie, les technocrates. Puis il se raisonna. Si Santillano avait logé le minot, l'endroit grouillerait de flics du RAID surexcités.

Il arrêta un cariste qui fonçait à bord d'un gros chariot. Le gars, perché à deux mètres, ne comprenait rien aux questions couvertes par le vacarme du moteur et Ventura fut obligé de grimper sur le marchepied et de brailler pour que l'autre entende ce qu'il voulait.

– Elles sont où les boîtes du carré 12 ?!

– Quelle boîtes ? brailla l'autre, à moitié sourd.

Le cariste ôta son casque anti-bruit mais, même sans ça, le boucan du moteur couvrait les paroles. Il coupa finalement le contact.

– Les boîtes vides ! gueula Ventura, autant sous le coup de l'angoisse que du fait de ne pas avoir remarqué que le niveau sonore avait baissé. Les boîtes qui étaient là !

– J'en sais rien, moi ! s'excusa le cariste, je viens de prendre le boulot. Faut que tu voies avec les pointeurs ou avec les répartiteurs.

Les répartiteurs, ceux-là même qui enregistrent le positionnement et le nombre de conteneurs sur le terminal portuaire, qui œuvrent dans les locaux et qui communiquent ensuite depuis cette salle de contrôle avec les pointeurs qui travaillent au bord de l'eau avec les dockers. Ceux-là mêmes à qui Ventura avait la veille « emprunté » un ordinateur et quelques post-it. Les répartiteurs étaient les seuls capables de suivre précisément les mouvements sur le terminal, d'une zone à une autre. Normalement, ils savaient où se trouvait chaque boîte, n'importe quelle boîte, toutes les boîtes et même sa boîte à lui ! Enfin, normalement.

Le docker remercia d'un geste de la main et fonça vers les bâtiments bas qui semblaient roupiller dans le matin blême. Le moteur du chariot-élévateur géant hurla et l'engin repartit vers les quais.

Ventura déboula comme un buffle furieux dans le local des répartiteurs. Les deux répartiteurs levèrent à peine les yeux de leurs écrans, communiquant par phrases codées aux gars sur le pont d'un roulier ou à un grutier. Ils n'eurent pas l'air franchement bouleversés par l'irruption.

– Ho, vé, Ventura ! consentit le plus ancien.

Le chef d'équipe était agité comme si on s'était trompé sur le voltage de son alimentation.

– Les boîtes, celles qui étaient sur le carré 12, elles sont où ?!

Les deux répartiteurs échangèrent un regard interloqué. Qu'est-ce qui lui prend à lui ?! Ventura répéta posément sa question. Fallait pas bloquer les types avec des demandes trop compliquées.

– Je sais pas, y'a du bordel depuis ce matin à cause de clandos. Alors tout a changé.

– Ordre, contrordre, appuya le plus jeune, un type grassouillet. Bouge-les là, mets-les ici…

– Mais c'est des vides ! Ils s'en foutent des vides ! grogna Ventura.

– Vides ou pleines… C'est le bordel quand même, philosopha l'ancien.

Ventura tenta de repousser la panique qui montait. Il allait les trouver, ces boîtes, bien sûr, il allait trouver le sienne, surtout ! Elle était forcément pas loin… Le jeune répartiteur grassouillet se gratta le front. L'ancien pianota furieusement sur les touches comme un musicien de Heavy Metal en concert. Ses doigts défonçaient l'antédiluvien clavier qui en avait vu d'autres et des plus méchants que lui. Un logiciel d'aide à la gestion de conteneurs qui ressemblait à un Tetris de malade mental déroula des menus et ses sous-menus. L'écran était criblé de rectangles polychromes qui bougeaient dans tous les sens.

– C'est quoi le souci ?

Trop long à expliquer. Ventura repoussa l'ancien, se pencha sur l'écran.

– Tu dois les avoir, c'est obligé ! C'est des vides…

L'écran affichait d'autres hiéroglyphes, en colonnes obstinées, qui clignotaient péniblement. Le vieux répartiteur rouspéta parce que Ventura l'écrasait de tout son poids, lui collant presque la tête sur le clavier. Son gros collègue tenta une hypothèse pour distraire le buffle.

– T'as parlé aux pointeurs ?

Ventura fit signe que ça servait à rien. Les pointeurs, ils sont sur les conteneurs qui bougent, pas ceux en zone morte. Il se redressa et délivra l'autre de son poids.

– Tu lui veux quoi à cette boîte ?

Ventura chargeait déjà vers la sortie.

– Si on te demande, tu diras que tu sais pas, Ok ?!

Il quitta le local dans un mugissement râleur. L'ancien se tourna vers son collègue :

– Ho, il a quoi, Ventura ? J'ai cru qu'il allait me mettre un taquet !

– Il a dû te prendre pour un livreur de piano avec ton clavier.

Le grassouillet rigolait, content de sa vanne. L'autre marmonna un truc inintelligible. Ils se replongèrent dans leurs hiéroglyphes informatiques.

Pas moyen d'ouvrir. Cette saloperie de porte ne voulait rien savoir ! Peut-être qu'ils l'avaient voilée à force d'empiler le conteneur ici, de le bouger là, de le remettre à l'endroit ou à l'envers pendant que lui, les bras en croix et la joue collée au plancher, essayait de rester allongé. Ils avaient fait ça pendant ce qui lui avait paru des heures avant d'abandonner au petit matin. Enfin, ce qui aussi semblait être le petit matin, parce que là, il avait définitivement perdu la notion du temps et de l'espace.

Pierre-Marie ravala les larmes qui se pressaient vers la sortie. Pas pleurer, ça servait à que dalle, pas pleurer. Il inspira profondément, força pour la centième fois au moins au centre des vantaux. De toutes sa puissance. Mais sans pouvoir se servir de ses jambes, c'était autant efficace que souffler dessus. Il lui faudrait un truc pour faire levier, un truc solide, n'importe quel truc… Ses mains explorèrent à tâtons le sol chamboulé. Il n'y avait rien, il le savait. Il rencontra un objet allongé en plastique, une bouteille remplie de liquide, mais c'était trop peu costaud. Au moins, pensa-t-il, les bouteilles de pisse n'avaient pas lâché pendant le transbahutage, sinon bonjour la douche. Il sentit autre chose, Son arme, sous un tas de déchets ! Il la dégagea et se traîna jusqu'à la porte.

L'idée de tirer dans le vantail effleura son esprit, mais hormis faire d'inutiles orifices cela alerterait tous les dockers d'ici à Tanger. Aucune chance de réussir. En désespoir de cause, il força le canon dans l'interstice entre les deux vantaux. Il n'y croyait pas trop. Tout ce qu'il allait gagner, c'est un canon tordu pour tirer dans les coins.

Hé bien pourtant, ça marcha.

Enfin, ça fonctionna en partie. Il parvint à entrebâiller suffisamment le vantail pour sentir l'air froid chargé de senteurs marines. Maintenant, il y croyait, il allait se tirer de cette boîte maudite, de ce piège dément qui le tenait serré jusqu'au cou. Il appuya de toutes ses forces contre les deux vantaux. Allez, pousse, pousse encore, ça va s'ouvrir. Il y eu comme une subite saute d'air, une bourrasque venue de nulle part. La porte s'était ouverte.

Emporté par sa poussée, Pierre-Marie bascula dans le vide.

La chute paru durer des dizaines de secondes mais elle stoppa brutalement. Par un réflexe surnaturel, la main droite de Pierre-Marie accrocha une des barres de fermeture. Il oscilla un moment comme ça, entre ciel et terre, les pieds battant plusieurs mètres au-dessus du sol. Le conteneur était tout en haut d'une des piles.

S'il n'avait pas été aussi pitoyablement épuisé, aussi désespérément fatigué, ça aurait été aussi comique que ces vieux films muets en noir et blanc où un personnage se retrouve pendu au bout de l'aiguille d'une horloge géante ou en haut d'un gratte-ciel en chantier. Sa boîte était la cinquième d'une colonne multicolore rangée sur l'arrière de la zone, hors de vue du reste du monde. Cinquième, ça faisait plus de neuf mètres. Le bitume lui paraissait extrêmement lointain et extrêmement dur vu de là où il se balançait. Il eut, une seconde, la tentation de lâcher prise.

Mais la vie le tenait encore.

Il parvint, d'abord précautionneusement, puis avec décision, à agripper la barre de son autre main. Cela assura sa prise tout en soulageant son bras droit qui commençait à sérieusement tétaniser. Puis, acrobatiquement, par la rage plus que par la force, ménageant son genou invalide que la pesanteur rendait encore plus douloureux, Pierre-Marie réussit à crocher, du bout de l'orteil, l'extrême bord du plancher. Il resta ainsi quelques secondes, le corps en diagonale entre la boîte et sa porte qui grinçait, dessinant une sorte de circonflexe ridicule. Heureusement que personne ne pouvait le voir parce que, là, il avait vraiment l'air d'un débile.

Avec cette même rage, il força sur ses reins pour faire pivoter la porte sur ses gonds. En se refermant, le mouvement centripète du battant de métal le projeta à l'intérieur et il alla, genoux en avant, s'emplâtrer contre la paroi opposée. La douleur transperça son corps, vrillant son cerveau. Il s'écroula sur le plancher crasseux, anéanti.

Mais il s'en foutait, il était dans « sa » boîte, à l'abri du vide, du vent, de la ville, de la peur et de la mort.

***

En fin de journée le Mistral se leva brusquement et la température dégringola de plusieurs degrés. Ou, du moins, donnait-elle cette impression. Dos courbé, les Marseillais forçaient pour progresser à contre-courant et se réfugier au plus vite dans leurs maisons.

La voiture sombre de Maek et ses sbires glissa comme portée par un coussin d'air dans l'avenue venteuse. Le mutisme des occupants et la mauvaise humeur du caïd comprimaient l'air de l'habitacle comme sous l'effet d'une surpression. Le fond de ligne de basse qui faisait vibrer le cuir des sièges et la carrosserie ne parvenait pas à détendre l'atmosphère.

Farid conduisait en souplesse. Gouni roulait un joint. Maek gambergeait.

Les ferries pour l'Algérie se balançaient doucement, leurs feux, atténués par le ciel glacé, dessinaient des guirlandes soyeuses qui clignotaient au ralenti. Le vent soufflait en violentes rafales qui, par moments, faisaient osciller le lourd véhicule. Ils avaient beau écumer la ville, s'arrêter seulement pour faire le plein puis repartir pour explorer un endroit ou un autre, interroger celui-ci ou celui-là, aucun indice n'indiquait que le troisième membre du commando était encore à Marseille.

La passerelle à la sortie des docks, les lampadaires qui se reflétaient dans l'eau des bassins crénelée de bourrasques et l'immense tour de verre avec son acolyte de métal coloré concouraient à donner l'impression irréelle qu'ils évoluaient dans l'univers jailli d'une simulation numérique d'architecture. Rien ne paraissait réel dans ce dédale nouveau de béton et d'acier. Le jeune caïd restait pourtant calme, attentif, concentré. Patient. Le port industriel glissa en douceur sous lui, en contre-bas du fin viaduc. Son objectif était là, quelque part dans ce mélange de quartiers délabrés et de front de mer futuriste, il le sentait.

Le SUV dépassa la colossale silhouette de l'ancienne base sous-marine allemande de Cap Janet, à quelques encâblures à peine de la zone conteneur, puis vira en montant vers le haut des quartiers. Le caïd regarda la cité qui défilait maintenant derrière les vitres comme sur un écran de verre. Maek savait que l'autre était quelque part dans la ville, quelque part à portée de main.

***

Le ciel foncé était moucheté d'étoiles glacées et les boîtes gémissaient dans les rafales. Les allées de fer paraissaient se serrer entre elles comme pour se tenir chaud. Des plaintes lugubres, chants funèbres soufflés par le vent, montaient des grilles du port. On aurait juré des voix de vieilles femmes au soir d'un deuil.

Ventura avait exploré le labyrinthe de conteneurs jusqu'à en perdre la sensation d'avancer. Il croyait tout savoir de ces conteneurs, il se trompait. Ils étaient vivants, bougeaient dès qu'on leur tournait le dos, changeant spontanément de place et ces rafales hurlantes de Mistral étaient leur rire cynique. Il s'était obstiné toute la journée, s'arrêtant à chaque conteneur blanc, tapant sur la paroi, les heures se confondant en un mélange d'impressions contradictoires qui lui faisaient tourner la tête.

– Pierre-Marie, ho ! Pierre-Marie ! Tu es là ?

Ventura vainement avait répété cet appel des centaines de fois. Jamais aucune voix ne lui avait répondu. Il pensa que, finalement, il aurait dû procurer un smartphone chinois au jeune voyou, histoire de pouvoir le joindre. Il continua de se perdre, entre brun, vert, jaune, orange, bleu ou rouge, des couleurs qui lui donnaient mal au crâne. Les empilements bariolés étaient ceux d'un Mondrian paranoïaque croisé avec un Kandinsky schizophrène, une caricature de folie picturale qui brouillait la vue. De temps en temps, un bloc blanc, plus ou moins brillant, muet et indifférent, rompait le défilement de ce Rubik's cube absurde.

Les engins de levage manœuvraient sans cesse, les flics s'obstinaient à déterminer quelle boîte ouvrir, les douaniers les narguaient, Santillano se perdait entre conteneurs vides, conteneurs sous douane, conteneur à visiter et conteneurs à embarquer. Ventura avait dû composer avec ces opérations incessantes et perdre de longues minutes, dissimulé dans un recoin sombre, un hangar désert ou derrière une pyramide de palettes que les condés s'éloignent. L'heure avait tourné, le soleil avait décliné sur l'horizon de grues avant de disparaître totalement de l'autre côté de la grande jetée. La journée s'était enfuie et avec elle, le roulier qui devait emmener Pierre-Marie en Corse.

Ventura sursauta. Un gigantesque engin, phares allumés, le frôla de son haleine hydrocarburée de géant pataud. Le conducteur, à trois mètres au-dessus de la faille, n'avait rien vu. À force d'écumer la zone, il allait finir par faire une erreur. Il décida de faire une pause, se cala contre une boîte, noire dans la pénombre et farfouilla dans ses poches à la recherche d'un cigarillo, mais il avait fumé le dernier il y avait longtemps. Il songea qu'il allait devoir rentrer, que Nathalie devait s'inquiéter. Mais l'autre, le minot, dans sa boîte glacée, dans le noir absolu, avec son genou malade, peut-être mort ou devenu fou, qui allait s'occuper de lui ? Et d'abord, qui l'avait mis là, dans ce conteneur ? Qui avait eu cette idée débile ? Les vagues de culpabilité le submergèrent, des ondes nouvelles et d'autres, plus anciennes, remontées du fin fond de sa vie.

Il frotta ses paupières brûlantes, rajusta son blouson et repartit résolument dans le labyrinthe maléfique, poursuivi par l'écho métallique de sa propre voix.

– Pierre-Marie ? Hooo ! Pierre-Marie…

Le Mistral paraissait s'être assoupi mais vers quatre heures du matin il se réveilla. Le jour se levait sur des quais engourdis par le froid. Au travers des fenêtres sales, la vague lueur n'éclairait presque rien. Dans le vestiaire, il faisait à peine plus chaud qu'à l'extérieur. Une rafale plus forte que les autres fit vibrer les vitres. Enfoui jusqu'au haut du crâne dans sa parka fluo, Ventura renâcla dans son sommeil mais continua de ronfler. Il s'était écroulé, il y avait à peine deux heures, sur un des bancs de la salle récréative.

La porte s'ouvrit dans un souffle glacial et Ventura se redressa brusquement, la gueule froissée et l'œil vide. Momo, engoncé dans un amoncellement de laine polaire et de gants en Teflon, était campé sur le seuil.

– Tu vas fermer cette porte, oui ! bougonna le chef d'équipe.

– Ho Ventura ! T'as dormi là ou quoi ?

Ventura marmonna d'une voix pâteuse quelque chose que son camarade ne comprit pas bien. Il reprit en articulant du mieux possible.

– Non, je suis arrivé en avance... j'étais crevé... me suis rendormi...

Momo observa la tronche épuisée de son chef avec l'air de ne pas le croire une seconde. Mais il ne discuta pas. C'est à l'ami en difficulté de voir quand il a envie de parler et s'il a envie de parler. Même si, depuis quelques temps, Ventura semblait avoir besoin d'un peu d'aide, c'était à lui d'avancer. Momo referma la porte et commença à éplucher ses couches de vêtements pour les troquer contre une tenue de travail.

– Je pensais te voir hier soir, dit le docker.

Ventura le fixa, une expression perplexe sur son visage froissé de sommeil.

– Hier soir... ?

– On avait une réunion, hier. Tu t'en rappelles pas ? Tu avais dit d'accord. Gontainer t'a laissé un message et Fornaroni a essayé de te joindre...

Ventura ne répondit pas. Momo eut une moue dépitée et changea de pantalon puis de chaussures. Ventura quitta son lit improvisé en geignant, ses os lui donnaient l'impression de couiner comme des rouages grippés. Momo le regardait, abasourdi. Les bruits de grève ne semblaient pas le toucher.

– Il faut qu'on parle, la situation est bloquée, on va peut-être devoir bloquer, fit Momo, après tout, tu es lié à cette situation, c'est ton intervention qui nous a mené là...

– Écoute, Momo, une autre fois. Là, c'est.... c'est compliqué pour moi, dit Ventura avec un geste vague. Je vais me chercher un caoua au distributeur.

Il ne proposa pas non plus d'en ramener un à Momo. Et ça, pareil, c'était bizarre. Alors qu'il franchissait le seuil, Ventura tamponna un jeune homme en doudoune verte et casque de moto à cocarde italienne qui tentait d'entrer au plus vite pour échapper au froid. Ventura ouvrit ses larges bras.

– Bastien ! Tu tombes bien, je voulais justement te voir...

Ils se claquèrent la bise, restant là, entre vent glacial et tiédeur relative. Momo en était à son gilet molletonné. Ventura baissa la voix mais, de toutes manières, Momo, un peu vexé, s'était collé un casque audio sur les oreilles et du RnB plein de basses le coupait du monde.

– T'étais de nuit, avant-hier, non ? demanda le chef d'équipe.

L'autre confirma d'un hochement puis referma soigneusement la porte.

– Les boîtes vides qui étaient sur le 12, vous les avez mises où ?

Bastien laissa échapper un sifflement de perplexité.

– Huuu ! Je sais plus... On a en bougé plus de soixante avec leurs conneries de clandestins !

Il dégrafa sa doudoune, déposa son casque sur la table.

– En plus ils ont trouvé dégun, ces cons.

Les flics n'avaient ramassé personne, ça au moins c'était une bonne nouvelle. Bastien réfléchissait encore en défaisant les complexes fermetures de ses habits de motard.

– Y'en a bien quelques unes sur le carré 8, mais les autres, pfff... Pourquoi tu les cherches ?

Bastien était un jeune docker, il ne maîtrisait pas encore ce vieux code tacite qui voulait qu'on ne pose pas de questions à un docker qui fait des choses qui paraissent sortir de l'ordinaire. Ça lui viendrait seulement avec l'expérience.

Ventura ouvrit la porte. Le vent le gifla rudement et cela le surprit.

– Rien, pour une connerie, éluda-t-il. Bon, merci fils.

Bastien entreprit de se changer. Ventura contempla avec lassitude les empilements qui lui faisaient face au delà de la porte. Un mur implacable et infesté de pièges. Il croisa le regard rempli d'une inquiétude mêlée de déception de Momo. Son pote enfilait sa chasuble fluo avec des gestes aussi cérémonieux que ceux d'un prêtre. Ventura se fit la réflexion que c'était exactement ce qu'il lui faudrait, un prêtre. Il eut la tentation de s'asseoir près de son ami et, serrés sur le petit banc, de tout lui déballer, le jeune dans son garage, les flingues, les conteneurs, les mecs des quartiers, la drogue et la violence. Momo le fixait aussi.

Ventura détourna le regard et disparut dans les rafales.

***

Pierre-Marie pissa péniblement dans une petite bouteille d'eau minérale. Engoncé dans une parka et un pantalon de treillis, à travers un minuscule goulot, ça n'était pas facile. Alors assis, ça l'était encore moins. Ce putain de genou qui semblait animé d'une vie autonome faite de pulsations brûlantes et d'élancements de douleur. Un supplice quand il fallait bouger. Un peu d'urine tacha de nouveau sa braguette mais il n'y accorda aucune importance. Les taches, c'était pas ça qui manquait. Il reboucha la bouteille, la balança dans un coin avec les autres. Il n'avait même pas essayé de ranger quoi que ce soit, le sol était indescriptible.

Il rampa jusqu'à la porte entrebâillée en surplomb des conteneurs. La vue était en partie obstruée par d'autres conteneurs mais, de jour et en hauteur, on voyait finalement très bien les fugaces silhouettes des dockers au travail. Ils s'affairaient, apparemment insensibles au vent. Au loin, tout au bout de la jetée, un bout de ferry, siglé « Corsica », passa au ralenti. La Corse… Il huma un souvenir de *murzia* et de ciste parvenu depuis le maquis jusqu'au pont du bateau. Une brusque rafale de Mistral rabattit le vantail sur ses yeux.

Déprimé, il recula jusqu'à la paroi de fer et parvint à se remettre sur son séant. Il démaillota précautionneusement le pansement souillé de son genou. Gonflé, purulent, noirâtre, ça sentait mauvais et c'était de plus en plus moche à regarder. Le moindre effleurement de la surface boursouflée le faisait sursauter. Il rafistola tant bien que mal le bandage craspec puis farfouilla dans le bordel autour de lui à la recherche des antalgiques. Un seul cachet restait dans la plaquette que lui avait donné Ventura. Les doigts tremblant salement, il extirpa le médoc du blister.

Le comprimé blanc fusa entre ses doigts tremblants. Décrivant un orbe impeccable, il brilla un instant dans la lumière puis rebondissant sur le sol, disparu quelque part dans la pénombre. Pierre-Marie, retenant son souffle, tenta de le suivre à l'oreille mais le minuscule roulement de la pastille sur le sol avait cessé. Le cachet était planqué quelque part, tapi dans un endroit inaccessible, comme un animal rusé et insaisissable. Pierre-Marie se laissa glisser contre le plancher.

En rampant, le visage au ras du contre-plaqué, il avança patiemment. Ses doigts frôlaient le sol, repoussant les détritus, les barquettes vides, les emballages de fromage ou les papiers colorés des barres chocolatées sorties du distributeur des dockers. À force de persévérance, il finit par coincer son adversaire.

Le petit cachet était là, embusqué dans une rainure du plancher...

Le jeune Corse utilisa d'abord son petit doigt, mais c'était encore trop gros pour accéder au fond de la rainure. Il préleva ensuite soigneusement un fragment de plastique d'une boîte de salade piémontaise en guise de curette, mais cela ne marcha pas plus. Puis un fragment de papier chocolat brillant roulé en stick... Il tenta même d'aspirer le cachet en collant ses lèvres dans la poussière. Rien à faire, à part un goût dégueulasse de ciment et de sciure sur la langue. Le cachet ne bougeait pas, obstinément embusqué au fond de sa tranchée minuscule.

Pierre-Marie éclata en larmes.

***

Dans la cabine au sol, Ventura pourrissait le portiqueur au-dessus d'eux.

– Le huit, je t'ai dit, le huit ! hurlait-il dans son talkie. Putain, mais qu'il est con !

La nuit était tombée, le vent non. Le Mistral s'obstinait à violenter la grande grue bleue comme un animal en rut. Ça bossait encore sur les quais, à cause d'une urgence, un mastodonte panaméen rempli de boîtes jusqu'aux sourcils à finir à l'instant-même où des soucis mécaniques ralentissaient les portiques. Tout ce qu'il lui fallait, fulminait Ventura.

Une voiture de l'agent de sûreté du port et deux camionnettes d'avitaillement étaient arrêtées au pied de la passerelle. Les dockers, entre le pont, les cales et le quai, faisaient le dos rond contre le Mistral agressif et la rage froide de leur chef. Personne ne reconnaissait le Ventura habituel dans ce type nerveux et vindicatif. Il lui arrivait, bien sûr, de se mettre en rogne devant un souci technique ou une décision débile de l'encadrement, mais ça n'était jamais dirigé contre eux. Ventura savait préserver son équipe de ses humeurs parfois massacrantes.

Kara passa la tête dans l'encadrement du poste vitré. Momo le salua d'un mouvement du menton, l'autre docker, un pointeur, continua de suivre la boîte sur sa tablette. Ventura continua de brailler dans sa radio. Kara eut une grimace inquiète. Humeur massacrante et requête personnelle, il sentait que ça n'allait pas le faire. Mais il n'avait pas le choix.

– Heu, Ventura... Je peux y aller ? J'ai un truc urgent à régler...

L'autre ne lui accorda même pas l'ombre d'un regard.

– Tu fais ce que tu veux, pour moi t'existes plus.

Kara accusa le coup. Il savait son chef d'équipe tendu, mais à ce point...

– Bon. Ok. Merci.

Il jeta un regard interloqué aux deux autres ouvriers. Ils haussèrent leurs épaules d'un même mouvement désolé. Quand Ventura était comme ça, c'est à dire rarement, on ne pouvait rien faire. Juste attendre que la tempête se calme. Un peu comme avec le Mistral, quoi. Kara leur cligna de l'œil puis quitta le poste. Après tout, il s'en branlait des humeurs de Ventura, aussi massacrantes soient-elles, il avait obtenu ce qu'il était venu chercher. Les deux autres se replongèrent dans leur assistance morose. Ventura accompagna des yeux le spreader qui plongeait vers une boîte. Une de ses molaires s'ébrécha invisiblement tellement il serra les dents.

– Le huit, putain, le huit ! Il le fait exprès ou quoi ?!

Septième jour

Un bateau, pour n'importe où, pour l'Argentine, tiens, avec son nom qu'on dirait du métal précieux et sa rivière, je l'ai vue sur une vieille carte, comment elle s'appelle, ah oui, le Rio de la Plata, il est plein d'argent, d'argent et de rêve ! On a eu un oncle, là-bas, un *Americanu*, il a fait fortune et il est revenu en Corse pour construire une grosse maison qui ressemblait à un vrai bateau blanc. Mais même un bateau plus petit ça me va, un bateau, merde, c'est pas trop demander, y'en a plein ici, plein, pour partout, la Chine, Shangaï. L'Amérique. Mais pas un de ces bateau de merde, un de ces porte-conteneurs rempli de boîtes qui ressemblent à des Lego géants, quand j'étais *ziteddu*, je détestais déjà ces putains de lego, tu peux rien faire avec ces trucs, je les déteste encore plus maintenant. Non, plus jamais de ces putains de conteneurs, de ces boîtes qui ressemblent à des cartons à godasses. Pas non plus une de ces merdes cage à poules flottantes pleines de vieux cons en chemise et baskets de toquards, non, je veux un de ces bateaux anciens, plein de cheminées, de coursives, d'échelle en cuivre avec de drôles de gros tuyaux comme des tubas géants qui sortent du pont et des rangés de moustachus en canotier, à cravate noire sur la chemise blanche et des femmes qui passent avec des parapluies en dentelles. Tiens, c'est ça, comme ceux sur les photos de ma grand-mère, celles qu'elle m'a montrées plein de fois, même que c'était long à n'en plus finir de tout regarder et que je ne pouvais pas sortir parce qu'il faisait trop chaud et qu'il fallait attendre la fin de la digestion, trois heures, avant de se baigner. C'était des photos en carton, des photos de son père à elle, qui travaillait en Indochine, dans une plantation de caoutchouc ou un truc comme ça. Ou alors de l'opium, ou alors il était serveur au bar, je sais plus. Non, il vendait des amandes, *aïo*, des fruits secs. Je sais plus, merde. Ça ferait bien chier Jean-Mi, ça, de me voir sur un grand bateau blanc. Je lui ferais signe d'en haut, je lui jetterais des cacahuètes et ce con resterait sur le quai, à agiter son petit Glock ridicule, il pourrait même pas tirer d'en bas. Je m'en branle, je me casse, je lui dirais et dans le grand salon avec les lustres de cristal et je ferais l'idiot sur la piste de danse, habillé avec une veste blanche pleine de galons dorés, avec le genou qui ne me ferait même plus mal. Il y aurait ma mère, ma grand-mère, *Minanna*, oui ma grand-mère surtout, et son fils Ventura, mon oncle, qui jouerait du piano. Qu'est-ce que je raconte, moi ? Il joue pas du piano, Ventura, il a de trop gros doigts et puis Ventura, il viendrait pas sur un navire, c'est un lâche ? Il a peur de tout. Je suis sûr qu'il peur des avions, des bateaux, et c'est pour ça qu'il vient jamais en Corse. Il a peur, c'est ma mère qui me l'a dit et ma mère ne ment jamais, elle se trompe des fois, elle dit des conneries comme quand elle s'engueule avec Jean-Mi mais elle ne ment jamais. Jean-Mi oui, il ment. Il va voir ses putes et il ment. Mais ma mère, elle ne ment pas. C'est elle qui m'a raconté toute l'histoire de Ventura, c'est elle qui m'a dit que c'est un lâche. *Vigliacù*. Un lâche. Il est où d'abord, ça fait des années qu'on ne l'a plus vu, qu'il n'est pas venu dans le conteneur, ni en Corse, ni au cimetière. Il vient jamais. Il arrête pas de souffler ou quoi, putain de *Libecciu*[4], non de Mistral ils disent ici, il est encore plus fou que *u libecciu*. Un paquebot, voilà, c'est ça un paquebot, ça existe encore, non ? Un vrai bateau, un bateau pour partir d'ici, de ce trou de merdier, de ce cercueil de métal, de cette putain de prison, je ne veux pas aller dans une prison pleine de saloperies et de rats, je suis sûr qu'il y a des rats dans cette saloperie de port, je les ai vus.

Un bateau pour n'importe où...

***

Il faisait encore jour mais le ciel flambait déjà du côté de la grande forme de radoub. Il était anthracite côté Mucem. Le Mistral, têtu, ne voulait pas admettre qu'il était temps de se reposer, de cesser de cavaler sur les docks.

Ventura frissonna en refermant son blouson. Il monta dans sa voiture, mit le contact, démarra le moteur, alluma ses phares. Les feux de route dessinèrent des griffures entrelacées, brouillées par le

4. Vent violent en toute saison, de secteur Sud-Ouest, qui traverse l'Italie et la Corse.

vent, dans l'herbe sèche du talus. La mécanique ronronnait discrètement, comme pour ne pas perturber les pensées qui agitaient le grand docker. Les autres ouvriers partaient en rafales, le rouge de leurs feux de positions dessinant une guirlande coruscante sur la petite route qui longeait les grilles et menait vers le poste de garde puis la sortie. Deux jours que ce vent à la con soufflait, deux jours qu'il était là, scotché à ce port, à errer comme un revenant dans l'espoir de retrouver la boîte. Deux jours, ça paraissait incroyable. Ce n'était pourtant pas si grand, les bassins Est. Fos, oui, avec ses millions de mètres cubes de milliers de boîtes. Mais ici, ici ça restait à taille humaine. Enfin, il avait cru ça jusqu'à aujourd'hui. Mais retrouver la boîte du minot s'était révélé plus complexe qu'il n'aurait imaginé. Il ne pouvait pas pousser ses investigations plus avant sans mettre tout le monde sur le qui-vive.

Déjà, il le sentait à leurs regards, ses hommes le trouvaient très bizarre, s'absentant sous un mauvais prétexte, fouinant sans raison un peu partout. Ventura, habituellement si carré, si ponctuel, si efficace, avait maintenant l'air d'un chiffon ambulant. Il le sentait dans leurs yeux perplexes et leurs expressions vaguement embarrassées. Sans compter qu'ils avaient cessé de le brancher sur les questions syndicales et que c'était un reproche muet de leur part. Voir qu'il ne se préoccupait plus des luttes et du métier était vécu comme une sorte d'insulte par ceux qu'il avait si souvent défendu. Mais merde, il a quoi, Ventura ?!

Ventura avait qu'il était malade d'inquiétude.

Il jeta un coup d'œil las aux alignements de boîtes. Il sentait qu'il lâchait l'affaire. Il avait presque cessé de mener obsessionnellement, une fois les autres partis, des reconnaissances autour des piles, de relever d'illusoires numéros ou de tenter de repérer les couleurs de conteneurs qui prenaient un malin plaisir à changer de teinte selon l'heure du jour. Aucune trace de son conteneur blanc, à croire qu'il s'était volatilisé ou que des extra-terrestres l'avaient kidnappé pour mener des expériences. Ça ne le fit même pas sourire.

Il tenta de se rassurer. Le minot avait de quoi tenir, de quoi boire et manger. À part du chocolat, bien sûr. Il avait aussi la petite trousse de médocs. Son genou n'avait pas l'air si mal, à bien y réfléchir. À cet âge, tu guéris de tout en cinq minutes. Non, il devait roupiller en attendant que Ventura le retrouve. Ou alors il s'était tiré, il avait réussi à sortir de cette boîte qui ne fermait pas très bien et il s'était barré. Comme ça, comme il menaçait tout le temps de le faire. Une chance, dans ce cas, que ni les flics, ni les douaniers, ni les vigiles ne l'aient repéré. Si c'était le cas, il l'aurait appris, parce que forcément quelqu'un le lui aurait annoncé. On ne peut rien cacher bien longtemps sur ce port.

Il se rendit compte que son moteur tournait toujours, la main encore sur le levier de vitesse, la pédale d'embrayage enfoncée, le pignon enclenché sur la première. Il relâcha le tout et coupa le contact.

Ventura était passé deux fois chez lui, en coup de vent, le temps de se laver, de se changer, de manger quelque chose et de repartir. La première nuit, il était rentré avec l'aube et s'était endormi quelques heures sur le canapé du salon. Nathalie qui partait bosser l'avait contemplé sans mot dire. Ensuite il avait pris soin de rentrer uniquement à des moments où sa femme, merci à son emploi du temps démentiel, était partie à l'hôpital. Il lui avait laissé un mot pour dire qu'il y avait des urgences, entre les options de grève et les bateaux qui abordaient en rafale. Qu'il rentrerait demain ; mais demain c'était hier et le mot était toujours coincé sous le petit vase de la table de la cuisine. Toutefois, des plats préparés, des lasagnes dans des petits petites barquettes d'aluminium et de l'eau gazeuse dans la porte du frigo, prouvaient que Nathalie n'avait pas complétement coupé les ponts. Enfin, pour le moment. Il remit le contact mais ne tourna pas la clef, il ne se résolvait pas à partir. L'inquiétude était plus forte que ses excuses à la noix. Le petit con n'était pas parti et il devait mourir de froid dans sa boîte. Il descendit de sa voiture et contempla les entassements interminables de boîtes et les camions qui stationnaient tout près. Par quoi recommencer ?

Frôlant les conteneurs les plus hauts et fonçant le long de l'étroite bande qui séparait le stockage du parking des hommes, un chariot élévateur à fourche, un gros Reachstacker bleu conçu pour évoluer de bord à quai et assurer le déplacement des marchandises, freina à son niveau. Les roues démesurées s'immobilisèrent à cinquante centimètres de ses chaussures de sécurité. Ventura, pétrifié, n'avait même pas eu le temps d'allumer le cigarillo qu'il venait de tirer de sa poche. Le cariste, là-haut, souleva son casque anti-bruit et lui sourit, le contemplant avec sympathie. En temps normal Ventura aurait engueulé ce petit connard qui conduisait son chariot comme s'il jouait à Mario Kart mais il n'eut pas le temps de pester.

– Ho, Ventura ! C'est toi qui cherches des boîtes vides ? interrogea l'autre.

Le docker ne comprit pas tout de suite la question. Il confirma d'un hochement indécis.

– J'en ai déposé toute une palanquée avant-hier tout au bout du poste 6 de l'autre côté, continua le cariste. Normalement on n'aurait pas dû les mettre là parce qu'elles sortent du périmètre, mais là, avec leur merdier de contrôles, on pouvait pas faire autrement...

S'il n'avait pas été trop fatigué pour se hisser jusqu'au sommet du marchepied, Ventura aurait embrassé le cariste sur la bouche !

– Poste 6, tu dis !? fit-il. Merci, Éric, tu peux pas savoir comment tu me fais plaisir !

– T'inquiète, rigola l'autre ! Mais tu me dois l'apéro.

Le cariste rabaissa son casque anti-bruit avec des gestes à la Top-Gun et embraya. Le moteur du chariot-élévateur grimpa dans les tours puis décolla vers les quais dans un grondement dantesque. Une guirlande de lumière blanches déroulait ses loupiotes obstinées sur la petite route qui menait au parking. Les voitures d'une équipe de nuit.

Ventura fila dans la direction opposée.

***

Pierre-Marie eut du mal à comprendre ce qu'il se passait. Des bras de fer secouaient le plancher juste sous le sac de couchage où il s'était pelotonné. Le conteneur se souleva. Une douleur atroce mordit son genou et sa respiration même le fit hoqueter.

Il sortit son arme et tira par l'entrebâillement de la porte.

La balle frôla le sommet du crâne du conducteur du gros chariot et se perdit dans le noir. Entre les claquements de métal des conteneurs en mouvement et le rugissement des chevaux d'acier des camions, la détonation se noya comme un bruit anodin.

– Pierre-Marie ! Pierre-Marie, arrête !

Le conteneur remua encore, l'envoyant rebondir contre les parois comme une bille en caoutchouc dans un carton à chaussures. Il lui avait semblé entendre la voix de Ventura mais il n'en était pas sûr. Il s'apprêta à tirer une seconde fois.

– Arrête, c'est moi, Ventura !

Pierre-Marie reconnu la voix et baissa son arme.

Ventura laissa fuser un soupir de soulagement. Le minot n'était pas devenu fou à force de mariner dans son tiroir, il n'était pas non plus en rogne contre lui. Ventura aurait simplement dû avoir la présence d'esprit de l'avertir de son arrivée.

Ventura n'avait plus piloté un de ces chariots à fourche depuis des années, mais c'était comme le vélo, ça s'oubliait pas. C'était juste un poil plus difficile à emprunter. Le sien traînait dans un coin de hangar avec les clefs abandonnée sur le contact. Il faudrait qu'il en parle aux gars dès demain.

La morne plaine de bitume, marquée de lignes blanches et de numéros peints au pochoir, était saturée de vomitive lumière orange aux vapeurs de sodium. Il joua une partie de Tetris démentielle, bougeant une boîte ici, repoussant une autre là, switchant deux autres, jusqu'à dégager les parois blanc sale encastrées au sommet des parallélépipèdes. Il fit au plus vite, priant pour que les dockers du shift de nuit ne s'intéressent pas à ce chariot solitaire qui agitait des boîtes vides sur un coin de port désert.

Enfin, il descendit avec des précautions maternelles le conteneur blanc du haut de sa pile. Les pétarades du moteur couvraient les braillements du jeune à l'intérieur. Il la déposa en douceur au sol, comme on dépose un couffin d'enfant, dissimulée au milieu de dizaines d'autres boîtes identiques, dans une zone qui ressemblait comme deux gouttes d'eau à la précédente.

***

La lumière faiblarde de la lampe de camping faisait trembler des ombres absurdes sur les parois de métal. Dans cette demi-pénombre, les odeurs d'urine et de vomi prenaient à la gorge et masquaient celle de la poudre de tir. Une des bouteilles de pisse avait dû éclater ou le minot s'était uriné dessus pensa le docker avec tristesse. Il avait réussi à remettre Pierre-Marie dans son sac de couchage, sans réussir toutefois à lui ôter ses grosses chaussures. L'autre hurlait dès qu'on touchait à sa jambe. Sa main ne lâchait pas l'arme, comme un talisman ou un doudou maléfique.

– Je croyais que tu m'avais oublié, articula lugubrement Pierre-Marie.

– C'est pour ça que tu m'as tiré dessus ?

– Non, je savais qui c'était, je voulais juste qu'ils laissent mon conteneur tranquille.

Il avait dit « mon » conteneur. Le visage du docker exsangue de fatigue et de tension additionnées, resta impassible.

– Le bateau pour la Corse ? Les remorques ? demanda le jeune.

– On l'a raté, petit, répondit Ventura. On l'a raté...

Il faudrait peut-être des semaines avant de trouver un passage dans ces conditions. Le jeune fut secoué d'un spasme à la fois de colère et de dépit. Sa figure était maculée de noir, particulièrement autour de la bouche là où il avait frottée au sol pour tenter d'aspirer l'antalgique. Une forte fièvre dévorait ses pupilles.

– Je me suis cogné, quand ils m'ont bougé, ces enculés. Ça me fait un de ces mal ! Et à chaque fois, c'est là que je me cogne ! Là où j'ai le plus mal !

Un tremblement dans la voix annonçait des larmes mais il parvint à les repousser.

– Je suis « *anuchjatù* »[5], Ventura !

Il sortit la jambe du sac de couchage déchiré. De là où il se tenait, Ventura apercevait nettement le renflement du genou sous le tissu poisseux du treillis noir.

– Ça lance tout le temps, tes cachets me font plus rien.

La blessure sentait mauvais. Pierre-Marie sentait mauvais. Le monde entier sentait mauvais. Ventura ne mit qu'une seconde à se décider.

– Tu penses que tu peux marcher ? demanda-t-il soudain.

Malgré l'épuisement et la douleur, Pierre-Marie eut un sursaut de fierté.

– Oui, je peux. Pourquoi ?

Ce minot était un monstre de volonté, c'était tellement dommage qu'il ait choisi cette voie stérile de violence et de crime. Pierre-Marie amorça un mouvement pour se relever.

---

5. Avoir « l'œil », être ensorcelé.

– Attends.

Ventura l'attrapa sous l'aisselle, le soulevant carrément. Le jeune ne pesait pas si lourd, en fin de compte. Le docker entrebâilla la porte, jeta un œil méfiant à l'extérieur.

Tout était vide, calme, silencieux.

Ils s'éloignèrent lentement, l'un soutenant l'autre, comme des rescapés d'une longue bataille.

***

L'odeur de céréale moisie irritait les sinus.

La roue de la serrure tourna avec un grincement et la lourde porte de cargo s'entrouvrit sur le pont. Le vraquier russe, bouffé de rouille, était arrivé depuis une semaine et Dieu seul savait ce que son capitaine attendait pour repartir. Peut-être que son agent maritime avait des démêlés avec les autorités portuaires ou que la compagnie n'avait plus de quoi payer l'avitaillement en gas-oil. Cela faisait les affaires de certains. Une tête méfiante, engoncée dans un bonnet en laine, osa un coup d'œil prudent à l'extérieur.

Kara, chargé d'un imposant sac à dos bleu, se faufila hors des quartiers de l'équipage.

Il titubait sous la charge mais aussi sous la série de verres de Tsarkaya que les Ruskofs avaient tenu à lui faire ingurgiter. Le docker blond longea prudemment le pont glissant, accéda à la passerelle et la descendit avec précaution. Bravant l'interdiction faite d'accéder aux navires en dehors d'heures de visite précises et dûment signalées à la capitainerie, Kara avait mené son affaire à bien. Ces cons de russes étaient durs en affaire et s'ingéniaient à faire picoler le client pour mieux lui soutirer des dollars. Mais le petit docker blond était un coriace et ce sac à dos qui le propulsait dans la descente abrupte des escaliers de métal en témoignait. À 1000 euros environ la boîte d'un demi-kilo, en tenant compte de l'offre et de la demande, ce n'était pas du caviar qu'il transportait mais de l'or pur. Les vingt boîtes semblaient lui dire de se dépêcher et il dévala les dernières marches de fer avec jubilation.

Kara regagna avec confiance sa voiture soigneusement parquée à l'écart.

Santillano le laissa prendre un peu d'avance.

Le policier aimait bien s'imaginer en lévrier, avec ce corps longiligne et musculeux, cette allure nonchalante, ces interminables pattes qui paraissaient à peine capable de supporter du poids, mais aussi cette vitesse impitoyable et cette mâchoire qui ne relâchait jamais sa proie. Comme les lévriers, Santillano avait besoin d'un leurre filant devant lui pour donner toute sa puissance et c'est précisément à ça que lui servait Kara depuis quelques mois. Dans sa traque, il devait aussi ressentir la peur cruelle du gibier qui fuit désespérément. Il laissa le blond prendre un peu d'avance tout en le gardant discrètement à vue. Exactement comme ce lièvre artificiel qu'on poursuit sur une piste de cendrée.

Les feux de position de Kara zigzaguèrent au loin. Santillano sifflota entre ses dents, conduisant d'une main. Ils roulaient, à distance respectueuse, à vitesse raisonnable, au travers de l'immense zone portuaire. Ils dépassèrent des citernes géantes, des amas de poutrelles entassées comme des allumettes géantes, des cohortes de voitures neuves au pare-brise recouverte d'un fin film de plastique protecteur, des vieux hangars en tôle ondulées, des hangars récents en tôle ondulés, des semi-remorques aux cabines démesurées et aux chauffeurs endormis. Puis, enfin, ils abordèrent un périmètre rempli de boîtes et encore des boîtes. Mais le docker continua de rouler en direction de l'ouest.

Santillano cessa son sifflotement distrait. Chaque fois qu'il passait par là, le flic se souvenait de son ancien équipier, maintenant à la retraite, et de leur première patrouille ensemble, à bord de cette même voiture de service déglinguée. Le vieux condé s'était arrêté devant cette même mer de conteneurs et avait lâché, avec une expression songeuse, une phrase qui avait marqué le jeune policier. « *Le problème, mon pote, c'est qu'il peut y avoir n'importe quoi dans ces boîtes et nous, on ne le saura jamais* ». De cette sentence méditative était née l'envie irrépressible de travailler ici, sur ce port, entre les grands bateaux et les grues désœuvrées, dans ce lieu qui semblait défier l'éternité. Parce que le cœur de la cité était ici et pas sur sa Canebière inutile ou sur son Vieux-Port galvaudé, pas dans ses calanques écrasées de randonneurs, pas non plus dans son joli musée en dentelle de béton ni sous sa Bonne Mère impuissante. Ici, entre les cales sèches et les portiques géants, au pied des grands bateaux venus du monde entier, sous les auspices multicolores des colis voyageurs. Et même si maintenant les conteneurs anonymes avaient remplacé les sacs de coprah bourdonnants de mouches et si les manifestes de bord ne vomissaient plus que des bits informatiques au lieu de nuées de chiffres écrits à la plume, le port continuait de le faire rêver. Santillano avait voulu savoir ce qu'il y avait dans ces drôles de « boîtes » en fer, découvrir ce qui se dissimulait dans l'une ou dans l'autre, dans ce qui pourrait, finalement, devenir « sa » boîte à lui. Qu'est-ce qu'il y cacherait ? Un secret ? Probablement. Parce que c'est souvent dans des boîtes que nous cachons nos secrets à l'abri de la vérité. Mais en vérité, quelques années après cette patrouille fondatrice, beaucoup de ces secrets s'étaient fait la malle avec, dans leurs bagages, les poétiques illusions de Santillano.

Les feux de stops de Kara lancèrent un éclat rouge.

Puis il y eut le bref bip orange d'une fermeture de porte.

La voiture de Kara stationnait devant un ancien poste d'aiguillage désaffecté aux murs taggués à mort. Santillano reconnut l'endroit, oublié dans la partie la plus ancienne du port, en contre-bas des grandes formes de radoub. Il coupa ses phares, laissa la voiture finir en roule libre jusqu'à se fondre dans l'obscurité du vieil aiguillage.

Kara croulait sous sa hotte de Père Noël cosaque.

Son ombre se faufila dans l'ancien poste. Après quelques secondes de marge, histoire que le lièvre soit rassuré tout en restant à portée, Santillano gagna lui aussi le bâtiment délabré. Le pisteur fit des efforts considérables pour ne pas faire crisser sous ses pas les décombres de ciment truffés de verre brisé. Il ne fallait pas que le lièvre l'entende. Des tags, des chambranles arrachés et des fenêtres absentes étaient la seule déco de l'endroit, du guano de gabian recouvrait la rouille pulvérulente et une odeur d'urine attaquait les sinus comme du décapant. Surfant silencieusement entre les tas de parpaings troués, Santillano traversa une pièce dévastée par un bombardement de science-fiction puis une autre où subsistaient les dantesques rouages oxydés d'une machine dont plus personne ne connaissait la fonction.

Rien. Dégun.

Il fonça sans plus se soucier du bruit. Au fond du poste, une porte défoncée ouvrait sur le talus ferroviaire tapissé d'herbe folles cramée par le froid. Les rails rougeâtres retournaient vers le terminal conteneur éclairé à giorno.

Le lièvre s'était volatilisé.

***

La salle de douche s'estompait dans un smog poisseux parfumé au savon liquide. Le dos maigre et pâle de Pierre-Marie, constellé de tatouages incompréhensibles, frissonnait dans une des cabines. Le jeune cacha pudiquement ses parties en sortant de la douche.

Il se laissa tomber sur le banc en bois. Ventura, détournant le regard, lui tendit une serviette propre tirée du sac préparé pour sa cavale ratée. Il remarqua que, sur l'épaule droite et sur les deux bras du jeune, s'enroulaient des tatouages runiques de tribus lointaines. Enfin, de soi-disant tribus, parce qu'il restait à prouver qu'elles existaient vraiment et que le tatoueur n'avait pas prétendu des conneries. Ventura ne comprenait pas cette mode de la moitié de la population, toutes générations confondues, de se dessiner des conneries sous la peau.

Pierre-Marie épongea posément ses cheveux humides. La douche l'avait un peu requinqué et fait baisser sa fièvre. Il essuya le reste de son corps maigrichon. Comme ça, dépouillé de son uniforme noir de commando, il avait encore davantage l'air d'un paumé. D'un gabian mazouté, en fait. Son genou noirâtre était boursouflé comme si on y avait inséré un ballon de hand-ball et la jambe presque impossible à plier. Mais au moins, la blessure ne puait plus. Pierre-Marie enfila ensuite, avec mille précautions pour passer les jambes, un caleçon que Ventura tira du sac, puis un t-shirt un peu ridicule avec *Bahamas Lounge* écrit en caractères cursifs. Ensuite le jeune tenta de se confectionner un bandage au genou mais s'y prit très mal.

– Laisse, dit Ventura.

Le docker lui fit allonger la jambe sur la planche du banc et vaporisa une large dose de désinfectant. Rassuré d'avoir retrouvé le jeune, il œuvrait avec dextérité malgré ses gros doigts. La tension retombée, Ventura se laissa aller à livrer le fond de sa pensée.

– T'as l'air d'un mec intelligent, tu pouvais pas te choisir une autre vie ? Y'a vraiment rien qui t'intéresse à part le pognon ?

L'autre se tendit, son pied valide, posé au sol, s'agitait nerveusement.

– Tu me fais quoi, là ? La morale ?

Avec le soulagement de l'après-douche Pierre-Marie avait repris de son insolence.

– Je me disais juste qu'il y avait mieux comme objectif que tuer ou se faire tuer, non ?

Le regard de Pierre-Marie était glacial mais Ventura, absorbé dans l'enroulement d'une bande de gaze autour de la plaie, ne le remarqua pas.

– L'autre jour tu ne m'as pas répondu quand je t'ai demandé pourquoi tu ne venais jamais en Corse.

Ventura marqua un infime temps d'arrêt, comme un musicien qui rate une note mais en croisa pas le regard du jeune. Il débobina du sparadrap.

– Mais en vérité, je connaissais déjà la réponse. Toute mon enfance j'ai entendu parler de toi, *O Zi'*.

Le diminutif affectueux de *ziu*, oncle, était brûlant de mépris.

– Quand j'étais petit, on chuchotait d'un coup quand le sujet venait sur toi. Mais quand je posais des questions, on me disait que j'étais trop petit pour comprendre, que ça ne me regardait pas, que c'était des histoires de grands.

Ventura emmaillota le pansement de ruban adhésif.

– Un jour, j'ai surpris une dispute entre ma mère et Minana.

Le jeune fixait le docker qui ne relevait toujours pas la tête.

– Une dispute à cause de toi. Minana criait que ma mère n'avait pas le droit de dire ça. Je ne sais pas ce qu'elle venait de dire mais Minana était très en colère. Elles se sont arrêtées net quand je suis entré, elles n'ont plus rien dit.

Le grand docker, fermé comme une cale de cargo, se concentrait sur le bandage.

– J'ai demandé à Minana qui c'était cet oncle. Pourquoi on ne le voyait jamais, pourquoi on parlait de lui à voix basse, comme s'il était mort.

Le jeune marqua une pause. Ventura termina le pansement puis fixa Pierre-Marie qui soutint son regard. Ils étaient chacun à un bout du banc, simplement séparés par la jambe allongée de Pierre-Marie.

– Minana a posé la main sur ma joue. Elle était triste. Elle m'a juste dit : « c'est mon fils et c'est quelqu'un de bien, n'écoute jamais ce qui te diront les autres ».

Les deux hommes se dévisageaient. La tension faisait comme une vibration électrique dans l'air humide. Pierre-Marie tira un sweat violet du sac, grimaça d'un air désapprobateur mais le passa tout de même. Il se tortilla ensuite pour enfiler un bas de jogging sombre beaucoup trop large pour lui. Ventura ne l'aida pas. Le jeune reprit.

– Une fois, je me suis battu avec un petit de mon âge. Il m'a balancé en pleine gueule que j'étais d'une famille de *Vigliacchi*[6] ! Les Bonaventura sont des lâches.

Il articula très nettement, sans pour autant exagérer les sonorités, mais en détachant les syllabes afin que le mot frappe comme un fouet.

– *Vigliacchi.*

Et le mot claqua comme un fouet, laissant un écho incandescent zébrer le silence fragile comme la peau d'un visage.

– Tu as beau ne plus avoir grand-chose d'un vrai Corse, tu comprends encore ce mot, non ? *Vigliacchi...*

Le grand docker demeurait impassible, statufié sur son extrémité de banc. L'autre se contorsionnait avec des grognements étouffés pour enfiler ses chaussures.

– Je suis rentré en sang. Quand ma mère a su pourquoi je m'étais battu, elle m'a félicité.

Le jeune enfila les manches de sa parka noire crasseuse.

– Elle m'a dit qu'il n'y avait pas de lâches dans notre famille.

Un sourire sans joie, au carrefour de l'amertume et du mépris, barrait sa bouche.

– Juste son frère.

Le sourire disparut. Il toisa Ventura.

– Juste toi, *O Zi'*.

Encore ce diminutif, gonflé cette fois de mépris. Les yeux de Ventura, enfoncées dans les orbites, noirs et sombres comme une nuit oubliée, étaient indéchiffrables.

---

6. Lâches.

– Ton père a été assassiné, *Ziu*. Tout le monde au village savait qui avait fait ça. Il habitait à cent mètres. Toi, son fils, tu étais en âge de venger cette mort. Mais tu n'as pas bougé, tu n'as rien fait. Tu as fui en cachette, comme une chienne, et tu n'es jamais revenu.

Ils restèrent face à face, comme ça, pendant une interminable seconde. Le visage de Ventura était de pierre et de marbre.

– *Scopetta, Stiletto o Strada*, tu connais le dicton pour ceux qui nous offensent, « le fusil, le couteau ou la fuite ». Toi, tu as choisi « *a strada* ». La fuite. Celui qui a tué ton père est mort dans son lit.

Le jeune Corse se mit debout, se campant, malgré la douleur, face à Ventura qui resta assis. Il le dominait, de la taille et de la voix.

– Moi, mon père, je l'ai pas connu. Et puis c'était un « *pinzutu*[7] » qui est reparti dans son pays. Mais ma mère m'a élevé comme il faut, elle m'a toujours dit que si elle avait été un homme, elle ne serait pas restée sans rien faire.

Son pistolet était posé sur les fringues crasseuses abandonnées sur une chaise. Il le récupéra et vérifia le chargement.

– Tu penses ce que tu veux de ma manière de vivre, de mes fringues, mon pognon, mes amis, mes putes, mon blingbling comme tu dis. Mais tu ne me juges pas. Moi, je fais ce que j'ai à faire.

Pierre-Marie glissa son arme dans la poche latérale de son manteau noir. Il était très calme.

– Tu sais, je ne suis pas arrivé chez toi complétement par hasard. Il y a longtemps que je sais où tu es. Tôt ou tard je serai venu te voir, j'ai toujours voulu te connaître. Simplement, je ne pensais pas que ça serait comme ça.

Il désigna son genou.

– Les circonstances ont fait que j'ai dû accélérer un peu les choses.

Il souriait presque. Mais son mépris affleurait.

– Mais tu sais ce que je crois ? Je crois que, malgré ce que Minana disait, tu as toujours été un lâche. Et que c'est pour ça que tu n'as pas appelé les flics l'autre jour. Que c'est aussi pour ça que tu m'aides aujourd'hui, *Ziù*. Pour ne pas être un lâche, au moins une fois dans ta vie.

Le jeune Corse remonta sèchement la glissière de sa parka.

– Allez, ramène-moi dans ma cellule.

---

7. Continental, un Français.

***

Depuis le poste d'aiguillage désaffecté, il y avait dix minutes de marche, une marge suffisante pour semer un éventuel traqueur. Sur le port, tu ne savais jamais qui était là, qui te voyait que tu ne voyais pas, qui te suivais que tu ne savais pas. Il suffisait donc de se méfier pour parer à toute surprise et Kara était le roi de la méfiance, l'empereur de la précaution. Il n'avait pas détecté Santillano mais il avait agi comme si. Et eût-il imaginé que son poursuivant le voyait comme un lièvre, il lui aurait rétorqué qu'en Afrique, le lièvre est l'équivalent du renard en Europe.

Pour traverser les zones des dockers, Kara prit soin de rester dans les flaques d'obscurité. Il arrivait en vue du vestiaire quand, la porte s'ouvrit à la volée. Quelqu'un, découpé en noir sur le rectangle de lumière jaune vif, se tenait dans l'encadrement.

Kara plongea derrière un chariot-élévateur bleu garé là va savoir pourquoi.

Mais merde, le shift du soir était fini depuis un moment et il avait soigneusement vérifié que tous étaient partis ! C'était quoi, ces conneries ? Dissimulé dans l'ombre jusqu'aux sourcils, il tenta de distinguer qui ça pouvait bien être. Mais la silhouette restait floue, trop imprécise pour lui accrocher un visage ou un nom. Il plissa les paupières. Il y avait peut-être quelqu'un d'autre, derrière, en arrière-plan. Une deuxième silhouette qui se rapprocha de la première mais peut-être n'était ce qu'une ombre portée ? Il ragea en silence. Merde, qu'est-ce qu'ils foutent de nuit dans ce putain de vestiaire ?! Un couple en rendez-vous galant ? Des dockers gays dans un baraquement d'ouvrier ? Peu probable ou sacrément pervers. Une réunion politique ? À deux ?! Laisse tomber. Un autre Kara ? Non, il n'y avait qu'un seul Kara.

Du bruit, encore.

Obligé de rester à couvert, Kara marronnait de ne pouvoir distinguer quoi que ce soit. La porte du vestiaire claqua. Des pas s'éloignèrent. Un ? Deux ? Pas moyen de savoir où ils se dirigeaient, absorbés immédiatement par l'obscurité. Mais, en risquant un coup d'œil acrobatique, le docker blond eut malgré tout eu le temps d'entrapercevoir quelque chose. Deux silhouettes. La plus mince boitait fortement.

Au bout de prudentes secondes, Kara se redressa et gagna vivement l'Algeco.

La porte n'était pas verrouillée mais ça, c'était courant. Personne non plus à l'intérieur, dans la pièce principale où régnait une moiteur parfaitement reconnaissable, celle de quand on vient de prendre la douche. Il entra dans la salle d'eau. Des éclaboussures noyaient le carrelage et de la vapeur traînait encore en suspension. Il fit pensivement tourner la bague qui cerclait son pouce. Son sixième sens lui soufflait que tout ça n'était pas normal. Et ce même sixième sens lui murmurait aussi qu'il y avait peut-être quelques billets à se faire à percer ce mystère. Il scanna les lieux. Rien d'anormal. Si : le couvercle de la grosse poubelle était mal rabattu.

Il le souleva.

Des habits puants mais, surtout, des pansements ensanglantés remplissaient le récipient jusqu'au bord.

Dixième jour, peut-être.

La journée avait été foncièrement inutile et presque entièrement consacrée à la gestion du bizness. Il régnait, depuis l'affaire du snack, comme une espèce de laisser aller dans l'équipe de vente, un peu comme si tous savaient dorénavant que Maek n'était pas intouchable. Le jeune caïd avait dû convoquer une réunion de sa force de vente dans un des boxes de garage et présenter un power point à base de taquets et de coup de pied dans les couilles aux principaux charbonneurs.

Farid et Gouni, postés chacun d'un côté de la porte comme deux cariatides menaçantes, avaient supervisé le bon déroulement de la partie théorique et avaient distribué deux ou trois calbotes pour parfaire la compréhension du message présidentiel.

Puis les trois avaient repris leur périple dans la ville.

Maek commençait peu à peu à douter du bien fondé de cette errance. Le survivant avait disparu depuis des jours, et rien ne laissait à penser qu'il était encore là. Chaque seconde la piste était plus glacée. Autour de lui, la rumeur de la cité commençait à se demander pourquoi Maek était autant en folie pour choper le dernier. Après tout, ils avaient gagné deux à un.

Maek savait pourquoi il voulait choper le gadjo. Et le gadjo devait le savoir aussi.

La ville défilait une fois de plus dans les écrans des vitres du SUV. Tout finissait par se ressembler, les jours comme les quartiers. Farid et Gouni conduisaient sans arrêt, se relayant pour changer de poste et de rouleur de joint. Et le fuyard s'était évanoui dans la brousse urbaine. Maek n'arrivait pas à savoir lequel de ces trois connards de Corse ça pouvait être. Les flics n'avaient rien laissé filtrer de l'identité des deux cadavres ni de celle de l'éventuel survivant. Adrien, avec son nez de balourd et ses yeux barrés d'un unique sourcil ? Marco, le grand maigre, avec ses dents pourries et son regard de jobard ? Où l'autre là, le petit frimeur aux allures de nerveux, avec son nom de pédé ? C'était quoi, déjà ? Paul-Angélique ou Jacques-Marie, va te rappeler, toi, avec ces cons de Corses et leurs noms tout pourris.

Il repensa aux prémices de l'affaire. Ces trois idiots l'avaient contacté par l'intermédiaire d'un Marocain d'Ajaccio qui connaissait Rachid, un cousin de Maek qui travaillait déjà avec la Corse. Le Rachid en question avait dû brutalement quitter Marseille pour filer au bled à cause d'une enquête de la JIRS, le redouté et redoutable regroupement de services de Police et Justice. Maek avait récupéré une partie des points de distribution de Rachid, à la suite de trois fois rien, quelques rafales judicieusement tirées en l'air pour dissuader toute OPA concurrente. Mais Maek avait récupéré le principal atout de Rachid : un impeccable circuit d'approvisionnement, de shit, bien sûr, mais de coke surtout, avec un peu d'héro pour assaisonner le tout. Le système de distribution-acquisition proche de la perfection que Maek avait découvert avec délice. Moyennant quelques bakchichs versés à des bledards en cavale, le cousin Rachid avait disparu dans le Sud algérien et le cousin Maek s'était retrouvé à la tête d'un empire promis au plus bel avenir. Il était devenu un caïd très puissant et, à vingt-trois ans, c'était pas mal. C'était ce boss que les trois connards étaient venus brancher, lui demandant de quoi approvisionner le sud de la Corse en poudre de nez couleur argent.

Il en était là de ses pensées quand le smartphone de Gouni hurla un sample de Soprano, le rappeur, pas le mafieux du New Jersey. Gouni, hocha la tête à son interlocuteur invisible puis se tourna avec un air très sérieux vers son boss.

– Je crois que tu devrais le prendre.

Maek attrapa l'appareil après avoir hésité une demi-seconde. Farid tenta de suivre dans le rétroviseur ce que le boss pouvait dire. Mais le boss ne disait rien. Le boss se contentait d'écouter.

***

Ventura galérait devant la gazinière à simplement se préparer des œufs sur le plat. Il avait passé le dernier shift entre un porte-conteneurs chargé jusqu'à la gueule, des dockers sous pression et des tensions de tous les côtés. Gontainer, passé le voir entre deux boîtes, lui avait annoncé une importante réunion, programmée pour le lendemain, entre les autorités portuaires, les émissaires de la mairie et de la Chambre de Commerce. Si leurs adversaires ne cédaient pas, si aucune avancée n'était trouvée, la situation deviendrait critique. Mais Ventura avait décliné la proposition de son ami de faire partie de la délégation. Richard l'avait fixé, interloqué, comme si Ventura lui annonçait qu'il allait devenir prêtre ou coureur cycliste. Et sa stupéfaction était mêlée d'une déception que le contremaître ne parvint pas à cacher. Il était parti sans serrer la main à Ventura.

Profitant de la pause de midi, le docker avait ensuite ravitaillé Pierre-Marie en nourriture, boissons et vêtements. La fièvre du minot allait et venait comme une girouette désorientée, le plongeant parfois dans une transe nerveuse, parfois dans un abattement total. Il était brûlant et son crâne résonnait comme un *botti*[8], disait-il. Ventura n'osait plus regarder son genou. Nul besoin d'avoir fait médecine pour comprendre qu'une très forte infection se répandait. Mais Ventura avait beau se creuser la tête, il ne voyait pas comment faire pour l'endiguer. Amener Pierre-Marie aux urgences était impossible, les flics lui tomberaient dessus. Un docteur qui puisse le soigner sans le dénoncer, Ventura n'en connaissait pas et aller à la pharmacie demander des médicaments pour soigner une blessure par balles était, comment dire... Bref, il était coincé dans une impasse, aussi confiné que Pierre-Marie l'était dans sa cellule de métal. La seule issue était d'obtenir l'aide de Nathalie. Elle était infirmière et elle saurait quoi faire. Mais pour ça, il fallait lui parler, lui raconter. Pas évident.

Nathalie, visage fermé, ouvrit le frigo et se servit un verre de lait. Elle quitta la cuisine sans prononcer un mot, ignorant ostensiblement son mari.

– Tu vas me faire la gueule longtemps ? tenta Ventura depuis le fourneau.

– Ah bon, j'existe à nouveau ? lui répondit-elle depuis le séjour.

Elle revint et se tint sur le seuil. Ventura, le nez au dessus des œufs dont deux étaient irrémédiablement crevés, ne répliqua pas. Nathalie haussa les épaules et fit mine de repartir.

– Oh, Nathalie, s'il te plaît...Arrête, soupira Ventura.

– Que j'arrête quoi ?! dit-elle en faisant volte-face.

---

8. Tonneau.

Elle était dans une colère noire, une colère comme le docker n'en avait plus vue depuis des années. La dernière fois, c'était lors du mariage de leur fille, quand elle avait découvert que le photographe, que les copains de Ventura avaient fait picoler, avait foiré la totalité des images de l'église. Le grand docker en bafouillait, cherchant ses mots. Comment lui dire ?

– Tes trucs, là… Ton… Oh et puis merde !

– « Mes » quoi ? « Mon », quoi ? explosa-t-elle. Tu veux parler de quoi exactement, je comprends pas ? « Mes » nuits où je découche ? Mes coups de téléphone mystérieux que je reçois en cachette ? Mes heures passées à aller et venir sans qu'on sache où je suis ? Tu étais où cette nuit, hein ?!

Elle avait débité ça avec une emphase et une élocution batailleuse. Mais elle avisa soudain du coin de l'œil les œufs qui commençaient à cramer et elle coupa vivement le gaz, avant de faire adroitement glisser sur une assiette. Elle déposa le tout sur la table, devant Ventura. Ils s'observèrent de part et d'autre du plat.

– Mange, ordonna-t-elle.

Il ne bougea pas.

– C'est compliqué, hasarda le docker. C'est des soucis… des soucis de travail…

Nathalie le fixait intensément .

– Ça fait plus de trente ans que je te pratique, Ventura, et ton travail, il ne t'a jamais rendu comme ça !

Le docker se dandinait d'un pied sur l'autre comme un ours, ne sachant que faire des ses grosses mains. Comment lui dire…

– Nathalie…

Elle prit un morceau de pain, le déposa près de l'assiette.

– Mange, ça va refroidir.

Il s'assit, attrapa la fourchette. Elle le fixait.

– Tu ne vas rien me dire, hein ? dit-elle avec un ton déçu.

Effectivement il ne répondit pas, le regard perdu dans les moirures de ses œufs sur le plat. Elle quitta vivement la cuisine. Il attaqua pensivement la bordure légèrement grillée des œufs. S'arrêta. La question qui lui taraudait le cerveau continuait. Il tourna et retourna sa formulation. Comment lui dire, comment lui dire qu'il avait un blessé sur les bras ?

– Heu… Nathalie… les infections, hasarda-t-il. Ça se soigne avec des antibiotiques, non ?

Dans la fraction de seconde suivante, Nathalie était là. Ses yeux lançaient des flammèches pourpres.

– Tu es malade, c'est ça !

Ventura leva les mains en un dérisoire geste défensif. Il lui fallait une réponse, le reste ne comptait pas, il lui expliquerait plus tard, quand tout sera fini.

– Mais non, arrête, c'est pour savoir…

– Tu as attrapé quoi ?

– Faut des antibiotiques, pas vrai ?

Il ne savait plus comment s'en sortir. Comment demander sans devoir tout lui raconter, comment lui expliquer pour qu'elle comprenne ce qui se passait, comment tourner ça pour qu'elle ne se méprenne pas. En désespoir de cause, il posa sa fourchette et mentit.

– C'est Momo, heu… il a un truc, ils arrivent pas à le soigner… Une infection ou un genre. Il m'en a parlé aujourd'hui. C'est ça qui m'inquiète…

– C'est ça, appelle-moi conne ! Momo, on l'a vu la semaine dernière et il allait très bien.

Ils se mesuraient du regard. Ventura, évidemment, détourna les yeux. Il ne faisait pas le poids face à Nathalie.

– C'est quoi cette histoire d'infection ?! reprit-elle avec un ombre de tristesse qui pointait sous la rage. Tu as attrapé quelque chose, hein ? Avec une autre femme, c'est ça ! Vas-y, dis-le-moi en face !

Sans s'en rendre compte, Ventura triturait bêtement sa fourchette. Ses gros doigts lui donnaient une forme bizarre.

– Pfff… Arrête, Nath'…

– Je sais très bien ce que je dis ! J'avais compris, tu sais.

Le bref moment de faiblesse était passé et elle campait à nouveau dans sa dignité bafouée et son amour piétiné. Piétiné après plus de trente ans irréprochables, fulminait-t-elle. Cela lui paraissait inconcevable, injuste, inapproprié, inadmissible, triste, cruel et impardonnable. Quand elle était remontée comme ça, pensa le docker, elle devenait imperméable au reste, paroles, gestes, explications, détails. Et à juste titre. Ventura s'était raté, il le savait. Une frayeur montait qu'il ne parvenait à juguler. Il ne pouvait pas tout lui raconter, pas maintenant, lui raconter l'autre, l'arme, la boîte puante, le genou pourri, les morts du snack, les histoires de trafic de drogue, les copains dockers qui soupçonnent et puis… et puis tout le reste, la Corse, la famille et cette image, ensoleillée et sanglante, qui taraudait sa mémoire depuis si longtemps. Elle continua de le fixer d'un regard furibond. Il soupira. Non, il n'allait pas réussir à lui dire tout ça.

Il repoussa ses œufs pas même entamés, leva les mains en signe de reddition, se redressa et quitta la cuisine. Nathalie resta immobile jusqu'au moment où le vantail du garage grinça dans ses rails. Elle récupéra tristement l'assiette, les œufs étaient intacts, à peine marqués de petits trait de fourchette dans le blanc coagulé. Ses gestes étaient une tourmente de déception et de tristesse.

– C'est ça, va dans ton garage. Tu peux même y crever si tu veux !

Les mots n'étaient davantage teintés de tristesse que de colère. Et ils ne reflétaient pas du tout sa pensée. Les larmes montèrent brutalement. Pas Ventura, non, pas lui, pas après tout ce temps…

Elle continua de débarrasser machinalement. Elle ne se rendit même pas compte, la vue brouillée et l'esprit noyé, qu'elle jetait dans la poubelle le pain, les œufs, mais aussi l'assiette, la serviette et les couverts.

***

La bâche verte et bleue, poudrée de poussière, gisait roulée en boule sur le sol.

Les sandows avaient disparu dans le fouillis du garage. Sur sa béquille, dans la lumière chiche du fenestron, la vieille Triumph au réservoir écrasé semblait respirer un peu.

Ventura s'était rencoigné dans son vieux fauteuil grinçant et contemplait l'engin blessé. Le réservoir était aplati et troué comme s'il était passé sous les pattes d'une colonne d'éléphants. La fourche ne valait pas mieux, le phare et le compteur tachygraphiques n'étaient plus que des souvenirs et la rouille avait bouffé une grande partie du reste. Le deux-roues était une véritable épave dont on pouvait douter de l'intérêt d'une restauration. Mais, au moins, le carter d'huile avait été changé et le 650cc ne perdait plus d'huile.

Pendant une fraction de seconde Ventura imagina qu'il lui suffirait d'attraper une des clefs détourées au feutre sur le tableau d'outils, de revisser deux ou trois boulons pour que le moulin tourne aussitôt avec son ronronnement rauque et profond. La réalité était qu'il y avait un travail énorme à faire pour que l'engin roule de nouveau.

Ventura se sortit de son fauteuil, approcha de la moto. Il resta un instant pensif. Puis, avec des gestes précis, il déboîta la selle de cuir râpé. Un embrouillamini de fils arrachés et de barres de cadre voilées figurait des entrailles malades. Dans le rembourrage, un petit paquet enveloppé d'un sachet plastique opacifié par les années, serré d'un vieil élastique craquelé, était dissimulé. Il le prit. Inconsciemment, il vérifia que personne autour de lui ne l'observait, comme s'il se livrait à quelque activité répréhensible. Puis il retourna s'asseoir dans le fauteuil défoncé.

Il contempla longuement le paquet posé sur ses genoux.

– *U muru si ne fallatu è più nimu un l'ha rialzatu. Avà e pecure passanu per sopra. Figlolu, à sò chi ùn hè faciule per tè ma cura ti. Quì l'affari si passanu pianu è ghjè megliu che peghju cum' ellu si dice.* (Le mur est tombé et personne ne l'a remonté. Maintenant, les brebis passent par-dessus... Mon fils, je sais que les choses ne sont pas faciles pour toi, mais prends surtout soin de ta santé... Ici les choses se passent comme elles peuvent et c'est mieux que pire, comme on dit).

La liasse de lettres jaunies faisait voler les fragments d'une voix de vieille dame, soudain, dans un Corse rugueux, comme des échos du passé. Des phrases du quotidien, de minuscules nouvelles. Il fit défiler ces papiers qu'il connaissait par cœur. Il retrouva une image, une photo qu'il connaissait par cœur : un couple qui souriait fièrement sur le perron d'une maison d'un village de pierres. Devant eux, sur sa béquille, une moto. La Triumph, toute neuve, au réservoir brillant et aux chromes aveuglants.

– *Antò mi parla di tè quand'ellu vene in paese ma un hè micca listessa. Chjama mi inde Marietta, mi farebbe prò di sente a to voce, figliolu.* (Anto me parle de toi quand il vient au village, mais ce n'est pas pareil. Téléphone-moi s'il te plaît chez Mariette, j'aimerais entendre ta voix, mon fils...)

La photo trembla imperceptiblement entre ses doigts. Au centre, devant le couple, assise sur le réservoir de la moto, une petite fille de sept ou huit ans posait fièrement.

– *O, u mo figliolu... !* (Ah, mon fils... !)

À droite, presque coupé par le bord du cadre, un garçon d'une quinzaine d'années, grand, maigre et mal à l'aise. Mais parfaitement reconnaissable malgré le poids des années et la densité des muscles. Ventura, jeune.

Le garage était pétrifié. Le vieux fauteuil ne grinçait plus. Le visage fermé de Ventura n'exprimait aucune émotion.

Techno à fond, lumières qui claquent, cagoles sur stiletto, un bar à la mode, comme il y en avait plein autour du port, grouillait de gamins sapés de la tête aux pieds de marques hors de prix. Il nota que certains allaient et venaient de manière un peu trop effrénée du côté des toilettes revêtues de glaces jusqu'au ras des plinthes. Quelqu'un devait vendre quelque chose de l'autre côté du miroir.

Maek était entré seul. Farid et Gouni restaient invisibles. Depuis l'attaque du snack, et bien qu'il ait du mal à l'admettre, il n'aimait plus se retrouver solo. Il rejoignit un homme assis au comptoir, la cinquantaine en bout de course, la chemise slim trop serrée sur un bide difficile à cacher et un accent marseillais de compétition. Une petite Corse d'or pur pendait dans les poils grisonnants à la base de son cou. Une caricature de truand corso-marseillais pour touriste en quête de frisson phocéen, un cliché en voie de disparition, pensa Maek. Un « affranchi » à la Scorcese sauce Vieux-Port. Une sauce un peu moisie. Il se montra étrangement cordial avec Maek, se levant même pour le saluer. Habituellement, avec les Arabes, ce genre de personnage ne se montrait pas aussi amical. On avait dû le briefer.

Le truand désigna du menton la main bandée du jeune caïd.

– Je te remercie d'être venu. C'était pas évident, après l'autre soir.

Ils savaient tous les deux à quoi il faisait allusion. À des Corses habillés de noir et armés de kalashnikovs. C'est ce que Maek avait rappelé au téléphone à l'interlocuteur qui lui demandait d'accepter de rencontrer « quelqu'un » dans ce bar du centre-ville. L'autre l'avait assuré que c'était sans risques. Que si Maek préférait, il pouvait venir avec des amis pour le protéger. Le jeune boss n'avait pas répondu. Farid et Gouni étaient invisibles mais Maek savait qu'eux le voyaient et que leurs mains, au fond de leurs poches, étaient posées sur du fer. L'autre, avec son accent ajaccien à tailler au *cultellu*, continua un moment d'égrener remerciements et salutations. Maek n'avait pas le temps, ni l'envie et encore moins la patience de jouer aux salamalecs vintages.

– Tu veux quoi ?

Le truand parla du coin de la bouche. Par moment, il paraissait parodier un film ou une série de gangsters. Mais il était sérieux et ce qu'il exposait ne donnait pas envie de plaisanter.

– Ce commando, nous on n'était pas au courant. « Notre ami » a tout fait pour calmer ces petits cons…

Le jeune caïd le fixa sans commenter. Normalement, les trois connards ne devaient en parler à personne. C'était entre eux et lui. Mais tout le monde sur l'île avait l'air, de savoir ce qui s'était passé. Les yeux du truand se baladèrent un moment dans la salle bondée. Il cherchait les hommes de Maek. Il ne les repéra pas et, malgré le bruit, il n'éleva pas le ton.

– Notre ami n'a pas envie d'une guerre avec vous. Même c'est vous qui avez embrouillés ces jeunes…

Maek, le regard teigneux, ouvrit la bouche pour protester mais l'autre abrégea la discussion d'un geste péremptoire de la main, les doigts en lame coupant l'air d'un coup sec.

– Notre ami veut faire quelque chose pour arranger la situation.

– Arranger la situation ? Quel geste ?

Maek était circonspect. Et puis ils le gonflaient avec leur manie de parler par allusion. Le Corse posa quelque chose entre eux. Un morceau de papier, plié en quatre, glissa sur le comptoir d'alu brossé. Mais le Corse garda la main posée dessus en fin de course.

– C'est le nom que tu cherches.

La main se retira. Maek considéra le bout de papier posé entre eux comme une balle de plomb en équilibre précaire sur une arête de métal. Cette information n'était pas gratuite. Rien n'était gratuit.

– Celui que tu veux n'est pas rentré en Corse. Il est encore à Marseille mais personne de chez nous ne l'aidera. Il n'a personne d'autre ici, à part un oncle qui travaille sur le port.

Maek ne comprenait pas pourquoi ces mecs lâchaient un des leurs. Une sensation de dégoût lui fit détourner un instant le regard. Il revint au truand.

– Je ne comprends pas, vous n'êtes pas censés vous serrer les coudes entre Corses ?

Le Corse se gondola doucement.

– Pourquoi ? Vous vous tirez pas dessus entre Arabes ?

Le papier était toujours là, juste entre eux. Le truand adopta un discours factuel.

– Un mec en cavale, blessé et recherché par tous les flics du pays, pas bon… Personne chez nous n'a envie de le voir débarquer. Alors si ce petit con disparaît, personne n'ira le pleurer.

Il marqua un silence.

– Après, quand tout sera rentré dans l'ordre, notre ami vous recontactera et vous reprendrez les discussions sur cette affaire. Il fera en sorte que, cette fois, les choses se passent correctement.

Il avait insisté sur « cette fois ». Que le deal soit mené à son terme, en vrai, pensa Maek. Je les débarrasse de petits cons qui les gênent, on oublie l'embrouille entre nous et après c'est avec le vrai boss que je traite. D'un point de vue commercial, c'était cohérent. D'un point de vue moral, c'était… En fait ces mecs étaient à vomir.

– Ce connard aurait dû finir comme les deux autres connards, ça aurait mieux valu pour tous. Les flics vont finir par le serrer, ici ou ailleurs. S'il tombe, y'en a d'autres qui tomberont avec lui. On ne sait pas s'il se taira ou pas…

Le Corse n'avait aucune pitié, aucune commisération pour un mec qui faisait pourtant partie de son milieu, de son peuple, de sa famille, peut-être même.

– … Il sait beaucoup trop de choses sur vous et sur nous, termina-t-il.

Le papier restait là, au bord de s'envoler dans les déplacements d'air incessants qui soufflaient depuis les toilettes. Maek considéra le Corse avec des yeux plus froids que jamais et, même après des années de situations tendues, de menaces et d'intimidations, le gangster se sentit mal à l'aise. Une sorte de préscience, issue de ces décennies de paranoïa criminelle. Cette petite merde d'Arabe l'inquiétait sans qu'il ne parvienne à s'expliquer pourquoi. Il préférait le voir s'en prendre au fuyard. Le vieux voyou sentait aussi d'autres regards posés sur lui, mais n'osait pas tourner la tête. Les mecs de Maek l'observaient quelque part dans la salle ou derrière les miroirs aveuglants. C'est lui, en fait, qui aurait dû protéger ses arrières, se dit-il. Au fil des années, avec l'afflux d'argent et d'armes, ces connards de cités s'étaient révélés capables du pire. Tout se jouait à un geste.

Un geste auquel Maek réfléchissait intensément. Prendre ou ne pas prendre. Ne pas prendre, c'était risquer d'autres morts, d'autres fusillades. Prendre, c'était venger Djibril mais c'était aussi entrer dans le jeu de l'autre, « l'ami » corse. C'était jouer selon ses règles à lui. Mais ne pas prendre, c'était voir l'autre, le survivant, disparaître pour toujours. Les Corses s'occuperaient de lui et personne n'en entendrait plus jamais parler. Mais Maek ne voulait pas ça.

Il le voulait pour lui, le dernier du commando.

Le silence entre eux, étrangement lourd, créait comme une bulle gluante autour du carré de papier. On aurait dit qu'aucun son ne pouvait les atteindre. Pourtant ça continuait de s'agiter dans le bar. Une ou deux cagoles un peu éméchées passèrent en zigzag et un hipster au toupet laqué de frais renifla bruyamment en revenant des chiottes.

Maek prit le papier, le déplia.

– Bonaventura, c'est pas un nom très répandu, expliqua le gangster. Même en Corse.

Maek quitta le bar sans le remercier.

Plus loin dans la rue, Farid et Gouni, sortis de l'arrière du bar, lui emboîtèrent le pas et l'escortèrent jusqu'au SUV.

***

Le terminal routier était submergé de poids lourds en attente de passage sous les portiques électroniques. De l'autre côté, une horde ininterrompue de conteneurs faisait la queue pour chevaucher ces camions.

Kara se faufila entre les remorques et se dirigea vers un groupe de routiers tout en sortant des cartouches de cigarettes de son sac à dos. Il s'arrêta près d'un énorme Ford immatriculé en Belgique et le conducteur lui acheta deux cartouches. Les deux hommes parlementèrent un moment et Kara puisa une grosse boîte dans son sac. Elle disparut dans la cabine du Ford. Les billets en firent de même dans la poche avant du jean du docker.

Échanges de billets et tapes dans le dos, entrecoupées de rigolades continuèrent un moment avec d'autres chauffeurs. La petite entreprise de Kara ne connaissait visiblement pas la crise. Il regagna sa voiture, prudemment garée entre deux camions espagnols et se mit aussitôt à compter ses billets.

La porte côté passager s'ouvrit dans un fracas de fin du monde. Santillano plaqua violemment le docker abasourdi contre son siège. Le lévrier tenait le lièvre. Il récolta l'épaisse liasse de billets dans les mains du docker et laissa fuser un sifflement admiratif.

– Tu prends aussi le sans contact ?

Putain de rat de fouineur de flic de merde, pensa Kara. Manquait plus que lui…

– Santillano, écoute, commença-t-il.

Santillano se pencha pour pêcher le sac à dos sous le siège passager. Il soupesa les volumineux cylindres qu'il contenait, plissant comiquement les yeux comme pour déchiffrer l'étiquette.

– Merde, du cyrillique ! Je sais pas lire le cyrillique, moi !

Il agita la boîte sous le nez du blond.

– Tu lis le cyrillique, toi ?

Il secoua la boîte contre son oreille.

– Ça parle russe, on dirait. Du caviar tu crois ? interrogea-t-il avec ingénuité.

Kara était blanc comme la steppe d'hiver et ses yeux, noirs comme la mer. Santillano fit mine de tergiverser.

– Tu les vends dans les combiens ? 1500/pièce ? 2000 ? Plus ?

Kara, blasé, ne répondait pas.

– Fini l'économie locale, s'amusa le flic. Tu t'es carrément lancé dans la mondialisation.

– Arrête, Santillano, on dirait que je suis un narcotrafiquant, merde ! C'est un tout petit bizness, ça ! Y'a dix fois pire sur les quais, y'a des centaines de trucs qui sortent chaque année, et tu le sais très bien !

Le docker tenta de reprendre la boîte mais le flic la tint hors de portée. Il roulait des yeux faussement outrés.

– Y'a pas de pire ou de moins pire, mon pauvre ! Y'a ce qu'on a le droit et ce qu'on a pas le droit.

Il agita la boîte

– Et ça, c'est pas le droit ! C'est tabou, *verboten*, *vietato* ! C'est contrôles sanitaires, quotas d'importation et tout le bordel ! Sans compter que c'est russe, donc c'est *zapreshchayet* encore plus!

Santillano adorait faire étalage de sa science, très limitée en vérité, des langues étrangères.

– Allez, quoi... plaida Kara.

– Ça fait des semaines que je t'observe, Kara, des semaines que je me dis : je fais quoi ? Je lui en parle ? Je lui fais la leçon ? Bah, soit sympa Santillano – oui, je m'appelle comme ça en privé - c'est jamais que quelques cartouches de clopes...

Le Santillano narquois était de retour. Le lièvre n'appréciait visiblement pas l'humour.

– Mais hier, quand je t'ai vu à bord de ce cargo russe, je me suis dit : bon, là, il déconne Monsieur Karaboudjian, il prend des risques inconsidérés. Quelqu'un doit l'avertir...

Kara tenta un autre angle d'approche.

– Écoute, tu prends une boîte et on n'en parle plus...

Santillano éclata d'un rire assez surjoué.

– Une boîte ?! Une seule boîte ! Mais si ça me fait plaisir, je garde le tout et t'auras qu'à fermer ta gueule !

Il arbora une grimace dédaigneuse. Tout aussi surjouée.

– Mais ça ne m'intéresse pas. Ce qui m'intéresse, tu vois, c'est bien autre chose.

Kara s'enfonça dans son siège. Quelque chose lui disait que là, ça devenait mauvais. Santillano le fixait en souriant mais il ne plaisantait plus.

– J'ai croisé un petit gars, l'autre jour, un petit gars très gentil qui s'appelle Aziz. Bon, tu me diras, des Aziz, y'en a plein la ville. Mais celui-là, tu vois, il m'a parlé d'un blond avec des cheveux long, environ cinquante ans, un gilet fluo de plein de bagouses. Je me suis demandé qui ça pouvait être. Décrit comme ça, je ne voyais pas...

Le front du docker blond dégoulinait de gouttes aussi grosses que des grêlons et un tic nerveux faisait clignoter ses paupières comme des sémaphores épileptiques.

– Mais l'autre jour, en te voyant passer, j'ai eu un flash. C'était de toi qu'il parlait, le Aziz !

– Santillano... tenta Kara.

– Ce petit Aziz, il n'avait pas de papiers en règle. Pourtant, il aurait dû en avoir. Le mec blond en chasuble fluo avec des bagues devait lui en donner à lui et à ses amis. Ils avaient payé d'avance à un certain Berebbi qui est un ami du mec blond. Mais, va savoir pourquoi, ce mec blond n'a rien donné à Aziz. Les autres se sont volatilisés mais mon pauvre Aziz, balpeau. Il est resté comme un con sur le port.

Kara savait pourquoi. Les Turcs devaient lui livrer cinq passeports grecs, ils n'en avaient livré que quatre. Il avait fait ce qu'il avait pu, merde. Il se tortilla sur son siège.

– Tu veux quoi Santillano, on peut s'arranger, non ? Tu veux quoi ?

– Chais pas, moi ! se moqua l'autre. La paix dans le monde ! L'OM champion d'Europe une fois de plus ! Une bite deux fois plus grosse !

Il souriait sans chaleur.

– On va aller au poste tous les deux, on va sortir une belle feuille de déposition toute neuve et on va parler de cette histoire de passeports, hein ? Ensuite on verra le juge, on lui demandera une belle commission rogatoire toute neuve et on ira farfouiller un peu chez toi, dans ton casier, dans ton garage, et même dans ton cul s'il le faut. Je suis sûr qu'on va trouver mieux que trois paquets de clopes et deux boîtes d'œufs de lump.

À l'évocation de son garage, Kara leva immédiatement les mains en signe de reddition. Dans le garage, y'avait deux ou trois choses qui n'auraient jamais dû s'y trouver.

– Ok, Ok, ça va ! Et si je te donne un truc, un bon truc, tu me lâches un peu la grappe ?

Le flic scruta le lièvre en silence. Plus gros qu'un trafic de documents de nationalité, il fallait du gros, du vraiment gros.

– Du lourd, oui. Genre hier soir, j'ai vu un mec qui sortait de nos vestiaires. Pas un docker, hein, les shifts étaient terminés depuis longtemps, un mec bizarre...

Santillano ne rigolait plus. Si c'était ça son scoop, il allait le crucifier ce con d'Arménien.

– J'en ai plus qu'il ne m'en faut, des sans-papiers, Kara ! Allez, démarre, on y va.

Kara s'accrocha à son volant comme à une bouée de sauvetage.

– Non, non, attends, c'était pas un clando ! Le mec, il boîtait, je l'ai vu bien-bien ! Genre comme s'il était blessé ! Et dans la poubelle des douches, j'ai trouvé des pansements... Des pansements pleins de sang !

Silence. Long silence. Très long silence. L'œil songeur du flic passa de Kara au port puis de nouveau à Kara. Œil songeur mais cerveau qui gamberge à l'étage au-dessus. Kara sentit que ça venait de piter à l'hameçon.

– Un mec en cavale… Qui boîte… Du sang… C'est pas bon ça ?

L'œil toujours songeur de Santillano s'attarda un moment sur le sourire de marchand de tapis de Kara. Puis il contempla les camions alentour, les remorques, les camionneurs qui clopaient la portière ouverte, les grilles qui les séparaient du port autonome, il contempla les grues anciennes pour s'arrêter finalement sur le terminal container. Le flic était maintenant tendu comme un chien de chasse.

– Redis-moi un peu tout ça, lâcha-t-il en rendant la conserve de caviar au docker.

***

La coupole lumineuse de la lampe de camping, nettement affaiblie, dessinait des figures expressionnistes sur les parois de la boîte. Le vent faisait grelotter les parois de tôle. Il faisait encore jour mais le continuum à l'intérieur n'était plus le même. Dans son sac de couchage, traversé de frissons, Pierre-Marie peinait à ingurgiter les bouchées de nourriture que lui tendait Ventura. Un parmentier surgelé, décongelé en vitesse dans la salle récréative. Pas très bon, mais chaud.

– Mange, tu ne peux pas te nourrir que de chocolat.

Pierre-Marie déglutit avec difficulté deux autres cuillères avant d'abandonner. Les aliments avaient du mal à descendre.

– Il était comment « *U Missiau*»[9] ? demanda-t-il subitement.

Ventura sursauta, pris de court.

– Quoi ?

– Ton père… Il était comment ?

– Comment ça « il était comment » ?

– Il était sympa ? Méchant ? Il aimait le foot ? La boxe ? Le *figatellu* ? Enfin, tu vois, quoi…

Comment était son père ? Difficile d'en parler pensa le docker. Il se rassit, tapotant machinalement la lampe de camping, comme si

9. Le grand-père.

ça pouvait la raviver ou faire revenir le gaz. Il hésitait. Le minot ne lâchait pas l'affaire.

– Alors ?

Ventura soupira encore. Il n'aimait pas parler de ça. Mais Pierre-Marie le fixait de ses yeux noyés de fièvre avec l'air d'un môme à qui on a promis une histoire il y a longtemps. Ventura tenta de raconter.

– Il n'était pas souvent là...

Mais il chassa aussitôt cette amorce de récit. Surtout ne pas revenir au passé.

– Oh et puis tu m'emmerdes ! En quoi ça t'intéresse ? Elle t'a pas raconté, ta mère ?

Pierre-Marie ne démordait pas.

– C'est pas pareil. Elle était trop petite. Toi tu le connaissais bien, je suis sûr. Raconte.

Ventura lança un coup d'œil agacé au jeune. Il devrait l'envoyer balader, lui dire de la fermer, de ne pas demander des trucs comme ça. Mais, comme à chaque fois depuis le début de cette histoire, un élan qu'il ne maîtrisait pas le poussait à agir contre son propre bon sens, contre son propre intérêt. Comme si Pierre-Marie, au-delà de son arrogance, de sa connerie et de ses menaces, avait la capacité à faire sauter des verrous rouillés dans l'âme du docker. Ou bien, au fond, secrètement, n'attendait-il que ça, ouvrir ces vannes grippées. Il ferma un instant les paupières. Le temps de convoquer les sons, les images, les odeurs et les goûts du passé. Quelque chose cédait dans sa poitrine. Cela lui donna l'impression de réussir à faire tourner enfin le boulon récalcitrant, scellé par la corrosion de la mémoire, sur lequel il s'acharnait depuis des siècles.

– J'ai jamais vraiment su ce qu'il faisait, en vérité. Enfin, quand il n'était pas au village.

Le village, perché loin là-haut au-dessus de la route poussiéreuse qui ne serait goudronnée que des années plus tard, se desséchait sous la lumière d'août. Un ciel de flammes immobiles. Quand il apprenait que son père allait rentrer, il filait l'attendre sur le parapet qui dominait la route depuis la placette jusqu'à la mer tout au fond.

– Il débarquait toujours avec plein de cadeaux, des habits, des bijoux, des jouets, alors c'était un peu la fête.

Le café du village, dans des années 70 qui ressemblaient encore aux années 30.

– Tout le monde défilait pour le voir, le saluer, lui faire la bise, lui demander si, cette fois, enfin, il allait rester définitivement au village.

Les souvenirs se bousculaient, dans n'importe quel ordre, dans n'importe quel sens.

– Il chantait aussi, à l'église. Il avait une très belle voix, il tenait la principale...

– *A secunda*[10], admira le jeune.

Ventura confirma. En corse. Sans s'en rendre compte.

– *Iè, a secunda.*

Un écho de *paghjella*, résonna dans leurs têtes.

– Moi ça me faisait des frissons, ces chants. Bref, c'était « Charles » par-ci et « Lolo » par-là...

Pierre-Marie n'avait rien connu de ces villages remplis de gens affairés et d'enfants qui couraient partout en liberté, de l'air qui résonnait de cris, d'appels, de rires et de tintements de verres et de tasses de café. Des troupeaux de brebis qui passaient en troupe serrée. Rien du son des ruelles à la nuit ou au lever du jour. Avec, parfois, un glas qui plongeait les maisons blotties les unes contre les autres dans un silence respectueux. Quand quelqu'un se mariait, tout le village fêtait, quand quelqu'un mourrait, tout le village pleurait. Pierre-Marie découvrait dans la voix pleine de nostalgie du docker une Corse dont personne ne lui avait parlé. Il se rendait compte qu'il ne le connaîtrait jamais. *Tempi fà*. Lui, son enfance, c'était celle d'une cité balnéaire envahie de touristes l'été, peuplée de terrasses vides et d'appartement aveugles l'hiver. Sans joie et sans amitié.

Dans le conteneur sale, on n'entendait même plus la rumeur du port tout proche. Une bulle de ciste les enveloppait. La voix blanche de Ventura ranimait les âmes disparues. Lui revoyait Charles, ce père presque toujours absent et pourtant si présent dans ses images d'enfant. Il voyait revenir sur le pas de leur porte les autres hommes, ceux qui l'enviaient et ceux qui le détestaient en secret.

– *Aïo* Lolo, viens jouer aux boules ! Viens prendre l'apéro ! Ho Lolo, tu viens à la chasse ?

10. La « seconde » voix, la voix principale dans les chants.

Pierre-Marie souriait, fasciné. Ventura rigolait maintenant.

– Bon, c'était pas un bon chasseur, hein ! s'amusa-t-il. Mais il y allait quand même !

– C'était un mec cool, jubila le jeune.

L'interruption tira le docker des jolis kodachromes de l'époque. Il cessa brusquement de sourire.

– « Cool », tu dis ? Non, je crois pas, pas cool. Des fois, il était là, tranquille sur la terrasse et d'un coup, fallait plus lui parler, si tu le faisais, tu te mangeais un *schiaffu*[11] direct ! Et tu ne savais pas pourquoi.

Ventura ne souriait plus, c'était l'autre facette, la facette sombre.

– Ou alors parce qu'il était très superstitieux et que tu avais posé le pain à l'envers sur la table, il te mettait un coup de pied à démonter un âne. Tu ne pouvais pas comprendre la raison. Méchant comme la teigne, oui, et d'humeur qui déraillait facile. Même les autres le craignaient dans ces moments-là.

Il se souvint de son père, fou de rage d'avoir perdu aux cartes, lui mettant une rouste, comme ça, pour rien, parce qu'il avait fait la connerie de lui poser une question au mauvais moment. Mais ça, il le garda pour lui. Ces coups lui appartenaient comme les rares bons moments.

Pierre-Marie s'était brusquement crispé sans que Ventura ne saisisse pourquoi. Il continua.

– Officiellement, il était « négociant en fruits secs », je ne déconne pas. Mais seule ma mère devait savoir ce qu'il y avait vraiment derrière.

Pierre-Marie hésita comme avant de demander quelque chose qu'on ne demande pas.

– Et y'avait quoi derrière ?

Ventura secoua la tête.

– Tu sais, les hommes de cette époque ne racontaient pas leur vie sur Instagram. En tout cas, ça ne plaisait pas à ma mère. Je les ai entendus plus d'une fois s'engueuler autour de ça.

Il y eut un silence lourd comme l'Umo di Cagna. Tous les deux se doutaient bien de ce que c'était, ces fruits secs venus du lointain orient ou de l'Amérique Latine.

---

11. Gifle.

– Pourquoi on l'a tué ?

Les orbites du docker, creusées par les lueurs obliques de la lampe, cachaient mal un regard incroyablement dur. Cette réponse aussi, ils la devinaient tous les deux. Œil pour œil. Quelqu'un avait été doublé ou avait eu l'impression de l'être. Dent pour dent. Cette comptabilité ne restait jamais en suspens.

– Personne ne le sait vraiment. Et personne ne le saura jamais. Il a emporté ça et le reste de ses secrets dans sa tombe.

Pierre-Marie se redressa soudain sur son coude et dégueula le peu de bouffe qu'il avait réussi à ingurgiter, maculant sa poitrine de traînées jaunâtres. La fièvre remontait vertigineusement et son sang semblait charrier de la fonte en fusion.

Avec des gestes paternels, Ventura, terriblement inquiet, le nettoya tant bien que mal. Le jeune voyou se laissa faire comme un enfant grippé. Il frissonnait sans relâche.

– J'ai froid, Zi', super froid…

Il se pelotonna au fond du sac de couchage, sa tête toute maigre dépassait du molleton crasseux. Il jeta un regard malheureux au plafond zébré de rouille.

– J'ai l'impression d'être moi aussi dans une tombe, je te jure.

La phrase fit courir un choc électrique depuis le bide jusqu'au sommet du crâne de Ventura. Épuisé, Pierre-Marie avait sombré dans une demi-inconscience agitée de soubresauts. Le docker contempla le chaos, les boîtes d'antalgiques vides, les conserves entamées, les bouteilles de pisse en vrac, les détritus, le flingue par terre… Un dépotoir. Un cloaque. Ça empestait. Un cran d'inquiétude serra un peu plus ses tripes. Il prit une longue inspiration.

– Écoute, on va faire comme tu as dit ! décida-t-il. Demain j'ai fini semaine, on prend ma bagnole et je te ramène en Corse, d'accord ? Je ne sais pas comment, mais je te ramène. On prendra un ferry plus loin, on va se démerder. Pierre-Marie ? Ho, Pierre-Marie, tu m'écoutes ?

Pierre-Marie ne répondit pas, endormi ou dans le coma.

Le cran de désespoir monta encore, écrasant cette fois le plexus de Ventura dans un étau de panique.

***

Depuis son toit plat moquetté de bitume, l'entrepôt offrait une vue plongeante sur les quais et un des bâtiments des dockers. On voyait assez loin sur la mer découpée de vaguelettes de vent froid. Un cargo manœuvrait gauchement sur la ligne d'horizon.

Dans la découpe ronde de ses jumelles, le quai de béton, les cavaliers, les boîtes multicolores, les pointeurs en fluo et les camions brillants ressemblaient à des jouets animés d'une maquette minutieuse.

Les binoculaires balayèrent la zone conteneurs.

S'arrêtèrent. Là ! Non, rien en fait.

Une ombre de gabian sur un reflet de pare-brise. Les lentilles traitées anti-reflet orange repartirent. Revinrent en arrière. Le point, encore.

Un camionneur sanglait sa bâche de remorque.

Un mécanicien était penché sur le moteur d'un clark.

Le Mistral, incessant, faisait osciller le mât d'une grue.

Santillano bouillait. Ce petit enfoiré de Kara lui avait raconté des conneries. Un type blessé, caché dans le vestiaire des dockers, qui boîtait et, comme par hasard, ça serait ce mec que tout le monde cherche, hein. Le troisième commando du snack. Tu parles, des craques pour se sortir la tête du piège ! Mais Santillano s'en moquait, son lièvre, il savait où il gîtait, où le débusquer quand il le déciderait. Et s'il lui avait raconté des conneries… Il se remit à survoler, optiquement, la zone portuaire.

Des mecs trimèrent à atteler une remorque trop lourde.

Un conteneur orange grimpa aux filins du portique puis fut remplacé par un vert.

Un camion frigorifique déchargea des palettes de légumes au pied de la passerelle.

Il soupira avec lassitude, il était allé rôder du côté des vestiaires tout à l'heure mais n'avait pu s'en approcher. Trop de monde, trop de mouvement, trop de passage. Sans raison officielle pour se trouver là, c'était un peu chaud. Avec la situation tendue et la réunion programmée sur des charbons ardents, choper un flic en train de fouiner dans l'antre de dockers, sur le lieu même de leur travail, autant jeter un flambeau dans la poudrière d'un bateau de pirates.

Le binoculaire stoppa brutalement.

Quelqu'un se tenait entre deux conteneurs, loin de la zone d'activité. Il était flou.

Le flic fit le point mais le mec restait de dos et, de là où il espionnait, on pouvait seulement deviner l'inscription en grosses lettres sur son dos. « Docker Marseille ». Le comportement du mec avait quelque chose d'intriguant. Il semblait se méfier de quelque chose. L'ouvrier marqua un temps d'arrêt, vérifia qu'il était tout seul et bazarda quelque chose entre deux boîtes. Il se tourna de trois quart un infime instant. Santillano crut reconnaître l'homme sans pouvoir s'assurer de son identité. Avec leurs parkas et leurs bonnets, ils avaient un peu tous la même allure.

Le docker disparut finalement du côté des grues.

Allongé comme un sniper sur le toit gondolé de l'entrepôt Santillano reposa ses jumelles et frotta ses yeux irrités.

– *Putain, Santillano, t'es où encore !* grésilla son talkie. *On a deux ferries à quai !*

Santillano, coupa le on/off. Pas le temps pour leurs conneries de contrôles.

Il descendit de son perchoir et se faufila entre les conteneurs et les rafales du vent.

En deux minutes il retrouva l'endroit où il avait repéré le docker inconnu. Il fureta un moment puis dénicha enfin quelque chose entre deux boîtes. Des bouteilles d'eau minérale remplies de liquide jaunâtre. De l'urine. Le flic tapota pensivement les flacons de la pointe de la chaussure. Pisser dans des bouteilles pour ne pas quitter son poste était un vieux truc de flic en planque. Et le seul flic en planque dans le coin, c'était lui. Sinon, les clandestins faisaient ça aussi mais, en général, ils ne se gênaient pas pour pisser dans un coin. Et ils se déguisaient rarement en docker pour ça. Il scruta les piles autour de lui. Les dizaines de piles de conteneurs.

– *Putain, Santillano* ! grésilla encore la voix métallique.

Santillano, décrocha le talkie.

– Ça va, j'arrive, bordel ! Pas besoin de gueuler !

Son regard méditatif traîna sur l'empilement de boîtes, sur le ciel trop clair, sur le goudron qui se dégradait, sur les chiffres barbouillés au pochoir à même le sol et sur ceux, peints à la machine, sur les parois des boîtes. Des centaines de chiffres qui formaient un sudoku indéchiffrable.

Santillano n'aimait ni les rébus, ni les hiéroglyphes. Il dégagea.

***

Assise par terre sur un immense plaid écossais, Nathalie jouait avec Charles, son petit fils que Ventura s'obstinait à appeler « *Ciù* ». Il refusait d'expliquer pourquoi pas Charles... Ventura entra justement dans le salon. Quand on pense au loup, se dit-elle.

– Hoooo *Ciu'* ! Il est là, lui ?

Nathalie resta froide et laconique. Le bébé tendit les bras vers le vieil ours qui lui souriait.

– Aurore l'a déposé, expliqua sommairement Nathalie. Thomas est à Paris, et elle, elle a un rendez-vous important à Marseille.

Le grand docker se courba vers le bambin, lui caressa tendrement la tête de sa grosse patte. Le bébé rampa vers son grand-père, mais Ventura ne voulut pas le prendre. Nathalie se remit alors à jouer avec l'enfant. Elle ne prêtait délibérément aucune attention à son mari. Ventura ébouriffa encore l'enfant puis rejoignit la cuisine.

Sur la table, une assiette, des couverts et une portion de parmigiana prête à passer au micro-onde. Le docker remis la nourriture au frigo et rangea les couverts. Nathalie surgit, le bébé à califourchon sur la hanche.

– Tu manges dehors ? questionna-t-elle sur un ton désinvolte.

Ventura ne daigna pas répondre. Abandonnant la vaisselle propre, il lui prit le bébé des bras et quitta la cuisine. Nathalie, sourcils froncés, le suivit.

Ventura soulevait jusqu'au plafond son petit-fils qui éclatait de rire.

– C'est mon « Lolo », ça ! Hein ? C'est mon « Lolo » !

Il croisa le regard interloqué de sa femme.

– En Corse, Charles, c'est « Lolo », dit-il simplement.

Elle l'observa, interloquée. Ventura se remit à parler au bambin.

– Alors papy il va aller en Corse et il va te ramener un beau t-shirt avec « Lolo » écrit dessus comme on en fait que là-bas.

Après mûre réflexion, le docker n'avait pas trouvé mieux pour annoncer à sa femme qu'il allait sur l'île. Il esquiva les torpilles de colère qu'elle lui lança. Nathalie allait parler quand le portable de Ventura sonna. Le docker lui tendit prestement l'enfant et décrocha en lui tournant le dos. Il écouta ce qu'on lui annonçait.

– Quand, tu dis ? Maintenant ?

Il lança un coup d'œil en coin à sa femme puis détourna aussitôt le regard devant les éclairs. Nathalie bouillait mais se faisait violence pour paraître indifférente.

Ventura raccrocha, se retourna vers elle. Il fallait qu'il lui dise.

Mais Nathalie, fumante de rage, avait quitté la pièce, le bébé sous le bras.

***

La babasse à Tetris était inoccupée, un ou deux poivrots traînaient devant un pastis tardif, dans la salle, les hommes suivaient un match de foot, OM contre des Belges ou des Slovaques. Les maillots blancs perdaient. À domicile, en plus. On entendait la vieille pendule clouée au dessus-du comptoir égrener les minutes de jeu. À cause de ce silence mortuaire qui empêchait de parler discrètement, Ventura et Anto durent sortirent.

Ils firent quelques mètres à l'écart sur le trottoir de goudron défoncé et s'arrêtèrent sous un réverbère à orangeade.

– Je t'avais dit de me laisser du temps, tu comprends pourquoi ? dit Anto.

– Ça peut se faire quand alors ? coupa le docker.

L'ouverture tombait du ciel, au moment précis où il allait tenter un retour kamikaze en Corse, Anto avait trouvé une issue. C'était un don du ciel.

– Mon ami est quelqu'un de sérieux, il dit que ça peut aller très vite mais y'a quand même un petit « hic ».

Ventura le dévisagea. Anto paraissait désolé.

– Ça va coûter des sous, fils. Pas mal de sous.

– Combien ?

Le pépé souffla, franchement mal à l'aise.

– Six mille.

Le docker accusa le coup. Pas vraiment bon marché comme billet. Il n'était même pas sûr d'avoir autant de côté.

– Je peux t'aider un peu, dit Anto, mais je ne pourrai pas mettre beaucoup.

Ventura leva les mains.

– T'inquiète, Anto, tu en fais déjà assez. Je paierai moi. Dis à ton mec que c'est Ok mais que ça doit se faire obligatoirement demain soir.

Ils se fixèrent avec gravité. Le pépé cligna de l'œil, rassurant.

– Je t'appelle demain matin.

Ventura se fondit dans les reflets troubles de la nuit orangée. Anto retourna dans le bar. Le comptoir était vide et la salle encore plus silencieuse. L'OM venait d'en prendre un troisième. Il tira le vieux téléphone à touches de sous le comptoir.

***

Le bébé ronflait comme une turbine dans son couffin.

La mère et la fille campaient sur le canapé, tasse de thé à la main. Nathalie avait les paupières irritées d'avoir trop versé de larmes.

– Et je vais devenir quoi, moi, sans lui, hein ? Ça fera trente-huit ans à la fin de l'année…

– Ohhh, maman, arrête. Vous êtes encore ensemble, non ? Il est où d'abord, là ?

– Je ne sais pas justement, s'écria Nathalie. Il sort, il rentre, il dit rien, il découche. Tu te rends comptes, il découche ! Et là, il m'annonce tout d'un coup qu'il va en Corse ! Il n'a jamais voulu m'y emmener, moi. Et d'abord il y va avec qui, en Corse ?!

Aurore leva les yeux au ciel. Son père avec une autre femme. N'importe quoi.

– Je n'y crois pas une seconde.

Elle était sûre d'elle. Pas son père et pas avec une autre. Nathalie était plus que tout dans sa vie. Elle était la seule. Nathalie en était moins sûre. Mais un petit espoir luisait dans le noir, puisque sa fille l'affirmait. Peut-être pas une autre femme. Mais alors qui ? Quoi ?

– Il doit y avoir une explication, affirma Aurore. Je l'appellerai demain.

Un silence passa. Le bébé tirait l'oreille d'une des peluches.

Nathalie revit les saluts timides que le grand gars dégingandé lui lançait depuis la terrasse mitoyenne d'Anto chez qui il venait de s'installer. La famille de Nathalie habitait à deux portes de chez son oncle. Ventura était déjà grand et fort à l'époque mais encore maigre comme un clou, il avait un immense sourire qui faisait trembler ses jambes de jeune fille mais elle le lui cacha pendant des semaines. Jusqu'à ce qu'il se décide, enfin, à l'inviter au cinéma. Ce grand costaud, tendre et maladroit ne pouvait pas mentir ou tricher. Pourtant les démons du doute s'emparèrent de nouveau du cœur de Nathalie.

– Tu sais, les hommes, à la cinquantaine, des fois, hein... Tiens, là tout à l'heure, il jouait avec le petit, et hop, un coup de téléphone et voilà, il est reparti !

– Il ne se serait pas fait renvoyer, des fois ? J'ai une amie, son mari lui a caché ça pendant des mois. Il partait au boulot le matin, normalement, l'air de rien, mais en vérité il était en dépression...

– Non, c'est autre chose, je le connais, je le sens. Je ne l'ai jamais vu comme ça.

Aurore posa la main sur l'épaule de sa mère.

– Moi aussi je le connais parfaitement et il n'a jamais eu que toi dans sa vie.

Elle se leva.

– Il faut que j'y aille, il est tard pour Charles.

– Pour Lolo, tu veux dire, dit Nathalie tristement, c'est « Lolo » qu'il faut dire, il paraît.

Aurore la dévisagea, interloquée. Pourquoi Lolo ? Elle haussa les épaules. Vraiment perturbée, sa pauvre mère. Elles s'étreignirent.

– C'est rien, maman, ça va aller, tu verras.

Aurore ajusta le sanglage du bébé dans son siège auto, ouvrit sa portière et s'installa derrière le volant. Un bref salut à sa mère, là-bas sur la terrasse et la voiture s'en alla prudemment.

Nathalie rentra et referma la porte.

Le départ d'Aurore et de Lolo avait été suivi, depuis une voiture noire garée près de là, par trois paires d'yeux intéressés.

Maek caressa son pansement fraîchement changé. Finalement ce con de vigile avait dit la vérité. Cinq minutes avec Farid et Gouni et le rouquin s'était dépêché de leur trouver un nom dans les fichiers informatiques de la sécurité portuaire, laissant des empreintes de sang sur les touches du clavier. Il n'y avait qu'un seul docker qui s'appelait Bonaventura. Il suffisait maintenant d'attendre qu'il se pointe.

***

Quelque chose de presque inaudible flottait dans le labyrinthe de métal. Une musique ? Une voix ? Une prière ? Un transformateur qui déconnait ? Un portable ? C'était quoi ? Ça venait d'où ? Santillano s'immobilisa.

La zone conteneurs était éclairée « a giorno » par les puissants réverbères. Santillano fouinait depuis près d'une heure dans l'allée centrale, avançant sans plan précis, à l'instinct, au pif plus exactement, scrutant ces conteneurs qui se ressemblaient tous.

La musique – ou la prière – reprit.

A l'intérieur de sa caisse de ferraille, près de sa lampe faiblissante, enroulé dans son sac de couchage crasseux, Pierre-Marie devait taper dans les 40° de fièvre. Il fredonnait d'une voix qui déraillait sa chanson, cet air indistinct dont il n'avait pas conscience...

Dehors, Santillano se tenait droit, légèrement penché en avant, toute sa concentration mobilisée par son oreille tendue. C'était une chanson, enfin un genre de chanson. Il s'efforça de la loger. Quelque pas dans une direction. Ça s'affaiblissait. Il revint en arrière. Il pesta mentalement, ça faisait caisse de résonnance dans ces boîtes pleines d'échos bizarres. À force de concentration, il parvint à situer à peu près l'origine du son. Ça venait de là, d'une de ces trois boîtes. Il avança mais, dans sa hâte, heurta un ridoir invisible dans la pénombre. Son juron rebondit sur les parois des conteneurs.

Pierre-Marie s'arrêta net. Un choc de métal et un cri étouffé dehors. Des pas. Tout près. Malgré son front brûlant et son torse glacé, il renifla le danger. Les yeux exorbités, il éteignit la lampe, récupéra l'arme, libéra délicatement le cran de sûreté. Une balle monta en souplesse dans la culasse.

Santillano, souffle bloqué et bouche ouverte pour mieux entendre, était comme un chien d'arrêt. Mais plus rien, juste des grincements de métal, des cliquetis de dilatation. L'étrange mélopée avait cessé. Peut-être n'était-ce que le vent du large qui sifflait dans la canopée de bras de grues. Il écouta attentivement.

Ou alors c'était un chien qui avait aboyé dans le noir, contre une ombre éphémère se dit Pierre-Marie. Les boîtes ne se taisaient jamais. Ou un rat, voilà, une saloperie de rat. Il écouta soigneusement.

Si l'on faisait abstraction de la mince cloison d'acier ondulé qui les séparait, ils étaient à moins de quarante centimètres l'un de l'autre. Deux hommes qui seraient front contre front sans elle. Deux hommes, tendus dans le même silence, pétrifiés par la même concentration, ensemble sans se voir.

Mais rien ne se passa.

Le flic était minuscule dans cette jungle de containers. Il se sentit un peu ridicule, arrêté comme ça, la patte presque levée. Indigne d'un lévrier. Jurant entre ses dents, il s'éloigna à pas de loup.

Dans son conteneur, Pierre-Marie s'écroula à nouveau dans un sommeil agité de cauchemars, serrant l'arme chargée dans son poing moite.

Si Santillano était resté, il aurait pu l'entendre geindre dans son sommeil.

Un jour de plus. Et une nuit.

La parka jaune gisait sur le banc du vestiaire encore vide à cette heure matinale. Ventura, en caleçon, terminait sa toilette devant un des lavabos.

La porte s'ouvrit brutalement derrière lui.

– Ho, Santillano ! sursauta le docker.

Le flic referma soigneusement la lourde. Il avait l'air chiffonné de celui qui n'a pas fermé l'œil de la nuit et son jean était salopé de rouille et de boue. Il se posa sur le bord d'une table. Sa désinvolture moqueuse était de retour mais quelque chose dans son attitude trahissait l'agacement. Il prit le temps d'observer l'autre avant de parler.

– Tu vois, Ventura, j'ai toujours eu beaucoup de sympathie pour toi. C'est vrai, t'es un mec droit, solide, sérieux.

– Faut que j'aille bosser, là, Santillano, renâcla le docker. Tu me feras ta déclaration une autre fois, un jour où je ne serai pas en calbute.

Ventura se remis face au lavabo, essuya son visage puis entreprit de s'habiller.

– Le port, c'est un village, reprit le flic je ne vais pas te l'apprendre. Tout se sait…

Ventura se retourna, circonspect, cherchant où l'autre voulait en venir.

– Il paraît que tu passes beaucoup de temps du côté des conteneurs ces derniers temps. Disons plus que la normale. Tu dois avoir des choses importantes à y traiter.

Il engloba d'un geste le vestiaire, les douches, la grande table, la trousse de toilette sur le banc.

– Sans compter qu'on dirait que tu dors ici. C'est pas bon pour les rhumatismes.

Santillano interprétait très mal les samaritains bienveillants. Mais il s'en branlait, le mot bienveillant servait à toutes les sauces ces derniers temps, tout le monde était sommé d'être bienveillant, d'être une bonne personne. Lui, il n'était pas payé pour ça. Il était venu à la pêche, à la pêche à la silhouette entrevue la veille. Et celle de Ventura faisait parfaitement l'affaire.

– Tu vois, poursuivit le condé, je me demande si ces « choses importantes » qui te font passer ton temps ici n'auraient pas un rapport avec un événement récent.

Le docker acheva de lacer impassiblement ses chaussures de sécurité, puis zippa sa parka jaune.

– Une fusillade, disons, au hasard. Un truc du genre…

Ventura ne laissa rien paraître. En temps normal, il aimait bien Santillano qui le faisait plutôt marrer et était loin d'être un idiot. Mais quand il se mettait à emmerder le monde, comme en ce moment, il devenait le dernier des connards. Ils se toisèrent.

Ventura enfila ses gants de travail et amorça deux pas vers la sortie, frôlant ostensiblement le policier. L'autre lui attrapa l'avant-bras comme pour l'empêcher de sortir. Ventura contempla froidement la main puis remonta au visage de Santillano. Dans son regard se lisait clairement qu'une colossale baffe pouvait partir dans la fraction de seconde qui venait. Mais Santillano n'en avait cure.

– Tu ferais mieux de me parler, insista Santillano, avant que ça ne devienne trop grave. Parce qu'après, tsss, pas bon.

Ventura saisit avec délicatesse le poignet du flic. Ses doigts gantés vrillaient les muscles du policier comme les serres d'un oiseau de proie. Le docker libéra son bras de la main du policier. Il avança jusqu'à la porte. L'autre resta de dos.

– Il te reste quoi avant la retraite, Ventura ? Trois ans ? Deux ans ? Ça serait con de les passer derrière des barreaux, non ? Tu as été un mec honnête toute ta vie.

Ventura tourna la poignée. Son sourire était innocemment naïf.

– Je ne vois pas de quoi tu parles, Santillano, vraiment pas.

La serrure se referma dans un claquement.

Le flic hocha longuement la tête, pas vraiment étonné. Il avait offert une porte de sortie honorable, une porte différente de celle de cet Algeco délabré qui donnait sur un no man's land de grisaille et de poussière.

Maintenant, si l'autre préférait sortir par là.

***

À peine quelques centaines de boîtes étaient accrochées aux porte-conteneurs danois. Elles étaient toutes difficiles d'accès. Kara ne connaissait personne à bord et n'avait donc rien à y acheter ou à y vendre. Ruminant de sombres pensées, basées sur des passeports envolés et des amoncellements de caviar russe périmé, il était occupé à arrimer un conteneur avec un « fusil ». Les autres dockers s'agitaient, en retard après avoir perdu une heure à discuter de la réunion du soir. Les avis étaient partagés, mais tous étaient déterminés. Quelqu'un coinça violement Kara conte le bastingage.

– Qu'est-ce qu'il foutait Ventura du côté des conteneurs hier ! gueula Santillano.

– Ventura ?! Qu'est-ce que tu racontes ?

Santillano le poussa entre deux piles, à l'abri des regards. Il prenait des risques en montant à bord en cours d'embarquement.

– Ne me prends pas pour un con ! Il branlait quoi là-bas ?

– J'en sais rien, moi ! se défendit l'autre.

Santillano lâcha Kara avec un claquement de langue dégoûté.

– Tu me fais chier, Kara, tu me fais chier, je te préviens !

Kara ajusta sa tenue malmenée. Il s'apprêta à filer, mais quelque chose le retenait.

– C'est vrai, tu l'as vu là-bas ? Merde alors, c'était lui alors dans les douches !…

– Lui ou un autre, je ne sais pas encore.

Un conteneur accroché au *spreader* passa en sifflant au-dessus de leurs têtes. Le flic était contrarié. Il regarda le terminal conteneurs à ses pieds. Du haut de la passerelle, il voyait les boîtes entassées jusqu'à l'autoroute là-bas.

– Putain y'en a des centaines de ces putains de boîtes ! Je vais quand même pas les ouvrir une par une !

Le docker blond l'observait, indécis. Le flic posa un index menaçant sur le plexus de l'Arménien.

– Tu vas me surveiller ce crétin, tu m'entends ?! Tu le lâches pas. Il va pisser, tu vas pisser, il mange, tu manges, il pète, tu pètes.

Kara le repoussa violemment.

– Attends, attends, je suis pas condé moi ! Avec Ventura, c'est déjà pas le grand amour, alors si en plus je me mets à le coller de trop près !

Santillano lui colla une violente gifle. Un marin qui longeait la coursive fit demi-tour. Kara baissa la tête. Humiliant, les gifles, pour qui que ce soit. Santillano

– J'ai toujours la déposition d'un clandestin, Kara, tu te souviens ? Un truc qui parle de faux passeports ! Si je le ressors, tu vas pouvoir t'asseoir bien profond sur une de tes boîtes de caviar.

Kara était encore plus livide qu'un champignon de Paris. Humilié. Impuissant. Paniqué.

– Alors tu fais ce que je te dis. Tu suis Ventura.

***

Kara entra avec une mine lugubre dans le poste vitré de la colossale grue. Ventura braillait des ordres dans son talkie mais son esprit n'était pas absorbé par le ballet arachnéen que les filins d'acier tissaient sous ses directives. Le docker blond hésita un moment puis se lança comme on plongerait dans l'eau du haut du portique principal.

– Ventura… Je peux te parler ?

– Pas maintenant, dit sèchement le chef d'équipe.

– Deux secondes… C'est important…

– Si c'est pour ton changement d'équipe, tu connais la réponse.

– C'est pas ça… C'est un autre truc, Ventura, un qu'il faut que je t'en parle. C'est vraiment important…

Un « gling » de notification résonna au fond de la poche de Ventura. Un sms rapidement lu. Ventura refila brusquement le talkie à Kara. Son élan l'emportait déjà ailleurs.

– Tu me remplaces un quart d'heure, balança-t-il au blond.

– Mais y'a d'autres camions qui déchargent…

– Tu mets en cul, ils n'ont qu'à attendre, ordonna Ventura.

Mettre en cul, ça signifie, en dialecte local, repousser à beaucoup plus tard, voire à jamais. C'était dire si Ventura, si méticuleux dans le boulot, était préoccupé par quelque chose qui échappait à Kara. Une bouffée de vent chargé de miasmes de fuel lourd entra par la porte vitrée que Ventura venait de franchir.

– Et fais gaffe à l'autre jobard là-haut, il fait n'importe quoi depuis ce matin.

Pas question d'en placer une, pas question de refuser. Pas question d'expliquer qu'ils étaient tous les deux dans la merde avec les flics au cul. Ventura fonça vers le parking.

Kara resta là, comme un imbécile avec son talkie qui grésillait et les boîtes qui lévitaient derrière la paroi vitrée. Momo qui déboula dans la cabine, le visage sombre :

– Il est où Ventura ? On a une couille sur le paillole, une boîte toute tordue !

– Il… Il revient de suite, répondit Kara.

– Il fait chier, lui ! Il est jamais là, merde !

Le docker passa la porte en courant d'air, à peine le temps de balancer ses consignes.

– Dis à l'autre là-haut de ressortir la boîte, on va la poser en attente.

Momo repartit, en rogne après la terre entière. La réunion du soir promettait. Kara, dépassé, décrocha le talkie, poussa le bouton d'appel.

– Heu, bon… Patrice… ? Tu m'entends ? Va falloir la ressortir, ta boîte…

***

– Je pars à minuit pile, je suis en Corse seize heures plus tard.

L'ami « skipper » d'Anto avait un accent anglais. Vrai ou faux. Plutôt faux, vota Ventura. L'homme était habillé classe, option tocard, dans le plus parfait style « yachtman ». Avec sa casquette blanche et son blazer à galon, il ressemblait à un Roger Moore d'opérette exhumé de cette antédiluvienne série que Ventura regardait à la télé quand il était enfant. Le docker n'arrivait pas prendre totalement au sérieux le personnage, mais Anto, là-bas près de sa bagnole, lui confirma d'un imperceptible hochement de tête que le mec était bien réel. Ventura jeta un regard machinal aux arches du pont qui enjambait les docks, juste au-dessus de l'ancien bureau d'embauche des dockers.

– On a dit combien ?

– Six mille au départ. Six mille au débarquement. 6000 en tout.

– C'est cher.

– C'est dangereux surtout.

Ventura interrogea de nouveau Anto du regard. Le pépé confirma encore. Le docker sortit une enveloppe de sa parka et la tendit au skipper.

– Il y a les six mille dedans. Puisque Anto se porte garant, je vous fais confiance.

Ventura avait obtenu en urgence un rendez-vous à sa banque. Le jeune banquier qui s'occupait de son compte lui avait fait remarquer qu'il se démunissait totalement en faisant ça. Ses maigres économies allaient en grande partie y passer. Ventura revint au skipper d'opérette. L'autre ne lui fit pas l'affront de recompter la somme. Une poignée de mains scella le deal. Celle du marin d'opérette était fine et ferme à la fois. Il repartit à bord de son Aston-Martin décapotable verte, elle aussi déterrée du même feuilleton vintage.

Ventura n'arrivait pas à le croire.

– Tu l'as trouvé dans un vide-greniers ou quoi ?

– Ne te moques pas, fils, je suis plus vieux que lui. Et ne te fies pas à son style, c'est le meilleur d'entre tous, une chance qu'il ait accepté.

Les voitures pressées grondaient sur l'autopont au-dessus d'eux, le silo Panzani avait de faux airs de cathédrale oubliée, les gabians volaient en escadrilles hargneuses. Là-bas, au-delà des fourgons en transit, il y avait un conteneur blanc cabossé qui espérait.

Anto et Ventura se regardèrent. Les dés étaient lancés.

– Ce soir.

Dans quelques heures.

***

Le Mistral semblait s'être arrêté pour reprendre son souffle.

La silhouette approcha du conteneur sale à pas feutrés et colla son oreille à la cloison. À l'intérieur résonnaient des voix déformées comme au bout d'un tuyau de cuivre. Ça parlait de voilier, de Corse, de skipper un peu barré, avec un ton d'espoir et d'excitation. Cette voix était reconnaissable, même au milieu de celles de mille dockers. Kara avait bien fait de guetter les mouvements de Ventura.

Adossé à la paroi, les jambes dans le sac de couchage qui lui faisaient l'abdomen d'un insecte, Pierre-Marie écoutait avidement. Ses pupilles brûlaient de fièvre. Ses yeux paraissaient capables de briller même dans l'obscurité. Ses lèvres exsangues le faisaient parler avec difficulté.

– Ça fait combien que je suis là, dis ? Combien ?

Ventura, penché sur lui, essaya de le rassurer.

– Ce soir, Pierre-Marie, ce soir à minuit et demie tu es au large et demain tu es en Corse.

Pierre-Marie esquissa un geste vague, une amorce de quelque chose que lui seul pouvait comprendre, comme s'il cueillait une ombre passagère.

– Je vais appeler ta mère, poursuivit Ventura, la prévenir que tu arrives...

– Non, laisse-la, je ne veux pas, répondit Pierre-Marie.

Un gémissement brutal coupa brutalement sa phrase.

– Je te jure, si je pouvais, je m'arracherais cette putain de jambe !

Ça ne pouvait pas faire aussi mal qu'en ce moment, avec ces vagues de douleur qui remontaient de l'aine jusqu'au cou avec une violence irréelle.

– Il faut que tu tiennes, petit. Juste quelques heures.

Kara décolla son oreille de la paroi glacée, il en avait entendu assez. Il recula précautionneusement et se fondit dans la pénombre d'une anonyme ruelle de conteneurs.

Juste quelques heures.

***

Nathalie sortit pour aller au boulot. Elle se hâta, luttant contre le mistral glacial qui reprenait, jusqu'à sa vieille Twingo. Le moteur engourdi toussota puis cala. Elle ronchonna. Re-contact, re-toussotement. Le moteur finit par accepter de tourner.

La voiture descendit la petite rue résidentielle, droit vers le soleil roussâtre qui déclinait.

Le SUV sombre emboîta ses roues.

Maek s'étira. Ils avaient passé la nuit et la journée à attendre dans la caisse, avec rien à boire ni rien à manger, de peur de rater le docker. Maek se disait qu'il allait bien finir, tôt ou tard, par rentrer chez lui. Farid, et Gouni, pas frais non plus se taisaient.

L'imposant véhicule rattrapa celui minuscule de Nathalie au coin de l'avenue.

Il se mit à le suivre sagement, à quelques longueurs de distance, en respectant soigneusement les feux de signalisation.

***

Au-delà des collines de la Côte Bleue, le soleil flamboyait dans un ciel grenat qui promettait d'autres jours de vent. Plongé dans la diffuse pénombre de la nuit portuaire, Kara poireautait nerveusement devant le petit poste d'aiguillage. La voiture de Santillano dérapa sur le verre pilé juste devant lui. Kara se pencha à la portière. Il parlait d'une voix excitée.

– Je sais où ils sont, je les ai entendus ! Ventura va sortir le mec du conteneur ce soir et le mettre sur un voilier. Il faut se grouiller !

Il monta dans la voiture décatie du flic.

Un claquement de portière plus tard ils étaient partis.

Juste quelques heures.

***

Marco et Adrien jouaient au foot sur le pont du paquebot pendant qu'un gabian et un rat tiraient une machine à granités menthe-citron et une poche de sang. Minana faisait des *fritelle* dans la grande salle de bal et lui expliquait calmement qu'il fallait décoincer la porte du garage de Ventura… quand Ventura entra.

– Pierre-Marie ! Pierre-Marie !

Le minot geignit faiblement au fond de son cauchemar. Dans le conteneur, la lumière de la lampe était si basse qu'on ne distinguait plus les parois.

– Pierre-Marie, ho ! Réveille-toi.

Pas de réaction.

Le grand docker posa sa main sur le front du jeune homme. Il brûlait. Non, il flambait. L'aiguille indiquait 20h30 au cadran de sa vieille montre. Le temps passait au goutte à goutte. Ventura hésita puis secoua de nouveau le jeune homme qui marmonna qu'il fallait y aller doucement avec le vantail sinon ça allait encore se coincer.

– Il faut que tu te réveilles, minot. Il y a le bateau. Tu dois tenir.

Juste quelques heures.

***

Le docker blond guida Santillano à travers la zone container.

Ils s'arrêtèrent en vue d'une boîte blanc sale.

Kara, un doigt sur la bouche, fit signe au flic d'approcher, c'était là. Les deux autres étaient dedans.

Santillano dégaina silencieusement son arme de service. Un frisson parcourut son échine de lévrier. Kara posa la main sur les barres d'ouverture du conteneur. Les pattes du lévrier frémirent, prêtes à foncer.

Le docker blond ouvrit violemment.

Santillano plongea à l'intérieur. Cela fit comme un écho incongru.

VIDE !

Le conteneur était vide !

La porte claqua brutalement. Un engrenage d'acier coinça la fermeture de sûreté, garantie inviolable. La voix de Santillano était un hurlement de folie qui faisait vibrer le métal :

– Ouvre, enculé ! Ouvre !

Kara s'appuya contre le conteneur blanc sale, tira sereinement un paquet de clopes de contrebande, issue de sa réserve personnelle.

– Ouvre, putain ! Je te jure, je vais te crever, connard ! s'égosillait l'autre à l'intérieur.

De violents coups de pieds faisaient résonner la boîte. Kara alluma sa clope.

– « Connard », « enculé », répliqua-t-il posément, tu dis beaucoup trop de gros mots.

– Je vais te niquer, Kara, te pourrir la vie ! Je te jure !

Encore des coups de pied. Encore des hurlements. Kara exhala une longue bouffée.

– Ouvre ! Je vais tirer à travers cette saloperie d'enculerie de boîte et te crever, ordure de merde !

Kara rigola tellement qu'il se mit à tousser.

– Vas-y, vas-y, tire ! Après on ira tous les deux expliquer à tes collègues cet « usage intempestif d'une arme de service » ! C'est bien comme ça qu'on dit, non ? « Intempestif ».

Le docker blond souffla sur le bout de sa clope.

– J'ai pas fait d'études, moi, je suis un ignorant. J'ai juste un CAP canaille, option magouille mais ça ne m'empêche pas d'avoir des principes, tu vois.

Il était très fier de sa phrase. Ça sonnait bien, comme dans leurs saletés de PV d'interpellation, quand ils te passaient les bracelets pour deux conneries que tu avais récupéré sur une palette accidentellement éventrée.

De l'autre côté de la porte métallique, les coups avaient cessé.

– Et pendant qu'on y sera avec tes collègues, tu pourras aussi leur expliquer pourquoi tu ne les as pas avertis que tu avais retrouvé le mec en cavale, hein ? Pourquoi t'as voulu te le faire tout seul ! Ils devraient être contents, non ?

L'autre hurla de rage. Mais il y avait déjà une ombre d'hésitation dans son cri.

Kara aspira un peu de fumée.

– Tu vois Santillano, Ventura et moi on ne s'aime pas beaucoup. Enfin, lui surtout. Mais il a toujours été réglo avec moi.

Il tira une bouffée. La volute de fumée bleu clair monta dans la lueur des projecteurs de nuit avant d'être dissoute par une bourrasque de mistral.

– On fait le même boulot, lui et moi, on a les mêmes galères, les mêmes soucis, les mêmes craintes.

Bouffée. Volute.

– Alors je suis peut-être un magouilleur, un petit salaud, tout ce que tu veux. Mais je ne suis pas une balance.

Dans le conteneur régnait un silence absolu. Le lévrier n'aboyait plus, définitivement baladé par son leurre.

– On est dockers, tous les deux, tu comprends ? C'est peut-être des conneries d'une autre époque, mais tu vois, c'est un mot qui veut encore dire quelque chose pour moi.

Kara se carra confortablement, consulta sa montre.

– Juste quelques heures et après je te relâche, juré.

On n'entendait plus Santillano. Kara tira une taffe.

Bouffée. Exhalaison. Sourire.

Juste quelques heures.

***

La voiture de Ventura dérapa sur le parking de l'hôpital, juste sur la zone de déchargement des ambulances. Le docker en jaillit et fonça vers l'établissement.

Dans le SUV, Farid et Gouni avaient déjà la main sur leur arme. Ils quêtèrent un simple regard de confirmation de Maek. Mais le caïd ne cilla pas.

Dans le box vitré des infirmières, au bout du long couloir vide, Nathalie bouillait d'une une colère indescriptible.

– Tu aurais dû tout me dire !

– Te dire quoi ? répondit Ventura désemparé. Que j'ai un neveu armé sorti de nulle part, caché dans un conteneur avec une jambe qui pourrit à vue d'œil !

– Mais qu'est-ce que tu as dans la tête ?!

Le grand docker se dandinait, penaud comme un môme qui a fait une très grosse bêtise. Des blisters de médicaments et d'étranges tubes médicaux étaient empilés partout autour dans le box. Ventura leur lança un regard envieux. Il y avait sûrement là de quoi soigner Pierre-Marie, c'était obligé. Nathalie eu un moment de flottement.

– Finalement, soupire-t-elle, j'aurais préféré que tu aies une autre femme dans ta vie, c'était moins idiot.

Son mari ne répliqua pas. L'infirmière redevint professionnelle.

– Elle est comment la plaie ?

– C'est tout noir, tout gonflé… Ça pue.

Le regard soucieux de Nathalie ne promettait rien qui vaille.

– Et lui, il est comment ?

– Pas bien. Pas bien du tout. Tu sais, Nath, j'aurais…

Mais Nathalie farfouillait déjà dans une armoire, y récupérant boîtes, flacons, seringues, cathéter, bouteille de perfusion qu'elle jeta dans sa sacoche. Elle décrocha la ligne intérieure de l'hôpital.

– Sophie ? Tu peux me remplacer une heure, j'ai un souci électrique à la maison, je reviens très vite. Non, rien de grave. Merci, tu es un amour.

Elle enfila un manteau sur sa tenue d'infirmière, se tourna vers son mari, planté là.

– Alors ? Tu attends quoi ?!

***

Dans le conteneur, la lampe de camping jetait ses derniers feux. Les parois vibraient dans les coups de vent.

Nathalie marqua un net recul en franchissant le seuil. Le bordel de l'endroit résistait à toute description. Une authentique porcherie, en pire niveau olfactif. Elle fit signe à son mari de laisser la porte entrouverte. Pierre-Marie, sorti de son sommeil, dépassé et hagard, scruta alternativement le docker et sa femme.

Sans un regard pour lui, l'infirmière ouvrit rudement le sac de couchage. Elle découpa d'un coup de ciseau le jogging du garçon et eut une grimace dégoûtée en découvrant la blessure.

– Rapproche la lampe, ordonna-t-elle à son mari.

Ventura obéit. Pierre-Marie roulait des yeux paniqués. C'est qui elle, c'est quoi ça ? On est où ? Plus rien ne correspondait à rien et il avait une soif à vider une entier bocal de granité. Ventura lui fit doucement signe que ça allait aller.

Il gagna la porte, l'entrouvrant pour surveiller l'extérieur parce que Pierre-Marie venait de se mettre à hurler. Heureusement le mistral qui reprenait étouffait les cris.

Nathalie arracha de la plaie le précédent pansement devenu cataplasme noirâtre. Avec des gestes précis, elle fit une injection d'antibiotique au blessé, lui posa une perfusion rudimentaire. Pierre-Marie, dans le coltar, la fixait sans vraiment la situer. Puis Nathalie incisa la plaie et se mit à nettoyer.

Le cri de douleur vrilla les tympans de Ventura.

Pierre-Marie hurlait qu'il avait mal avec une voix d'enfant qui souffre, une voix qui agrippe l'âme, qui l'arrache et qui la jette aux chiens. Ventura alluma nerveusement un cigarillo et risqua un autre coup d'œil par l'embrasure. Histoire surtout de fuir les cris, l'odeur et la douleur. Dehors, il y avait juste des conteneurs impassibles et des quais vides. Nathalie acheva de panser le genou. Elle vérifia la perfusion de guerre piquée au bras du jeune homme. Le goutte à goutte coulait paisiblement. Le jeune ne hurlait plus au moindre contact. Elle lui tendit quelques cachets qu'il avala, en glissa d'autres dans sa main.

– Tu en prends deux autres dans deux heures. Et tu bois de l'eau, beaucoup d'eau, sans arrêt.

Le jeune homme, totalement groggy, acquiesça mollement. La morphine commençait à agir.

– Tu vis où en Corse ? demanda-t-elle.
– À Propriano…
Son mari, posté contre l'entrebâillement, leur tournait le dos.
– Tu as de la famille là-bas ?
Une ombre de tristesse glissa dans les yeux défoncés de Pierre-Marie.
– Oui, ma mère.
Nathalie hocha calmement la tête.
– Prie pour qu'elle prie pour toi, souffla-t-elle.
Elle rangea posément ses affaires. Pierre-Marie retomba dans sa semi-inconscience.
Nathalie rejoignit Ventura près de la porte. Elle fixa le docker.
– Il faut l'hospitaliser d'urgence.
– On ne peut pas, il part dans moins de deux heures.
– Tu ne comprends pas, dit-elle d'une voix ferme. Il ne va nulle part, il faut l'amener au bloc tout de suite.
Ils se faisaient face, visage à moins d'un centimètre l'un de l'autre. Leurs voix n'étaient que des chuchotements dans cet espace devenu si étroit qu'il semblait pouvoir les broyer. Le ton de Nathalie était froid et clinique.
– Si on ne l'hospitalise pas tout de suite, il meurt.
Ventura observa en silence la silhouette engoncée dans le sac de couchage, le front pâle qui dépassait, le visage étrécit jusqu'à n'être plus qu'un point pâle dans la nuit de la boîte. Un enfant renversé par la guerre ou la rage des hommes. La voix de Nathalie chuchota à son oreille.
– Pour l'instant, il est encore lucide, mais ça ne va pas durer, il peut tomber dans un coma septique d'un moment à l'autre. J'ai nettoyé autant que possible mais je ne suis même pas sûre qu'on pourra sauver sa jambe.
Une pause dans le murmure.
– Il va mourir, tu comprends ?
Ventura fixait le jeune comme pour trouver une échappatoire à la panique glaciale qui bloquait sa poitrine.
– S'il va à l'hôpital, il va en prison, balbutia-t-il.
– En prison, au moins, il survivra.

Elle était impitoyable. Et lucide. Ils se fixaient intensément. Ils n'étaient plus mari et femme, mais deux humains face au destin d'un autre. Un destin qu'ils ne voyaient pas de la même manière.

– Avec tes cachets et tout ça, il peut tenir jusqu'à demain ?

Nathalie haussa les épaules, incertaine.

– Peut-être. Il a l'air solide… Je ne sais pas.

– Juste quelques heures.

Elle détailla un instant le visage de son mari. Mais il n'y avait rien à y lire. Rien qu'elle ne comprenne. Ventura, son Ventura était à des milliers de lieux d'elle. Elle soupira.

– Appelle-moi un taxi, il faut que je retourne au travail.

Le taxi s'arrêta devant une entrée annexe du port, à l'écart des accès principaux.

Nathalie monta à bord, partagée entre l'envie d'aider son mari et le retrait devant ce qui semblait le concerner lui et un passé dont elle ne savait rien. Avant de refermer sa portière, elle fit signe à son mari d'approcher.

– Roland…

Il la regarda, stupéfait. Elle l'avait appelé par son prénom ! Personne ne l'appelait comme ça. Personne, à part sa mère.

Nathalie l'embrassa sans un mot.

Ventura referma la portière.

Le taxi s'en alla. Le grand docker ne remarqua pas la grosse voiture sombre garée plus loin, ni les yeux intéressés qui suivirent le départ de sa femme et son retour dans le périmètre du port.

Les trois lascars sortirent du SUV. Ils trimballaient de lourds sacs. Maek frotta sa main blessée. Rien ne pouvait les arrêter désormais.

Farid sortit un énorme cric du lourd sac de sport qu'il transportait et le positionna entre les barreaux de la grille de clôture. Ils se tordirent comme des barres de chamallow. Gouni bazarda le cric dans les herbes folles de l'autre côté de la grille. Farid récupéra le sac restant dans lequel cliquetaient deux kalach' et plusieurs chargeurs approvisionnés.

Ils se fondirent dans l'obscurité de la zone portuaire balayée de rafales de vent.

***

La lampe, à bout de gaz, illuminait de lueurs fiévreuses les visages des deux hommes, filant une sinistre métaphore visuelle. Dans son sac de couchage, Pierre-Marie arborait un visage apaisé. Tour à l'heure, il avait inexplicablement émergé de son coma et cela avait illuminé le cœur anxieux de Ventura.

– Elle est gentille, ta femme, sourit le jeune.

Assis tout près, Ventura ne répondit pas. L'instant se dilua dans la respiration sifflante de Pierre-Marie et les cliquetis de dilatation. Un calme étrange régnait.

– O Zi'… Pourquoi tu n'as rien fait pour venger ton père. Tu as eu peur ?

Cette fois, le « Zi' » était affectueux, presque tendre. Et la question était une vraie question, pas une accusation déguisée.

Le grand docker garda un moment le silence. Quand il se mit à parler, sa voix parut étrangement détachée. Mais son ton était proche de celui que l'on prend pour raconter l'histoire du soir à un enfant malade.

***

San Baghiù, dans les années 70. Le village était, encore plein de vie à l'époque, était déserté par la sieste. Seul un adolescent impatient n'était pas allongé dans l'ombre fraîche des volets clos. Il attendait son père. Charles, Carlo, Bonaventura, dit « Lolo », négociant en fruit sec, vivant pour ses affaires entre La Corse et le continent, qui venait d'acheter une magnifique Triumph Bonneville 650. Lolo était descendu à Propriano la chercher chez le concessionnaire et avait promis à son fils de l'emmener avec lui, une fois revenu au village, pour essayer l'engin.

L'heure passant, ne voyant vient venir, l'adolescent rejoignit le petit muret de pierre d'où on dominait la vallée. Mais la route qui descendait vers la mer sous le lourd soleil ne donnait aucun signe de vie. Les voitures étaient rares à l'époque, les motos encore plus. Il regarda les aiguilles sur la montre de sa communion et les aiguilles lui dirent qu'il était tard.

Une heure encore était passée. L'adolescent pensa que, encore une fois, son père avait rencontré une connaissance ou une autre et qu'ils arrosaient l'événement à grands coups de souvenirs et de

Cap-Citron. Une voiture grimpa la courte ligne droite qui précédait les premières maisons. Le chauffeur, un voisin en bras de chemise jailli d'une antique quatre-chevaux, s'époumona sur la placette endormie. Il y avait eu un accident sur la route, au croisement de Mezzanu. Une moto… L'homme se précipita dans le petit café désert pour téléphoner aux secours.

Le chemin qui coupait le maquis tranchait d'un trait de lame au travers des herbes sèches. Depuis toujours les enfants du village le dévalaient en dérapant, incapables de s'arrêter sans tomber avant le pré qui le terminait. Il arriva hors d'haleine au carrefour cendreux. Et resta tétanisé au bord du chemin. Une abeille d'or voleta un instant autour de ses cheveux avant de s'éloigner en un vol désordonné.

Lolo, son père, était allongé dans le fossé.

Ça n'était pas un accident, ça se voyait tout de suite. Il avait la poitrine couverte de sang presque noir et son cou était déchiré comme si une bête gigantesque l'avait déchiqueté. De la chevrotine. Des éclaboussures grenat étoilaient la roche sombre. Les yeux du mort fixaient un ciel indifférent. La moto neuve était une épave et cela brisa le cœur de l'adolescent. Son père gisait là et lui, tout ce qu'il voyait, c'était la Bonneville rutilante, avec son réservoir défoncé. Il se disait que ça allait être dur de la réparer. Que même avec une bonne peinture, ça se verrait encore.

Une idée absurde.

Les gendarmes, arrivés à grand-peine jusqu'au village, avaient relevé le reste. Non seulement on avait criblé le pilote de la moto de chevrotine, mais on avait férocement écrasé le réservoir rutilant de son engin avec une grosse pierre. Comme un insecte qu'on écrase. Les hommes du village, longtemps après qu'on eut emmené le corps, avaient extirpé la moto anglaise du fossé avant de la remiser dans la cave fraîche de la maison du mort. Une voisine nettoya soigneusement le sang sur la roche.

L'adolescent était sorti de sa stupeur. Il savait qui avait fait ça, tout le village le savait. Il avait couru à la maison pour prendre le fusil de son père. Sa mère l'attendait sur le seuil de la maison. Elle était déjà habillée de noir. Comme si les vêtements étaient prêts depuis l'éternité dans l'armoire et qu'ils n'attendaient que ce jour depuis longtemps annoncé. Elle lui barra le passage.

Elle l'enferma dans sa chambre, ne le laissant sortir que pour l'église et le cimetière. Lors d'un deuil, tout le village doit s'arrêter de vivre. On ne peut y entendre ni rires, ni cris, ni chants, ni agitation. Les heures passèrent avec une lenteur éprouvante. Des ombres chuchotaient, défilant au-delà de la porte close de la chambre de l'adolescent. Tout le village présentait ses condoléances et tout le village attendait. Il resta longtemps derrière la porte à supplier sa mère.

Elle n'ouvrit pas.

Le jour de l'enterrement, elle le laissa sortir pour passer son costume de deuil. Des hommes étaient venus, de partout sur l'île et même du continent. Ils parlèrent avec la mère. Ils posèrent la main sur l'épaule du jeune. Le fusil était derrière la porte, chargé et nettoyé par leurs soins. C'était à lui de le faire mais, s'il voulait, ils le seconderaient. Mais sa mère s'interposa.

Derrière le prêtre en soutane, les hommes portèrent le cercueil de Lolo jusqu'au *campu santu*, tout en haut du village. Les femmes en noir pleuraient sous un soleil à fendre les pierres sèches des murets. Le clocher égrenait son lugubre glas. L'adolescent vécut la cérémonie dans un vertige de détresse. Les hommes le fixaient. Tous jetèrent une poignée de terre dans la tombe.

Ch'ellu riposi in pace.

Le jour-même, après l'enterrement, sa mère entra, une valise à la main. Elle y avait entassé toutes ses affaires et lui annonça qu'il partait à Marseille, chez son cousin, Anto. Qu'il ne devait plus revenir au village. Jamais. La valise était posée contre le rideau de perle de l'entrée de la cuisine, le soleil écrasait le seuil et la *stretta*, la ruelle privée derrière la maison, semblait le seul point d'ombre sur la terre.

Il refusa.

Il voulait faire ce qu'il avait à faire. Il fit un pas vers la porte mais elle se mit en travers. L'adolescent la dépassait d'une tête et demie. Mais on ne pouvait pas négocier avec elle. Elle lui dit que la mort avait déjà pris son plus jeune frère pour une histoire de châtaigniers coupés et jamais payés. Puis elle avait emporté un oncle pour des affaires de jalousies jamais éclaircies. Et maintenant, son mari. Mais elle ne laisserait pas la mort lui prendre son fils !

Elle lui fit jurer, devant le petit crucifix de la salle à manger, de ne pas venger son père.

Sa mère n'était pas beaucoup allée à l'école, pour les gens de son époque les femmes n'en avaient pas besoin. Pourtant, ce jour-là, elle lui cita la phrase que l'instituteur avait écrite un matin au tableau pour la leçon de morale. Une phrase de Victor Hugo. Une phrase en français que l'enfant qu'elle était, et qui ne parlait quasiment que le corse, n'avait jamais oubliée.

– « *Le sang ne se lave pas avec du sang mais avec des larmes* ».

Elle lui tendit la valise. Il la prit.

***

Dans le conteneur plein de ténèbres résonna un écho de la voix de la vieille dame. Ils l'entendirent tous les deux, dans leur tête, ou dans leur cœur, mais aucun n'osa le dire à l'autre. Ventura eut un sourire nostalgique, presque amusé.

– Elle mesurait tout juste 1 mètre 55, ta *Minana*, tu le sais. Mais elle était dure comme l'acier ! Elle a posé sa main sur la mienne et elle m'a obligé à jurer.

Il marqua un silence.

– Je ne l'ai plus revue que sur son lit de mort.

Pierre-Marie le dévisageait intensément.

– Mais après ? On m'a dit que celui qui avait tué ton père était toujours vivant, qu'il habitait à un quart d'heure de chez vous…

Ventura hocha le menton, il s'attendait à cette question.Ils se regardèrent.

– Je sais que tu penses que j'ai eu peur de mourir. Tous l'ont pensé. La mort, ça ne me fait pas peur, ça me rend juste triste, il y a tellement de choses que j'aime faire dans la vie. Mais peur de la mort, non. Ou alors celle des gens que j'aime.

Un tic agita la paupière du jeune. Dans les ultimes feux de la lampe, le conteneur avait le calme d'un confessionnal. Ventura regarda l'heure. Onze heures.

– J'ai soif.

Ventura souleva la tête de Pierre-Marie pour lui faire avaler quelques gorgées. Les souvenirs remontaient comme les bulles dans l'eau. Un flot qui ne devait plus se tarir.

– Ta mère, la dernière fois que je l'ai vue, reprit-il, c'était à l'enterrement de notre pauvre mère. Antoinette et moi, on ne s'entend pas.

Pour elle, je ne suis un lâche. Elle, elle est restée au village avec ma mère mais elles ne se sont jamais comprises, je crois. Ta mère n'a jamais admis que notre mère m'ait empêché de nous venger.

Pierre-Marie confirma d'un hochement.

– Elle m'a toujours dit que tu étais un lâche, que tu aurais dû tuer le salaud qui avait fait ça, qui lui avait pris son père. Elle me l'a répété, répété, répété. Elle ne pardonne pas, elle ne pardonne jamais.

Le front de Ventura devint ténébreux comme un ciel d'été sous un orage de montagne.

– Ne te trompe pas. Je n'ai pas pardonné non plus.

Ventura reposa la bouteille d'eau.

– Moi aussi j'ai grandi dans ce monde où on t'apprend que la vengeance c'est plus important que tout. Ce que ta mère t'a mis dans la tête, on me l'a mis à moi aussi. Tous me l'ont mis. Il faut venger. Tu dois laver l'honneur.

Le docker eut un geste triste.

– Et moi, je ne l'avais pas fait. J'ai passé des nuits sans dormir.

Ils se turent un moment, chacun dans ses pensées. Le docker reprit.

– Quand ma mère est morte, je suis retourné au village pour l'accompagner à sa dernière demeure. Au cimetière, pendant qu'on descendait son cercueil, je sentais tous les regards sur moi. Tout le monde guettait ce que j'allais faire maintenant que ma mère n'était plus là pour m'empêcher.

En un éclair revenu du passé, il revit la tombe de ses parents au bout d'une montée écrasée de fatigue et les silhouettes noires des villageois qui se confondaient.

– Mais je suis reparti et je ne suis pas revenu. Parce qu'à chaque fois que j'étais à deux doigts de prendre le bateau, de revenir au village, de briser mon serment et de faire ce que j'avais à faire, il y avait sa voix. Et cette phrase.

Le sang ne se lave pas avec du sang mais avec des larmes.

***

La Ciotat. Au bout d'une des auto-proclamées dix plus belles baies du monde, le petit port nautique qui jouxtait les plages était désert à cette heure hivernale. Les voiliers et les hors-bords bâchés s'agitaient dans les rafales de vent, attendant patiemment la saison prochaine pour sortir faire des ronds dans l'eau.

Le vieil Anto marchait nerveusement le long du ponton battu de rafales. Il s'arrêta près d'un cabin-cruiser tout droit sorti d'une série TV avec des flics à Miami. Le skipper rétro s'extirpa difficilement de la cabine et le rejoignit sur le quai.

– Alors ?

Anto consulta brièvement sa montre.

– T'inquiète, ils vont venir.

Le skipper ne s'inquiétait pas. C'est Anto qui commençait à se faire du souci.

Le skipper remonta à bord. Anto se remit à faire les cent pas sur le ponton.

***

Des silhouettes imprécises glissèrent de zone d'ombre en zone d'ombre, traversant fugacement la lumière, jusqu'à la voiture de Ventura sur le parking. Une main actionna la portière. Fermée.

Les trois silhouettes se dirigèrent vers les vestiaires, zigzagant dans la bourrasque.

***

Ventura était assis à même le sol, au milieu de détritus qu'il ne sentait même plus.

– J'en ai voulu longtemps à ma mère, au point de ne jamais lui téléphoner, de ne pas répondre à ses lettres. Pourtant c'était pas facile pour elle d'écrire, tu sais.

La lampe sifflait, à bout de force, éclairant tout juste assez pour dessiner le profil de Ventura sur le fond opaque du conteneur.

- Anto m'a fait entrer sur le port, je suis devenu docker. J'aime ce travail. Je me suis marié, y'a eu Aurore, le boulot, le syndicat. La Corse était loin, j'avais fait la paix avec toute cette histoire. Enfin, je croyais. Jusqu'à ce que tu déboules…

Il scruta Pierre-Marie dans son sac de couchage. Sa voix était douce mais ses mots pesaient lourd.

– Mais ce soir, quand je te vois comme ça et quand je repense à mon père tordu dans ce fossé, je me demande vraiment ce que le monde aurait gagné à ce que je prenne les armes.

Il marqua un silence. Un coup de mistral fit cliqueter la porte du conteneur.

– Et je me dis qu'elle a eu raison, ma mère.

Ventura, dans un souffle presque étonné, laissa filer ces mots qu'il avait si longtemps enterrés au fond de lui. Les ténèbres enserraient les deux hommes.

– L'autre jour, tu m'as dit que je voulais t'aider pour ne plus être un lâche mais c'est pas ça du tout.

Il fixa le jeune.

– Je t'aide parce que quand quelqu'un est dans la difficulté, on se doit d'être là. Je t'avais dit que je t'aiderai à partir d'ici.

Ventura chercha les mots, à la recherche de la combinaison le plus juste.

– En ne me laissant pas venger mon père, ma mère m'a sauvé. Elle m'a permis de survivre. De vivre !

Ventura sourit doucement.

– Voilà, c'est ça, elle a fait de moi un homme vivant.

Quelque part dans la confuse luminosité de la boîte, le jeune bougea faiblement. Sa voix anéantie était irréelle.

– Zi', il faut que je te dise.

Ventura acquiesça.

– L'autre soir, au snack, quand ça s'est mis à tirer de tous les côtés…

Le visage de Pierre-Marie n'était qu'une ombre au cœur des ombres. Mais sa voix, faible et lointaine suffisait à le rattacher par un fil invisible au cœur de Ventura.

– Je n'ai même pas tiré. J'ai eu peur et je me suis caché par terre pendant tout le temps. Je suis parti en courant, O Zi'.

Ventura posa à tâtons sa main sur celle de son neveu.

– Tu as fait la seule chose qui valait la peine, Pierre-Marie. Vivre.

***

Sur le quai du club nautique, Anto avait dû parcourir des kilomètres à force de faire nerveusement les cent pas. À bord, le skipper grognait.

– Tu l'as eu ?

– Messagerie. Mais ils vont arriver, t'inquiète, Ventura, c'est un garçon sur qui on peut compter. Ils vont arriver

Le pépé répéta ça comme un mantra. Un mantra désespéré. Le skipper défit les amarres du voilier. Anto tenta de le retenir.

– Juste quelques heures, on avait dit.

– Faut que j'y aille, tu le sais Anto, dit le skipper en montrant les drisses qui dansaient dans le vent. Ça va souffler encore plus fort.

Il démarra le gros moteur. Anto glissa la main dans son dos et en extirpa un calibre. Il le pointa vers l'écusson brodé d'une ancre dorée sur la casquette du skipper.

– Il t'a payé, tu l'attends.

Le vieux skipper sourit au pépé. Un sourire à la fois amusé et désenchanté. Il lui fit un clin d'œil ironique puis largua la dernière amarre.

Anto, soupira. Le calibre pendit, inutile, au bout de son bras ballant. Il regarda le cabin-cruiser s'éloigner dans la nuit piquetée de rares feux de positions.

Puis il rangea son arme et remonta le col de son blouson.

La panne resta déserte. Ventura ne viendrait plus.

***

Ils étaient hors du temps, du présent et du passé.

– C'est pas encore l'heure ? demanda Pierre-Marie dans un effort terrible.

La voix sifflait comme un pneu qui se vide. Ventura resta muet. Quelque chose cédait dans son cœur, dans sa tête, dans son ventre. Un écho rebondit sur le fer des cloisons, comme la voix d'une mère qui appelle pour le repas. Un serment presque effacé reprenait sa juste place. Il fallait sortir Pierre-Marie de ce cauchemar, de ce cercueil de ferraille qui puait le désespoir et de cet infect destin de violence.

– On ne va pas au voilier, dit-il à Pierre-Marie.

Le jeune avait les yeux immensément ouverts. Cet homme devant lui, c'était son oncle, son sauveur. Son ami.

– On va à l'hôpital, *ciù'*.

Pierre-Marie hocha doucement la tête. Oui, il voulait vivre.

Le grand docker chargea le jeune sur son dos, comme les portefaix chargeaient jadis les marchandises sur les rives du Lacydon. Ployant sous son précieux fret, il poussa la porte grinçante du container et poussa aussitôt un juron étouffé.

Dehors, au bout de l'interminable allée de boîtes, approchaient trois ombres. Quelque chose lui soufflait que ce n'était pas des amis.

Ventura rabattit le vantail, laissant assez d'espace pour continuer à guetter et assez d'angle pour entrevoir ce que deux des ombres tenaient dans leurs mains : des Kalachs. La troisième silhouette, plus fine, et plus souple tenait une arme de poing. Les silhouettes exploraient méthodiquement les portes de la longue rangée de conteneurs. Ouverture de serrure. Fermée. Conteneur suivant. Ouverture de serrure. Fermée. Conteneur suivant. Ils avançaient méthodiquement, sans un mot, réduisant à une vingtaine de conteneurs la distance avec la boîte blanc sale.

Sans bruit, Ventura ramena Pierre-Marie de nouveau inconscient tout au fond de la boîte, loin de l'entrée. Puis il fouilla fébrilement dans les détritus sur le plancher. Il trouva enfin ce qu'il cherchait. L'arme de Pierre-Marie luisait de son éclat vénéneux. Ventura la contempla une large seconde puis retourna à la porte.

Dehors les autres avançaient froidement. Serrure. Fermée. Conteneur suivant. Serrure. Fermée. Conteneur suivant. Il tenta maladroitement d'armer le pistolet.

– Mais putain, comment ça marche ce truc ?! râla-t-il entre ses dents.

Finalement, la culasse coulissa avec un claquement sec. Une balle avait rejoint le canon.

Ventura osa un nouveau coup d'œil par l'interstice. Les autres étaient très proches. Il considéra le pistolet dans sa main. Il hésita. L'arme noire pesait une tonne. Jamais il n'aurait imaginé que la mort pouvait avoir un tel poids.

Le sang ne se lave pas avec du sang…

Avec un soupir vaincu, il déposa le pistolet par terre. Il fallait pourtant faire quelque chose ! Se venger était stérile, mais on ne pouvait pas non plus se laisser abattre comme des agneaux qui attendent qu'on les sacrifie.

Le docker récupéra ses gants de travail dans sa poche et les enfila soigneusement. Puis il inspira profondément et bondit hors du conteneur.

Maek et les deux autres furent pris de court.

C'était comme un diable à ressort géant jailli d'une boîte de métal. Ils n'eurent pas le temps de l'ajuster non plus qu'il avait disparu dans une ruelle latérale !

Les deux sbires foncèrent dans sa direction approximative. Mais Maek ne les suivit pas.

Maek se tourna vers l'endroit d'où avait déboulé le docker.

De ce conteneur blanc sale là-bas.

***

Le snack…

Le sang et le sirop de menthe se mélangeaient à cinq centimètres de son nez mais l'odeur qui dominait était celle du citron. Les rafales, courtes et sèches, entre ricanements et quintes de toux, couvraient tous les bruits. Un visage atterrit à cinquante centimètres du sien, un visage masqué d'une cagoule qui ne laissait entrevoir que des yeux affolés.

Dans le snack ça crachait du métal de tous les côtés en même temps.

Le mec cagoulé ne bougeait pas mais il n'était pas mort. Une goutte de sirop citron coulait sur le menton de sa cagoule.

Maek ne bougea pas lui non plus.

Ils se regardaient. Leurs poings serraient des flingues et, séparé par moins d'un mètre, le plus rapide n'aurait eu aucun mal à fumer l'autre. Mais ils ne bougèrent pas tant que les toussotements mortels continuèrent au-dessus de leurs têtes. Ils se fixaient et chacun lisait sa terreur dans les yeux de l'autre.

***

Entre les conteneurs, dans le labyrinthe de métal, c'était une course-poursuite venimeuse. Ventura, serré de près par les deux autres, bondit de l'ombre à la lumière, d'une ruelle obscure à une zone éclairée. Il était chez lui, dans ses boîtes, dans son maquis de métal. Les deux autres ne parviendraient jamais à l'ajuster.

Il se réfugia dans un coin. Les autres approchaient. La main du docker se posa par hasard sur un ridoir, la barre filetée en acier qui sert à fixer les conteneurs entre eux, que les dockers appellent des « fusils ». Ça tombait bien. Doucement, il le dévissa pour l'allonger. L'outil familier s'encastrait parfaitement dans sa main gantée.

Une solide silhouette se dressa en contre-jour sur les lumières bleues. Gouni. La kalach' leva son museau mortel vers le docker.

Ventura y mit toute sa force. Un énorme revers façon batte de base-ball ! Le hurlement de Gouni déchira la lumière fracassée des projecteurs, il décolla du sol, plana jusqu'au conteneur opposé et s'y écrasa comme un tas de gravats ! Son arme rebondit dans l'obscurité avec un bruit de casserole.

La rotule du gros bras était pulvérisée. Ventura avait frappé un point névralgique, portant la douleur et l'incapacité au plus haut point. Gouni tenta de se relever mais il retomba, se mordant profondément la langue, les yeux révulsés de souffrance.

Farid ne chercha pas à comprendre, il alluma toute la zone à la Kalach. On s'en fout, 32 cartouches d'un trait ! Des trous partout ! Mais le docker s'était évaporé. Farid chercha fébrilement un autre chargeur. Gouni, tétanisé, lui faisait des signes véhéments. Il haletait les mots.

– On se casse.

Gouni n'osa pas regarder son genou. Farid y posa les yeux et sentit les burgers ingurgités dans la voiture remonter dans sa gorge. La rotule avait quitté son logement pour se retrouver sur le côté de l'articulation dans un bouillonnement de chair rouge.

– Maek ? hésita-t-il.

L'autre surmonta la douleur qui obscurcissait sa vue. Il cracha quelques mots.

– On s'en bat les couilles de lui, va y'avoir des condés partout dans cinq minutes !

Il ne parvenait pas à se relever. Farid largua l'AK47 sur le toit d'un conteneur et l'aida. L'un soutenant l'autre, les deux gros bras filèrent du côté du parking. Ventura, fusil au poing, passa prudemment la tête au coin d'une boîte et les regarda s'échapper. Puis il sprinta vers le conteneur blanc.

La porte béait dans la violente lumière des projecteurs du périmètre.

***

Le snack…

Un larsen remplaçait la toux des fusils d'assaut.

Le snack était opaque de fumée et d'esquilles de plastiques arrachées par les rafales.

Le cagoulé le dévisagea pendant une interminable minute, assez pour que Maek fixât pour toujours la couleur brûlante de ses prunelles. Elles étaient noisette, comme les siennes. Le cagoulé se leva le premier.

Un accord tacite, muettement signé dans le sang et le sirop, dans la fumée acide et l'odeur de mort, les empêchait d'utiliser leurs armes. Un accord tacite et une peur immonde.

Le sang avait fini par rejoindre la menthe et le citron.

Le cagoulé s'était éloigné du snack en boîtant.

***

La silhouette d'un *sheitan* dans le contre-jour aveuglant des projecteurs. Maek, les bras le long du corps, l'arme au bout du poing, se dressait face à Pierre-Marie recroquevillé au fond de sa boîte. Ventura déboula dans son dos, brandissant son fusil.

Maek se retourna.

– Il est mort, ce con, lâcha-t-il. Il était déjà mort quand je suis entré.

Celui qui avait lu la peur et la lâcheté dans ses yeux était mort.

Ventura lâcha son fusil, repoussa le caïd pour s'accroupir devant Pierre-Marie. Il lui releva la tête. Maek croisa le regard vide du mort. Les yeux noisette fixaient l'infini. Mais ils ne reflétaient pas la terreur, il en émanait une forme de sérénité qu'il ne connaîtrait probablement jamais.

– C'était qui ? demanda-t-il au docker.

Le faisceau de lumière dessinait une auréole de flammes glacées autour de la tête du jeune arabe. Ventura ne parvenait pas à distinguer son visage. Bizarrement, sans qu'il réussisse à chasser cette impression surprenante, la silhouette, la posture, la minceur du visage, l'attitude bravache sous la grosse parka noire, tout chez Maek lui faisait penser à Pierre-Marie.

– C'était mon neveu.

Maek fixa Ventura puis, impassiblement, lui posa le canon de son arme sur le front. Ventura ne parvint même pas à ressentir de la peur. Juste un vide dans la poitrine, comme si on y avait ôté quelque chose. Maek eut un ricanement insolite.

Puis il détourna le canon.

Le cadavre de Pierre-Marie tressauta sous l'impact de la balle que l'autre venait de lui loger dans la poitrine. Mais le projectile n'oblitéra pas le souvenir du cagoulé aux yeux noisette, ni la peur immonde qui lui avait rongé les tripes ce soir-là. Le visage de Maek était impossible à lire. L'arme disparut de son poing.

Dans la seconde qui suivit, il avait quitté le conteneur.

Ventura se laissa glisser auprès du corps de Pierre-Marie. Il contempla d'un œil vide la minuscule lueur résiduelle de la lampe de camping. Le point lumineux, gros comme une tête de clou, mit une éternité à s'éteindre. Le temps, immobile, figé dans une éternité absurde, avait fait une pause. Il n'y aurait plus ni aube qui allait poindre, ni grincements de métal, ni rugissement de moteurs qu'on met à chauffer, il n'y aurait pas de cafetière qui crachotait dans le vestiaire glacé, pas de grutier grimpant agilement tout en haut d'un portique qui frôlait le ciel ni de rayon rose du soleil frappant les boîtes perchées tout en haut des ponts supérieurs des porte-conteneurs. Il n'y aurait plus de réunion de la dernière chance se tenant dans une atmosphère de dernier combat.

Il n'y aurait plus qu'un grand vide inutile.

Différents jours, un peu plus tard.

Les pneus brûlaient, entassés devant les grilles. Une volute fuligineuse maculait le ciel de l'aube. Derrière les vitres encrassées de la voiture de la PJ qui emportait Ventura, des visages défilaient.

Des visages et des noms. Karaboudjian, Mallaroni, Apostolo, Blas, Lucchesini, Perulero, Masteras, Benferadj, Mlasic, Borsi. Des noms venus d'autres pays, d'autres rivages. Des surnoms aussi, Momo, Gontainer, Figure, Chichimou, Pappas, Don Juan de Calabre, Enclume, Ciccio. Des visages qui occupaient en rangs serrés l'entrée du port.

La réunion s'était terminée dans la tension et le rejet, à la suite d'un face à face buté qui n'ouvrit sur rien d'autre que sur un affrontement. Tard dans la nuit, les hommes avaient voté la grève. Tout à l'heure la presse locale titrerait : « *Les dockers refusent de brader la manutention du bord à quai.* »

La découverte d'un homme décédé dans un conteneur blanc sale ne ferait, compte tenu de l'actualité, qu'un petit paragraphe en bas des faits-divers. L'affaire du snack avait dix jours, elle se retrouvait déjà reléguée en page intérieure et tout en bas du fil d'actualité de l'édition numérique.

Le lieutenant de la PJ, celui qui était entré le premier dans le conteneur, l'arme au poing, augmenta un peu le chauffage de bord. Le mistral était tombé, le froid était resté. Ventura n'avait, lui, ni chaud ni froid.

La voiture décolla vers la grande passerelle qui survolait le port au moment précis où une lourde colonne de camions remplis de CRS prenait position devant l'entrée du terminal conteneurs.

***

À l'accueil de l'Évêché, l'Hôtel de Police de la ville, Nathalie attendit longtemps de l'autre côté de la paroi vitrée.

Ils avaient gardé Ventura pendant une interminable garde à vue et l'avaient épuisé de questions. Un docker, des Corses, des dealers de cité, forcément la PJ était en chaleur. Les policiers le questionnèrent principalement sur Jean-Mi, qu'ils savaient lié à Pierre-Marie. Mais Ventura maintint qu'il ne le connaissait pas. Ce qui était parfaitement vrai. Ils le baladèrent de bureau en geôle et de geôle en bureau mais il leur répéta les mêmes réponses. Le jeune était son neveu, il lui avait demandé de l'aide. Ventura l'avait soutenu sans poser de questions. *A l'usu corsu*. Il n'apporta rien aux enquêteurs, non par respect d'une légendaire règle du silence – l'Omerta est sicilienne et non pas corse – mais parce qu'il ne connaissait rien à cet univers de voyous et se refusait à s'y intéresser. Une avocate, envoyée par le syndicat, vola finalement à son secours et les flics durent le relâcher sous une vague accusation de complicité de fuite ou un truc du genre.

La porte vitrée de l'accueil s'ouvrit sur un Ventura, sale, barbu et épuisé. Ils s'étreignirent longuement. Nathalie caressa tendrement le visage de Roland.

– L'avocate a dit que tu passerais bientôt devant le juge mais elle est confiante, elle est sûre que tu n'iras pas en prison. Tu as faim ?

Ventura posa sa grosse main sur la joue de sa femme, il fit signe que non.

– Viens, dit-elle, on rentre à la maison.

***

Le grand docker, déphasé, hésita sur le seuil du jardin, incapable de se résoudre à entrer dans sa propre maison. Le garage au vantail coincé et le fenestron éteint le regardaient comme s'il était un fantôme. Il se sentait en convalescence.

Nathalie le poussa doucement à l'intérieur.

Ventura traversa le vestibule et gagna le séjour. Une quinquagénaire brune, vêtue de deuil, se tenait le dos raide, tout au bout du canapé. Il la reconnut immédiatement. Elle se leva. Le frère et la sœur restèrent un moment interdits, immobiles et silencieux.

Nathalie avait annoncé à Ventura qu'elle avait elle-même prévenu la mère de Pierre-Marie. Il lui avait paru être mieux comme ça, qu'une mère annonçât à une mère la terrible nouvelle. Au fond, même si elle ne connaissait pas Antoinette et même si l'histoire des Bonaventura lui restait étrangère, elles faisaient partie de la même famille. Elle espérait que les retrouvailles du frère et de la sœur, même dans les pires circonstances, mettrait un peu de douceur dans la noirceur des derniers jours.

Elle sortit discrètement, les laissant face à face.

Dans la cuisine, Nathalie prépara soigneusement le café dans la vieille Bialetti. Elle sortit même l'ancien service en porcelaine entrelacé de roses qui lui venait de sa mère. Quand Ventura serait prêt, il lui raconterait tout. Elle avait confiance. Elle repensa fugitivement au jeune garçon dégingandé qui la saluait maladroitement depuis la terrasse de chez Anto. Son souvenir la fit sourire. Ce garçon ne pouvait faire de mal à personne. Elle finit de servir le café et posa les tasses sur un plateau.

Elle quitta la cuisine, le plateau chargé en équilibre.

Par l'interstice de la porte, elle découvrit la scène qui s'y déroulait. Antoinette, était en larmes dans les bras de son frère. Le grand docker caressait doucement les cheveux de sa sœur.

Mais lui avait les yeux secs.

Nathalie fit demi-tour, retournant sans bruit dans la cuisine avec son plateau fumant. Ils n'avaient pas fini de se parler.

***

Une pièce froide aux céramiques d'un blanc sale. Un chariot en inox. Un corps nu sous un drap nylon ne laissant émerger que la tête.

Antoinette hésita longuement. Son frère se tenait un mètre derrière elle.

Finalement, elle fit un pas, le visage dévasté et s'inclina vers le corps.

Le visage de Pierre-Marie lui parut minuscule, il ne se ressemblait pas. Ventura ne parvint pas à reconnaître l'impétueux minot dans cette statue de cire décharnée. Seul le tatouage tribal qui affleurait sous le drap ressemblait au souvenir qu'il en avait.

Tu es un adulte que lorsque tu as vu quelqu'un que tu aimes étendu sans vie. Tu es une personne âgée quand tu as vu les lieux que tu as aimés disparaître dans des nuages de poussière.

La mère de Pierre-Marie relâcha le drap en vacillant. Mais elle parvint à rester debout.

Ça n'est pas aux mères d'enterrer leurs enfants.

Quand elle se retourna, son frère n'était plus là.

***

Un immense rond noir sur le bitume fondu balisait l'entrée là où les pneus et les palettes avaient brûlé jour et nuit. Les dockers gagnèrent. Mais ils perdirent par la suite. Les pianos à queue recommencèrent à être livrés par des déménageurs et la manutention des bagages, de bord à quai, fut assumées par des sociétés de manutentionnaires payés au lance-pierre. Les immeubles flottants s'entassaient sur une grande jetée de béton. Des touristes longeaient les quais du Port pour rejoindre la ville en tirant leurs valises. Le jour se levait sur les empilements bariolés de boîtes de fer et sur les navires cracheurs de fumée toxique.

Du côté des portiques, une équipe de dockers en parka jaune fluo s'agitait entre le quai et le pont d'un bateau. Leur chef d'équipe, Momo, observa la manœuvre d'un œil appréciateur.

Un cavalier rouge apporta en rugissant un conteneur blanc sale. Il contenait plusieurs palettes de bouteilles de vin à destination des Amériques. Le spreader agrippa la peinture écaillée de la boîte, la grue la souleva sans effort. Elle monta vers le ciel, hésitant une seconde entre terre et mer, avant de redescendre vers le pont du bateau géant.

Une boîte blanc sale anonyme parmi des millions d'autres boîtes de toutes les couleurs.

***

Du haut du petit parapet, on voyait jusqu'à la mer. Les montagnes violettes dévalaient abruptement vers les premières vagues. Le maquis explosait des couleurs fraîches d'un printemps tardif. Le village était désert et ses maisons barricadées, abandonnées ou endormies se taisaient obstinément. Une vache, dont on pouvait compter les côtes, broutait un arbrisseau de ciste poussé au milieu de la rue principale.

La broussaille folle avait aussi investi le carré de caveaux et d'anciennes croix du *Campu Santu*. Seules quelques tombes avaient été récemment nettoyées. Les fossoyeurs, montés de la ville jusqu'à ce bled perdu, avaient fait du bon travail.

Sur une stèle toute neuve de marbre ivoire veiné de noir, un nom et un âge étaient gravés. Pierre-Marie Bonaventura, vingt-deux ans.

Immobile devant la dalle de granit, Ventura ferma les yeux. *azaCh'ellu riposi in pace.*

D'autres noms, presque gommés par le temps, marquaient la pierre livide des tombes mitoyennes. Sur une photo, un ovale estompé par le soleil, une vieille dame vêtue de noir le regardait avec sérieux. Concetta Bonaventura, née Giorgetti, annonçait la plaque, enlevée à l'amour des siens après plus de quatre-vingt sept années.

Ventura resta longtemps devant la tombe de sa mère.

Le sang et les larmes.

Puis il tira quelque chose de sa poche, qu'il déposa au pied de la croix du Jésus de bois foncé. Une photo ancienne dans un cadre neuf. Son père, sa mère, sa sœur et lui, maigre et sérieux sur le bord de l'image crantée, tous souriant devant la moto qui faisait la fierté de la famille. Il laissa s'égrener un chapelet de secondes. Il ne pleura pas et son cœur cessa enfin de saigner.

Les larmes avaient effacé le sang.

Le ronronnement feutré du bicylindre répondit docilement au coup de kick. Ventura tourna en souplesse la poignée des gaz. Le réservoir, impeccablement restauré, cligna de l'œil à un reflet de soleil. Il restait encore une longue route avant de rejoindre Nathalie du côté d'île Rousse. Demain, ils visiteraient le Cap à la recherche d'une maison à louer. La Corse leur tendait les bras. La Triumph Bonneville disparut sur la route qui descendait vers la mer, au-delà du parapet poussiéreux et des maisons abandonnées.

Le silence déploya ses ailes sur les vieilles pierres.

Alors, comme née de ce silence, tel écho surgit d'on ne sait où, fredonnée par une voix invisible, parut monter un fantôme de comptine. Une berceuse en corse, chanté par une mère à son fils, dont les paroles, pour qui savait les comprendre, étaient un appel à la violence.

« Quand plus tard tu auras grandi,
Tu sauras bien porter les armes,
Et ni voltigeurs ni gendarmes
Ne pourront te causer d'alarmes.
Alors si vengeance te le dit,
Tu seras un fameux bandit ».

FIN

Générique de fin

À Joachim Callejon, François, Alain, mes grand-père, oncle et cousin dockers. À Françoise « Dolores », Jo', Rosette, Pierrot, Juliette, Toinou, grand-mère, oncles et tantes. À ma mère, Henriette qui se privait de déjeuner pour s'acheter un livre et qui m'a appris à lire.

À Franck, Ziggy et Nick Sobotka, Horseface Pakusa, Bunk Moreland, Lester Freamon, Herc Hauk, Cedric Daniels, Jimmy Mac Nulty, Bodie Broadus, Omar Little, Stringer Bell, Proposition Joe, Beadie Russel, Bubbles Cousins, Rhonda Pearlman, mais pas à « The Greek », ni à Spiros Vondas.

À Fabrice de la PAF, qui, sans le savoir, a été un des déclics de ce récit.

Aux dockers, qui m'ont raconté le passé, le présent et le futur de leurs luttes.

À Mikaël Caraës, mon agent, pour son soutien indéfectible sur le scénario original.

À Marc Behm, écrivain et scénariste américain, pour m'avoir expliqué, le premier, que tout ses romans étaient des scénarios refusés.

À Anne V. pour m'avoir il y a longtemps encouragé à l'écriture.

À Christian Mazzucchini, Jean-Marc Catella, Roland Marchisio, Isalinde Giovangigli, Julien Grossi et, bien sûr, Olivier Marchal, qui devaient être les interprètes du film, en espérant que ce livre ne trahisse pas les personnages qu'ils avaient imaginé.

À mon amical comité de lecture, Céline, Isabelle, Martine, Michel et Saveria.

Un spécial merci à

À Patrick Tringale, qui ne m'a pas laissé d'autre choix que d'écrire ce roman et d'autres textes.

À Jean-Philippe Guissani, pour l'amitié, le soutien, la musique, la langue et les voix profondes de la Corse.
À Aldo Bianchi, pour nos discussions entre deux molaires.
À Didier, qui se reconnaîtra et à qui c'est le tour d'écrire.

À Isabelle Renucci, pour tout et encore tout… et même plus que tout.

In memoriam

Philippe Carrese, Marco Mariani, René Mamino, Kram Reyob.

Achevé d'imprimer en France en avril 2024
sur les presses de l'imprimerie SEPEC Numérique, à Péronnas.

Dépôt légal : mai 2024

IMPRIM'VERT®

PEFC 10-31-3532